甜牙齿

不止是颗菜 著

②

完结篇

北京燕山出版社
BEIJING YANSHAN PRESS

图书在版编目（CIP）数据

甜牙齿.2：完结篇 / 不止是颗菜著 . -- 北京 ：北京燕山出版
社， 2019.12
　　ISBN 978-7-5402-5626-5

　　Ⅰ．①甜… Ⅱ．①不… Ⅲ．①长篇小说－中国－当代
Ⅳ．① I247.5

中国版本图书馆 CIP 数据核字（2020）第 017429 号

甜牙齿.2：完结篇

作　　　者	不止是颗菜	
责任编辑	王　迪	
责任校对	石　英	
策　　划	紫　总	
封面绘制	木　言	
装帧设计	何嘉莹　李会娟	
社　　址	北京市丰台区东铁营苇子坑路138号（100079）	
网　　站	http://www.bjyspress.com/	
电　　话	（010）65240430	
传　　真	（010）63587071	
印　　刷	三河市嘉科万达彩色印刷有限公司　（0316）3156777	
开　　本	880mm×1230mm	
字　　数	325千字	
印　　张	9	
版　　次	2020年4月第1版	
印　　次	2020年4月第1次印刷	
定　　价	39.80元	

出版发行　　北京燕山出版社

目 录

Contents

第一章

Chapter 01

01

忙碌腻歪了几天，很快开学。

这一学期，陈阳阳直接不见了人影，床铺都搬空了。宋弯弯表示现在都有点联系不上她，问她什么时候回学校，她也不回信。上学期后半截，除了考试考查，陈阳阳几乎没去上过课。

阮乔回想，陈阳阳虽然以前就常常不来寝室，但和自己在寝室吵过那一次之后，几乎是从寝室搬出去了。

想到这，阮乔还是有点莫名不安，总觉得陈阳阳是因为自己，才从学校消失的。

晚上她和林湛看完电影走在回校的路上，她小声跟林湛说这件事，林湛却不以为然。他指着外面那一排车，问她："看到车上面放了什么吗？"

阮乔眯起眼仔细打量。林湛不说她还不觉得奇怪，这一看还真是有意思，为什么车上都放水啊。

不，有的是水，有的是罐装饮料，隔得有点远，她看不清具体是什么。

阮乔好奇地问："为什么要在车上放水？太烫了要降温吗？也不是吧……难道是给流浪汉的？"

她的话音刚落，就见一个女生四处小心张望着，慢慢走向一部黑色轿车，然后拿起上面的一罐饮料，坐进副驾驶。

阮乔看得有点蒙，不太懂，她下意识仰头看林湛。

林湛解释："上面的水，是过夜费。喝我水，和我睡，懂了吗？"

阮乔怔住了，还有这种操作？

林湛搂过她继续说道："其实这种事哪个学校都有的，毕竟这是大学，又不是高中……像大学城这边，普遍来说，红牛是八百，矿泉水是四百，我们学校的价格比别的学校还要高一点。有新闻报道过这种事的,你没看过吗？"

林湛说完，刚刚那女生上的车就载着人离开了。

所以这种交易……很普遍吗？

亲眼看见了一次，阮乔还是有点难以相信。

她知道大学这个环境并不那么单纯，但听林湛轻描淡写说起的这些事就在自己身边发生，还是让她很难接受。

林湛牵着她边走边说："陈阳阳比她们好一点，她被人包了，你可能不知道，大一上学期她就换了两个老板。之前我们在日料店见到的那个男人没现在那个有钱，现在那男人老是老了点，但腰包鼓，也舍得给她花钱，给她买了套公寓呢，你说她还会来学校吗？"

阮乔抓紧他的手，抬头看他，小声问："真的吗？"

林湛轻哂："骗你干吗？"

他拍了拍阮乔的脑袋，声音淡淡："其实上大学之前我就认识她了，在南城高中圈子里她也很出名啊。那时候一个哥们儿喜欢她，谈了一段吧，我那哥们儿命不好，年纪轻轻车祸死了，死之前还对她念念不忘呢。"

阮乔突然想起，团体心理考查那次，林湛对陈阳阳说过一句，要不是看在谁的面子……

那个名字阮乔记不清楚了，应该就是他以前那个朋友吧。

"我本来是想看在我哥们儿面子上，上大学能帮的时候就帮一帮，可是不对劲啊，她还想泡我！"说到这，林湛就不爽，"我真不喜欢说人是非，但她人品真的是太差劲了，自己想泡我，还指使宋弯弯那个二货来告白。"

说了半晌，林湛觉得没趣："算了，不说她了，想想都觉得我那哥们儿棺材板要按不住了。"

阮乔听得一脑袋糨糊状，感觉自己智商都已经不太够用了。

她问了一句自己都觉得没什么必要的话："那……那个跟她在一起的男人……是已经结婚了吗？"

果然，林湛挑了挑眉，只反问了句："你说呢？"

"……"

一阵冷风吹过，林湛把她往怀里拉了拉，又把她卫衣的兔子帽给她戴上："总之，你就做你的好学生，不要管这些乱七八糟的事，跟你没关系，听到了吗？"

阮乔任由他搂着，还有些回不了神，总觉得哪里不太对。

两人走在林荫小道上，步子很慢，阮乔冷不丁冒出一句："你怎么知道外面饮料过夜费的价格，业务很熟吗？"

林湛甩锅能力一流，一脸无辜立马解释："我不熟啊，这都是江城他们跟我讲的。"

阮乔没讲话。

他拨弄着阮乔的兔子帽，偏头去看，路灯下，她的唇瓣是软糯的粉色，像是雪丽糍，感觉含着含着会化——

一个没忍住，林湛突然倾身，亲了上去。

他的吻带着浅浅的烟草味，阮乔全身僵硬地附着于他，好像整个人都已经麻住。

她完全不知道该怎么回应，就任由林湛摆弄，搭在他肩上的手也几度快要滑下。

一个深吻结束的时候，阮乔由麻变软，全身都软软的，好像有点站不稳，林湛抱着她，她才有一个支撑。

她也不敢讲话，眼里蕴着水汽，趴在林湛肩上呼吸。

林湛突然觉得很好笑，接个吻把她吓成这样……

他低声调戏："柿子妹妹，你是不是吃糖了，怎么这么甜？"

阮乔下意识回答："看电影的时候，我吃了一颗奶糖，草莓味的。"

林湛扯着嘴角，声音带笑："我刚刚也吃了一颗奶糖，草莓味的。"

阮乔好一会儿才反应到，自己又被调戏了。她的脑袋从林湛怀里退出来，一抬头，就刚好对上林湛的视线。

月色下，他的眼底似有星光，还有海水微漾。

02

和林湛在一起后，阮乔觉得，自己的大学生活开始变得有些不一样了。除了学习、工作，闲余时间也都被这个人占得满满当当。

以前 A6 的手账本记下一天的日记已经足够，但现在时不时要在本子上加纸，看样子，有必要换一个 A5 的一日一页了。

阮乔在自习室看计算机原理看得头昏脑涨，带了手账本写写东西，算是调剂。

可才写到一半，钢笔就没了墨水。

阮乔有些懊恼。

正在这时，林湛不知从哪儿冒出来，把下巴搁在她肩上，亲了亲她的脸蛋。

阮乔已经习惯了，头都没转，一手把他的脑袋推开。

林湛扯着唇，拉开她旁边的椅子坐下，目光还饶有兴致地停在她的手账本上。

干吗老看她本子？

阮乔开始还觉得奇怪，她瞟了林湛几眼，才后知后觉回想起，自己刚刚是不是写了一句……和林湛接吻了？

她的脸瞬间爆红，手上动作也很快，立马把本子合上，藏进书包里。

林湛掩唇，轻咳了一声，眼里却是掩不住的笑意。

阮乔恼羞成怒，卷起书轻敲他的脑袋，然后拿了个便利贴开始写字——

"看书！"

林湛看完，也扯过便利贴，写下两个字——

"遵命！！！"

后面那三个风骚的小叹号似乎是在炫耀他荡漾的心情，阮乔看着，脸红红的，翻开书，不理他。

上学期期末，两人还没在一起的时候，林湛就跟着阮乔报了计算机国二的考试，还好选了和阮乔一样的 Access。

阮乔当时委婉劝他，不然报个 Office 算了。虽然 Office 也要考高级应用，但大家好歹都有点基础，也是现在考国二比较主流的选择，比起 Access 会简单不少。只是林湛压根也没想着能考过，不过是想找个借口让阮乔"扶贫献爱心"而已，便一意孤行选了 Access。

此刻阮乔安静地看书，见一旁林湛虽然翻着书、却像个无头苍蝇的样子，忍不住抢过他的书，给他画重点。

"先背下我给你标记的，然后每一小点下面的例题自己跟着解题思路做一遍。回去我把机考操作题的题库拷给你，你每天做一套模拟题。"她的声音很轻，附在林湛耳边，只有他能听到。

有小小的气流不断吹拂着耳边茸毛，有点痒，又有点湿软，林湛觉得很享受。

待阮乔说完，看她一脸认真的样子，林湛点了点头，故作正经地对她比着口型：保证完成任务！

没个正形！

阮乔白他一眼，继续看书。

自习室很安静，不时有新同学进来。两个对外汉语的女生也推门而入，打算记单词。

还有一年半，他们这些国际部二加二的就要出国了。学校安排的对接大学基本都在澳洲那边，澳洲那边对接的几所大学对雅思要求不太高，但也不是没要求……

其实到要出国的那年，国际部学生的惯例就是烧钱刷分，一次考不过考两次，两次不过考三次。只不过一次报名费也不便宜，不是所有国际部学生家里的条件都好到可以烧钱的。

两个女生刚找到位置坐下，其中一个就扯着另一个的袖子，示意她看自习室的某一角，那女生顺着望过去，惊讶到合不拢嘴。

林湛会来自习室看书？不是中邪了吧？

两人面面相觑，互换了一个你懂我懂的眼神，又往前挪了几个位置。

这下看清了，还真是林湛。

她们俩用气声交流。

"他是来陪女朋友的吧，旁边那个不就是中文班的阮乔吗？"

"嗯对……是阮乔，他俩真在一起了啊。"

"上学期林湛不就是为了她在那个心理学课上怼了陈阳阳吗？去年就在一起了吧？"

"我怎么记得有传言说，林湛是和外语系的那个妹子，叫什么来着……哦，边月，林湛不是对边月有意思吗？最近边月在学校论坛还挺火的，搞那什么校园之星，不就有她吗？"

"那就不知道了……但现在肯定是和阮乔在一起了。"

两人嘀嘀咕咕说了一阵，还是旁边同学不满地皱眉，才让两人收了声。

03

昨晚江城就要林湛请吃饭，林湛说要养女朋友，只请食堂。江城一脸嫌弃，最后想着，食堂就食堂吧，坑一顿是一顿。于是从自习室出来，阮乔和林湛就一齐往约定好的三食堂走去。

反正是要吃饭，阮乔念着宋弯弯今早还在寝室睡大觉，在林湛给江城打电话的时候，就顺便让江城把宋弯弯也给叫上了。

四人在食堂碰面。

江城也是厉害，南大这么平价的食堂硬生生被他点出了三位数的菜。

宋弯弯夸张道："江城你是猪啊，点这么多！"

江城懒得理她，宋弯弯找了个钻石段位的男友之后，整个人嘚瑟得飞起，在游戏里老拉江城排位，然后羞辱他。

见宋弯弯抱着手机，江城忍不住呲儿她几句："能不能正经吃饭啊，成天拿个手机自拍，你怕是活在美颜相机里出不来了吧。"

宋弯弯白他："谁说我自拍了，我在看论坛！"

"黄色论坛啊？"

宋弯弯拿筷子，作势就要去戳江城："你瞧瞧你什么思想，我在看我们学校论坛！"

说到这儿，她看向阮乔和林湛："对了，你们知道吗？我们学校论坛上弄了个什么校园之星，呐呐呐，林湛你看……你可是男神榜在列啊。"

林湛接过宋弯弯那花里胡哨的手机，看了眼界面，又递给阮乔："看你男朋友，是不是很牛？"

阮乔拍开他手，觉得好笑："我们学校的学生也太有闲情逸致了吧……还弄这个。"

宋弯弯起劲地跟他们说："两个校区的都参选了，好像是男女先各选出十个，然后再投票选出男女前三的校园之星，校园之星就是类似风云人物这样的意思。其实里面好多人我都完全不认识，有些是学长学姐嘛，除了林湛……呐，就这个边月我还听过。"

边月。

阮乔和林湛皆是一顿。

宋弯弯想起来了："对了乔乔，边月不就是你们学习部的那个……是她吧？"

阮乔点了点头。

宋弯弯纳闷地嘀咕道："她最近在我们学校论坛上蛮红的，好像是从上学期开始，论坛就有公开表白帖，然后还有什么路遇美女啊之类的……漂亮是漂亮，但是有那么夸张吗？我觉得阳姐都比她漂亮多了，什么审美……"

边月还是挺漂亮的。

不过在南大，阮乔还没见过比周鹿更好看的女生。

珠玉在前，其他的，就真没那么惊艳了。况且两人还有过节，阮乔真欣赏不来她的美貌。

自上学期被边月摆了一道后，阮乔先是在圣诞节活动策划上给了边月一个没脸，后又不动声色揪了几个边月工作上的小辫子。

边月自己也是作死，学校领导要检查的报告都能忘记调格式，挨了批评。不然，春日宴活动也不会毫无争议地就交到了阮乔手里。

这学期底，阮乔和边月中间就会选出一人成为部长，另一人或是调任自己所在院系的学习部，或是成为副部长。

目前来看，阮乔已经领先不少。

晚上学习部要开会，林湛也就没黏着她，跟一帮朋友出去玩了。

这次开会的焦点在阮乔身上，她要做春日宴活动的安排汇报。

每年三月底四月初，南大都会有为期三天的春日宴活动，其中包括一次晚会，还有春日游园会。本来阮乔主要负责晚会，但今年活动经费压缩，晚会被老师取消了，只需要做好春日游园会的活动就好。

一年之计在于春，南大一直做这个特色的春日宴活动，有迎春之意，也是想在学期之初，调动调动学习氛围。

由于大家都有的自由时间多是中午和晚上，阮乔特意策划了猜灯谜，小红灯笼挂满校园，到时候会很好看。另外她还策划了春日涂鸦墙，请了食品安全专业的学长学姐在映雪广场摆摊做创意小吃，还邀请了戏剧社、动漫社、音乐社几大老牌社团表演。此前传统的书画展、汉服展也进行了保留。

活动很丰富，她的汇报获得了学习部一众成员的认可。只不过汇报结束后，部长还有补充："阮乔策划的活动很不错，但是活动这么多，你一个人应该负责不过来吧，这样，边月，你和阮乔一起做一下具体活动的落实，反正开学这一段时间，查课安排也不是很多。"

边月笑着应下。

一时之间，会议气氛有点奇怪……

大家都没说话，但是心里都门儿清，春日宴就是用来选部长的，四五届都这样子，哪有什么两个人同时负责的。

阮乔面上没有明显的情绪，她知道这是什么场合，没有当场开口询问。

会议结束后，她坐在那里没动。

部长也知道她有问题，待其他人走光后，部长亲自上前，跟她解释："阮乔，很抱歉，这件事不是我想这么安排的，是上面老师的意思。"

阮乔看向部长，轻声问："我想知道，是哪个老师？"

部长不好意思地咳了声，压低声音回答："团委张主任……"

阮乔垂了眼，沉默了好一会儿。

南大不是一般的学校，在学生会任职也不仅仅代表着你在大学期间有过学生干部经验，南大学生会的职务会直接影响保研、影响申请交换的学校，甚至影响工作。

阮乔不是喜欢麻烦的人，她之所以层层面试争取到在校学习部工作的职位，就是为了当上部长，在她申请保研的履历上添一笔光彩。

以往学生会的明争暗斗从来不少，只是真实经历了一把"上司"发话，阮乔心里还挺不是滋味的。

她跟学生会需要直接接触的那些老师关系也都不差，但显然，边月更善经营人际。

回到寝室，阮乔心情有点不好。她辛辛苦苦费心费力策划的活动，到头来人家只要一句话，就可以占去一半功劳，心里好受就奇怪了。不过……擅于从老师这边下手，也是边月的本事吧。

所谓竞争就是你输我赢，手段只是工具。阮乔也不想抱怨什么。

林湛他们似乎玩到很晚才回。阮乔都在床上躺了好一会儿了，才听到隔壁寝室的声音。

没多久，寝室门就被敲响了。

"柿子妹妹，是我……"

林湛。

今晚寝室只有她一个人，她犹豫了一下，在床上应声，然后翻身下床，给林湛开门。

林湛一手撑在门边，整个人歪歪晃晃的。

甫一开门，就有一股酒气扑面而来，阮乔忙掩住鼻子，一脸嫌弃："你喝了多少啊……"

林湛摇头轻哂："就半瓶——"

"白的！"

真是疯子。

阮乔早就洗过澡了，不愿意沾上酒气，往后退了两步："你回去睡觉，我也要睡了。"

林湛又摇头："我没有喝醉，我就是想见你。"

说着他往寝室里走了两步，捉住阮乔，把她圈入怀里："还想亲亲你。"

"流氓啊你，不要亲——"阮乔皱着眉头，边挣扎边躲着。酒气熏天，这还在寝室门口呢，太不要脸了他。

林湛偷香成功，终于满意。

阮乔待在他怀里，又害羞又嫌弃："你是醉鬼吗？臭死了。"

林湛挑着唇笑："你香就行了。"

他臭不要脸地凑到阮乔脖颈间闻，有淡淡的芦荟清香，紧接着他松开阮乔，又上下打量："今天的睡衣也很可爱，当然……没你可爱。"

阮乔捂了捂自己粉色的少女睡衣，脸红红的，想把林湛推出去。

林湛也就站着让她推。

推了半天没推动，阮乔不想理他了。

看阮乔有点生气的样子，林湛垂了头，低声问她："怎么，心情不好？"

阮乔赌气："不关你的事，我要睡觉了。"

"不关我的事……那就是有人惹你生气了？谁惹你了，跟你男朋友说说。"

阮乔又去推他："不要！你快回去睡觉吧，我不喜欢闻酒味。"

林湛压着她的肩，强迫她看着自己。他的眼神清明，确实没什么醉意："欸，柿子妹妹，你不能让别人欺负，知不知道？看看你这脸，气成什么样了，跟个包子似的。"

阮乔看着他，见他不问个明白就不罢休的样子，心里有些无奈。她往两边看了看，确定走廊没人之后，她飞快地踮脚，往林湛唇上啄了一下。

就是很浅的，蜻蜓点水。

她声音轻轻："这样行了吧，快去洗一洗睡觉。"

林湛愣在那里，半晌没动。

见他呆住，阮乔忍着脸上升温，很顺利地把他推出寝室，然后把门锁上。

她感觉自己的心怦怦跳着。

冷静了会儿，阮乔走到镜子前打量自己。难道自己的不开心有那么明显吗？

她把脸往上推了推，又拍了拍脑袋。

说实话……虽然林湛总做一些让她觉得很无措的事，但他护短的样子也很迷人。他说不能让别人欺负的时候，阮乔的小心脏跳得很快。只不过，有些事是该自己解决的，还是要自己来做。

❧ 04 ❧

随着新学期渐入正轨，冬日寒意也渐渐被初春新绿驱散。

大学的寒暑假就像有魔法，假期之后再见，大家或多或少都会有些改变。待四年之后再回望初入校园时的自己，也不知道是什么感觉。

阮乔改变还算小，只是发梢稍微卷了下。许映改变可就大了，连着两周上课都化了妆，有时还踩着高跟鞋。在阮乔的逼问下，许映终于承认，她和一直喜欢的体育系学长在一起了。

这堂课是古代文学，老师临时有事，给他们放了一个视频，就匆匆离开了教室。

阮乔和许映坐在一起。

看许映今天涂了个橘色系的口红，阮乔调侃道："可以啊许映，今天又换了一个口红颜色，有约会？"

许映脸不红心不跳。开学以来，她已经被大家调侃惯了，现在还学会了反击，强势怼了一把阮乔："换口红怎么了，呐呐呐，还学古代文学呢，听没听过什么叫女为悦己者容？我凭本事谈的恋爱为什么不能打扮啊。"

阮乔支着脑袋，偏头看她，笑个不停。

许映见状，作势要袭她的胸。

阮乔忙躲。

许映又转换策略，去挠她痒痒，边挠还边说："你也是个谈了恋爱的人，好好打扮打扮行不行啊？"

阮乔边笑边说："我怎么了啊，不是挺好的吗？"

"好什么好，还跟个高中生似的。"停下袭击，许映又拉过阮乔，偷偷跟她讲话："你没发现这学期我们班好多女生都开始化妆了吗？杨子琪还割了双眼皮呢……我之前都没发现。"

阮乔有点惊讶："真的啊？"

说着她就要转头去看。

许映忙按住她脑袋，"现在别看！你是不是傻，生怕别人不知道我们在议论啊。"

阮乔这才反应过来。

许映又继续说道："大家都开始打扮了，你能不能也好好捯饬下。追你家林湛的可多了，人家学钢琴的学舞蹈的，有气质又有身材，还特会打扮，你瞧瞧你……"

许映越说越嫌弃。

阮乔低头打量自己，有什么问题吗？……

不对。

她抬头问许映，语带威胁："你是说我没气质也没身材？"

许映连忙摇头："我的意思是，你可以更……更……"

"更"了半天，许映也没说出个所以然，她"哎呀"一声，直接说道："等会儿下课我带你去学校附近新开的健身房，我打算在那里办张卡。你可以跟着我先去那边看一看，没事儿的话也可以办一张卡嘛，练练身体线条什么的。"

学校附近最近开了一家商场，顶层就是新开的健身房，新开业，还有优惠活动，不少人都去了。

宋弯弯就在寝室提过，也打算在那里办个卡。只是阮乔对健身什么的完全没兴趣，权当陪许映走一遭了。

　　两人下课后就直奔校外。

　　新商场刚装修完，还有点气味，混合着香氛，让阮乔觉得有点难受，时不时就想揉鼻子。

　　她陪许映到顶楼办完卡，又被健身房的私教拉着念叨了半天，要她上私教课。

　　许映不够坚定，被私教游说两句已然心动。好在阮乔理智尚存，拉了拉，在她耳边反反复复说每节课的价格，许映才清醒过来。

　　教练游说许映上私教课的同时，也游说了阮乔办卡，但阮乔油盐不进，你说你的，听进去算我输。

　　从健身房出来，两人打算去吃火锅。正是午餐时间，林湛的电话准时打进来了。

　　他的声音懒洋洋的，一听就是刚刚起床："柿子妹妹，中午吃什么？"

　　阮乔侧过身，轻声回应："我和许映在学校外面新开的商场，打算吃火锅，你才起床吗？要不要我给你带个煲仔饭什么的？"

　　"噢——"林湛故意拖长了尾调，"抛弃我了啊。"

　　阮乔"嗛"了声。

　　林湛叹口气，又继续道："那你们吃吧，我跟江城随便吃点就行。"

　　"嗯。"

　　阮乔还打算交代他几句，让他不要喝饮料，多喝水。一抬头，她就见到一个熟悉的身影从网咖里走出来，一时也忘了继续讲话。

　　那不是……边月吗？

　　边月出来，还往周边看了几眼，然后也没再逛街，直接搭扶梯下去了。

阮乔在不远处看着她，觉得有些奇怪。

边月难道还打游戏？现在这年头的大学生，基本都有电脑，学校也有可用机房，除了打游戏，干吗还要来网咖？

阮乔有点搞不懂。

这事儿她也没多想，很快就跟许映一起去火锅店了。

她在点菜，许映在玩手机，突然许映嘟囔了一句："这边月到底是谁啊？我都没见过，有那么漂亮吗？……"

阮乔抬头。

许映刚好问她："她是你们学习部的吧，真人真的很漂亮吗？"

这个问题阮乔还真不知道怎么回答，普通的漂亮肯定是有的，但要说堪比明星，或是更夸张的惊为天人，那还真算不上。

许映碎碎念道："最近她在我们学校的论坛上存在感好强啊，有一帖说什么看到她真人了，好漂亮。"

阮乔接过她的手机去看，发帖时间就是二十分钟前。大致内容就是终于看到边月本人了，真的超有气质超级温柔……

阮乔看了眼发帖 ID，小百合。

ID 倒是没什么，但是这个头像，阮乔很眼熟。她几乎没多加回忆就想起来了……某次学习部开例会时，边月手机放在桌上，有短信进来，手机亮起，屏保就是这张图片。之所以记得这么清晰，是因为这张图阮乔也用来做过微博头像。当时看到边月的手机屏保，她还觉得挺巧的。

网咖，发帖。

这种联系有点微妙，阮乔不得不发散思维多想了一下。

其实一张相同的图片也证明不了什么，她也用过，说是凑巧也再正常不过，但阮乔对这事儿留心起来了。

✎ 05 ✿

一回寝室，阮乔就登录了学校论坛。

其实大家口中的南大 BBS 并非南城大学自己建立的官方论坛，而是附着于南城高校联盟论坛的一个子板块，人气很旺。

南城多所高校都在南城高校联盟有子板块，大家经常串门，组织联谊活动。

阮乔申请了一个账号，这才发现，现在连注册学校论坛的账号都要绑定手机了。

申请完成之后，她想搜一下提及边月的帖子，只是输入"边月"二字进行搜索之后，她才发现自己的权限不够。

厉害了我的论坛，还有权限。

她还是只是"吃瓜群众"的级别，没办法使用搜索功能，一时半会儿，这级别也升不上去。好在热衷逛论坛的宋弯弯小姐回来得及时，阮乔向她借了论坛号，继续干大事。

不搜不知道，一搜吓一跳。

从去年十月份开始，就陆陆续续有推荐边月的帖，划拉下来，一页都看不到头。

其中发帖最多的 ID 名为"宋朝有个小美女"，个人资料里还写着南大文学院，就是"宋朝有个小美女"从去年十月份开帖，说看到了一个好漂亮的妹子，偷拍了一张侧面照，问有没有人认识。

阮乔点开那帖，后面有一个叫"猪猪侠"的 ID 给出了正解。

阮乔着重看了看小美女和猪猪侠这两个号的发帖和回帖记录。

得亏宋弯弯的论坛号级别高，除了一些版主权限没有之外，其他权限都有。

很快，阮乔就发现了一些蛛丝马迹。

这个"猪猪侠"的 ID 没有开过边月的推荐帖，但是跟边月有关的帖里总能看到她的身影。

翻看历史记录可以发现，"猪猪侠"不只混迹于南大的子板块，还在高校联盟论坛的风花雪月、情感天地等板块时常现身。

某个健身操视频留邮箱发放的帖里，"猪猪侠"也留了言，只是那个留言被她重新编辑过了。

阮乔下意识觉得，这条留言可能有内容。

她用了快照搜索历史版本，终于找到这条留言的原始内容了，是一个企鹅邮箱。

阮乔再次在搜索引擎里搜索企鹅号，这一下……信息量堪称巨大。

最早的是在一个阳城论坛的交友贴里，楼主留下了这个企鹅号码。

阮乔记得，边月就是阳城人。

翻阅发帖记录，很容易就找到了楼主以前自爆过的照片，虽然照片不是现在的画风，但阮乔一眼就认出来了——

这是边月。

现实与网络真是差异巨大。

不仅是交友爆照，还有什么两性话题、岛国动作片留邮箱打包发送……都有这个号的身影。

最让阮乔震惊的是，这个号竟然还在一个小三贴吧发过求助帖。

阮乔呆愣在电脑前，感觉自己的三观被刷新了一遍又一遍。

怎么可能？

边月她……

阮乔愣了很久才起身，走到寝室外的阳台上，她觉得自己要吹吹风冷静冷静。

实在是无法想象，边月她和自己一样，还只是一个大一的学生啊，而且在外人看来，她聪明、漂亮、为人处世圆滑，和网上那些……完全不搭边。

阮乔的心情真的很复杂，她只是下意识觉得那些吹捧帖跟边月自己有关，想找一找蛛丝马迹，完全没有想过要去挖别人的隐私，更没想到，自己能顺着一些微弱的线索，找出这么多令人感到震惊的东西。

回到寝室，她仔细清除了宋弯弯论坛号的操作记录，脑子太乱，她索性爬上床睡午觉。

她想着，睡一觉，可能思路会清晰很多。

下午中文班没课，阮乔这一睡，直到六点，才被林湛给叫醒。

林湛是宋弯弯带进来的，宋弯弯无语地摇着头，吐槽道："我看不如你们俩住一间寝室好了，省得隔三岔五在这儿虐狗。"

林湛嗤笑："找你男人去，装什么单身狗。"

宋弯弯"略略略"地冲他吐舌头，片刻后又叉着腰喊道："我还真要出门了，光天化日的，别在寝室做什么少儿不宜的事啊，别欺负乔乔！"

林湛挥手："行了你，快走行不行，大小姐？"

宋弯弯走后，阮乔还半坐在床上晕晕乎乎的，不时揉着自己那头鸡窝似的头发。

林湛几步就爬上了她的床，坐在床边逗她："欸，柿子妹妹，睡傻了吧你？"

阮乔下意识拍开他手，又揉了揉眼睛，随口问："你来干吗？"

刚起来，她的声音还在喉咙里打转，软软糯糯。

林湛从一旁拿起她的手机给她看时间，声音懒洋洋的："女朋友大人，都六点了！不吃饭，你要修仙吗？"

阮乔傻坐着，噢……都六点了啊，怎么感觉没睡多久。

阮乔还在醒瞌睡，林湛就坐在床边玩她的手机。

阮乔的手机屏保还是林湛画的那幅画，林湛对此很满意。

她的手机密码林湛也知道，和他的一样，是今年的情人节，也是两人确定关系的那一天。

两个人都没什么秘密，也对对方没什么保留，常常互相拿着玩，阮乔时常会用林湛的手机帮他打王者。

林湛翻了翻相册，想看看她最近有没有萌萌的自拍，结果没翻到。他无意中点了下淘宝 APP，又随手翻到收件人那里，他突然想到个点子，趁着阮乔没注意，改了一个，然后若无其事地退出了 APP。

阮乔完全没注意，又趴在他肩上赖了好一会儿，瞌睡才算散去。

看她这副软绵绵对自己完全依赖的样子，林湛觉得，可爱到爆炸了。若不是学校安排的床都在上面，他还真想把阮乔抱下去。

他又在寝室催了十来分钟，阮乔才洗漱收拾好，跟他出门吃饭。

阮乔心里有事，有些没精神，吃饭也吃得不香。

林湛问了好几次，阮乔都没跟他讲。

阮乔不告诉林湛也没别的原因，只是她知道，依照林湛的脾气，都揪着别人小辫子了，还不得立马把丑闻散播到全校都知道啊……

阮乔也不是圣母心发作，只是这一捅出去，边月在学校肯定没法儿混了。

一想到那些高校学生因不堪舆论跳楼之类的新闻，阮乔就有些心惊。要是边月真因为这些事去跳楼什么的，她得愧疚一辈子。

06

又是一周学习部例会，大家照例讨论了一下春日宴的活动，以及本周的查课安排和学分统计。

会议结束，阮乔走得很快，没承想边月追了上来。

"阮乔！"

听到边月喊自己，阮乔顿步，转头去看。

边月今天穿了一件藕粉色长袖连衣裙，袖口和领口都是公主裙式样的收口设计，她穿起来还挺有气质的。

阮乔淡淡看她，问："有事吗？"

边月嘴角淡开的笑意有些意味深长："我是来跟你讨论春日宴活动的。"

刚好走到操场边，阮乔站在石阶看台上，一眼就看到林湛和江城他们在打球，他在球场上向来很有活力，看他来来回回跑动耍酷，阮乔心里很突然地就变得柔软起来。

边月顺着阮乔的目光望去，也看到了林湛，声音不由得淡了几分，她问："你知道最近论坛上有个校园之星的活动吗？我和林湛都在榜上……"

阮乔的睫毛微不可察地颤了颤。

之后边月说的那些无非是想彰显自己的优秀、自己能力的突出，阮乔听得有些乏味。

阮乔坐了下来，目光一直黏在林湛身上。

刚好，林湛进了一个三分球，有女生在附近欢呼。

没过一会儿，中场休息，又有女生上前递水。

边月也在看，嘴上还在说个不停："你也看到了，有很多人喜欢林湛，你觉得你——"

阮乔实在听得不耐烦了，她打断边月："抱歉，你一直夸我男朋友，是几个意思？我比你清楚他有多受欢迎，你不用再说了，说重点。"

边月被哽了一下，半天没说出话。

不知道是干部当久了还是怎么回事，边月说话总喜欢弯弯绕绕说一大堆官腔，末了才朝阮乔放了一句话："学习部的部长，你不要想了，做再多也是无用功。"

阮乔坐在台阶上，轻飘飘地反问了一句："是吗？"

边月声音平静，却说得笃定："我是好心劝你，学习部的部长我势在必得。"

阮乔起身，双手插兜，目光还是淡淡："我本来……不想提这件事，但是现在不提好像不行了。你得意之前不妨先擦干净自己的屁股，我至今都想不通，你这么自诩聪明的人怎么会做出这么愚蠢的事。"

说着，阮乔从口袋里掏出一个 U 盘，塞到边月手里："我不想浪费口舌，一个条件，你退出学习部，我就当作什么都不知道。"

边月感觉有点不大对，但还是嗤笑了声："你在胡说八道些什么？"

"我的话可以被定义为胡说，但证据就是证据，你说是吗？猪猪侠、小百合？或者是你那些五花八门装作其他学院学生的 ID？"

第二章

Chapter 02

01

初春的夜有些凉，探照灯将篮球场照得一片明亮。

边月站在石阶边，双手环抱，手里还紧紧捏着一个 U 盘，她感觉全身都在发冷。

看着阮乔的背影渐渐走下阶梯看台，朝篮球场走去。

一时之间，她脑袋空白，还未从阮乔刚刚说的那句话里缓过神来。

打了一个小时篮球，林湛扯下额间浸润汗水的发带，用手拨了拨头发。

运动过后，心脏跳动得有些快，他喘着粗气，拉起衣服下摆，抹了把脸上的汗。

有女生递水过来，他没抬眼，只疏离地说了声："不用，谢谢。"

他很渴，那水也很诱人，但他不能接。

矿泉水瓶还停在那里没动。

林湛不耐烦地放下衣服，边抬眼边说："说了不用……"

话音未落，他就顿住了——

阮乔将一瓶水递到他面前，弯着唇看他，眼里亮晶晶的，似是星河轻曳。

林湛呆了两秒，二话没说，接过瓶子，咕噜咕噜喝起来。

有水沿着唇角下滑，阮乔拿出纸巾帮他擦，顺便也擦了擦脸上的汗。

喝完半瓶水，林湛边笑边把她带入怀里，声音还有些微喘："你怎么在这？"

"看你耍帅啊，顺便查查岗……看你有没有喝别的女生的水。"

林湛挑眉："查岗结果怎么样，你男朋友表现不错吧？"

阮乔笑："勉强及格。"

两人说说笑笑，慢慢走出篮球场。

在路上，阮乔手机震了震，她掏出来看了眼。

短信来自边月，只有短短一句话。

好，我答应你。

看完之后，她若无其事地收起手机，继续跟林湛讲话。

林湛随口问："谁的短信？"

阮乔犹豫了一下，声音轻轻："中国移动，流量优惠什么的。"

闻言，林湛没再追问。

回到寝室，阮乔觉得松了一口气，这件事，算是已经解决了吧。

其实她一开始并没有想过要逼边月离开学习部。将证据拷至 U 盘给边
月，是想提醒她尽早擦干净自己的屁股。

当然，她也没那么好心，作为交换条件，边月需要主动退出春日宴活动。

哪承想边月自己主动上前撕破脸皮，她一气之下，就将一早想好的交换
条件，换成了离开学习部。

边月同意了，那她的仇也算是报了。

阮乔躺在床上这样想，却还是有点睡不着。

拿这种事跟人做交易，她还是第一次干，总觉得有点不自在。

在床上翻来覆去了一晚，阮乔都没怎么睡好。

不知是夜里着凉还是其他原因，次日起床，阮乔觉得嗓子有点疼。嗓子
肿胀疼痛是感冒的前兆，阮乔不敢大意，连忙去医务室买了感冒药和消炎药。
只是发现得还是有点晚，当天晚上，她就发高烧了。

阮乔以前也住校，生病了室友会关心，但能做的也仅限于关心而已，该

受的罪还是自己来受。

发烧的时候只有那几种解决方法，就该出出汗，于是她把被子捂得严严实实，捂得出了汗也不松开。

一夜昏昏沉沉，醒来却并没有如她所想，安然退烧，反而越来越严重了。

她打电话给辅导员请了假，继续在床上躺着，整个人迷迷糊糊。

直到中午，林湛在门外大喊，她才有了点清醒的意识。

"柿子妹妹！开门！"

"阮乔！阮乔？！"

她没力气，半天都没动。

没过一会儿，林湛不知从哪儿拿到了钥匙，进了寝室。

见阮乔安然躺在床上，还翻了身，他那颗悬着的心脏才算是落了地。

林湛在床下喊了两声："柿子妹妹，你怎么了？连着两天晚上都说困，一上午打你电话都不接，吓得我……"

"睡傻了？"

"不会是生病了吧？"

一直没出声的阮乔很轻地应了一声，声音很小很小。

看样子还真是生病了。

林湛顾不得其他，直接爬上了床。

阮乔头发睡得乱糟糟的，脸有点病态的红，脸上温度也很高。

林湛用自己的额头轻碰着她的额头，才发现她发高烧了。

"你感冒两天了？怎么不告诉我？"

林湛问了一句，阮乔就懒懒地窝在他胸膛前蹭了蹭，也不讲话。

手机硌得手臂疼，阮乔拿起来看一眼，才发现林湛给自己打了很多个电话，只是静音了，她没有听到。

除了林湛，还有边月的，许映的。

手机还未放下，许映的电话又进来了。

她点了接听。

电话一接起，许映就问："乔乔，你没事吧？"

阮乔用很小的声音回答："没事。"

电话那头的许映松了口气："吓死我了你，你上午怎么没来上课啊，电话也不接，辅导员也不在办公室。你请假了吗？我还以为你出了什么事呢。"

说着，许映又想起了一件事："对了，那个边月的事跟你有关吗？她上午疯了似的冲到我们班上来，那会儿我们在上课，你……"

许映声音有点大，林湛也能听到，听到边月，他皱了皱眉。

许映的话还没讲完，林湛就夺过了她的手机，没什么起伏地扔了句："阮乔生病了，以后再说。"

说完，林湛利落地挂断电话，还帮她关了机。

阮乔很不舒服，感觉整个人置身于封闭的气球里，空气稀薄，温度很高，要爆炸了似的。

听了许映说的话，她除了身体不舒服，心里又多了一重不安。

"你干吗挂我电话……"她的声音微弱，像是生病的小猫。

林湛揉她脑袋："拜托你先把感冒养好了再管那么多闲事行不行？"

可是刚刚许映说什么边月的事……阮乔怎么也放心不下。

她发高烧，又不肯去打针，林湛没办法，只能喂她吃了感冒药和消炎药，再出门去买退烧药退烧贴，还有体温计什么的了。

趁着林湛暂时离开，阮乔把手机打开，进了南大论坛。

她猜测的没错，边月的事被论坛挂出来了。最高的一栋讨论楼回帖已经超过三千了，其余零零碎碎的帖子也不少。

她点进那栋高楼，帖名为《南大戏精新鲜出炉！外院美女边月精分自夸，脸大无边！》

内容一如帖名，相当直接。

阮乔翻了一遍帖子，虽然她现在脑袋和一团糨糊似的，但看得出，这个楼主的语言组织和逻辑分析能力很强，整个帖子实锤满满，时间线清晰，边月是怎样都狡辩不了的。只是那些实锤里，阮乔看到了不少截图都出自自己之手，那些图都是她保存在 U 盘里拿给边月的。

怎么会这样？

阮乔第一时间就想到，是不是自己不小心泄露出去了？

随即她就否定了这一种可能。她的确有证据备份，但是都存在电脑的加密文件夹里了，她这两天感冒，连电脑都没动过。其他人动她电脑也不可能，寝室里这两日出现过的就只有宋弯弯，但也只是中午在这边休息了会儿，晚上都没在学校住。东西不可能是从她这儿流出去的。

那……就是从边月那儿流出去的？

阮乔带着疑问，强打起精神，继续看帖。

除了她截的图，里面还有大量的信息是她完全不知道的。

当初她只查了"猪猪侠"一条线，其他的号都没怎么查，因为"猪猪侠"一个账号暴露的信息就已经让她相当惊讶了。

这个楼主显然更加厉害，将边月扒了个底朝天，七八个小号都被曝晒在帖子的最顶端。

楼主还顺着小号透露出的蛛丝马迹找到了更多让人觉得一言难尽的信息。

甚至扒出了，南大论坛这次搞的校园之星活动，就是边月自己吆喝起来的。

这些事让阮乔也狠狠吃了一惊。

可她正看得出神的时候，手机突然被人抽走了。

她愣愣抬眼，林湛……他什么时候回来的？难道感冒的人就连听觉也会变得迟钝吗？她完全都没有意识到……

林湛挑着眉，屈起食指，轻敲她的脑袋："柿子妹妹，你以后是打算去居委会工作吗？让你别管你还要管。"

阮乔摇头，轻声辩解："不是，我只是想知道边月这件事，怎么会放到论坛上。"

林湛将体温计放到她腋下，让她乖乖夹着测体温。

阮乔照做，还靠在他怀里絮絮叨叨，把最近这些事情全都讲出来了。

"……这件事真的不是我做的，她用了不正当的手段要掺一脚我负责的活动，我只是想吓唬她一下，没想过真的要弄得人尽皆知。"她看着林湛，轻声说，"你相信我。"

林湛觉得好笑，往她额头上粘了一个退烧贴，反问："我什么时候说不相信你了？不相信你，我相信谁？"

他两只脚踩在扶梯上，让阮乔靠在怀里："我就是听到风声了才觉得不对劲，你竟然还瞒着不告诉我，她对你使手段你不会告诉我吗？难道你觉得我连这点小事都处理不好？"

阮乔搂着他的脖子，埋在他胸口摇头，委婉解释："你就是……就是……处理事情的能力太强了，这种小事，我自己来就可以……"

她顿了顿，怕自己解释得太委婉，林湛没听懂，于是又说："我怕你动手，万一你把人打伤打残我怎么办？为了这种人还要去坐牢，那就太不值了。"

"喂喂喂，柿子妹妹，你思想很有问题啊。难道我就只会打架吗？"

阮乔不想跟他争，小声服软。

林湛"喊"了一声，在她脑袋上敲了下："总之，这事你别管了，边月那是自作自受，你以为她得罪的人少吗？看她好戏的人得从南校门排到北校门了。你也可以放心，爆料的锅也不会让你背的，我来查。"

林湛话音刚落，阮乔还没接话，门就很突然地被敲响了。

门外是怯生生的女声："你好，请问有人在吗？有你们寝室的快递。"

最近学校好几个快递点在搬迁重组，这段时间的快递可以在微信公众号里填写具体寝室号、合适的派送时间，会有人专程送上来。

阮乔想起，她的确是有几个快递要到了。昨天身体就不太舒服，她懒得去快递点拿，直接在公众号里填了寝室信息。

她拉了拉林湛的袖子，轻声说："是我的快递。"

林湛应声："行，那我去拿。"

林湛开了寝室门，送快递的女生先是一蒙，后又有些脸红。

是男生啊，而且还长得这么帅。

她下意识去看收件人姓名，准备核对信息，一看收件人，脸色变得有些奇怪……

她张了张口，半天都没说出话，实在是……

她只好硬着头皮略过收件人那一栏，看向手机号码："请问你的手机尾数是？"

"7750。"林湛很轻松就报出了阮乔的手机尾数。

女生核对了一下，没有错，便把快递盒塞给他，让他签收，拿着签过名的底单就匆匆离开了。

林湛挑眉，接过快递一看。

他突然乐了。

这小傻子，买东西都不看收件人名字的啊，那会儿自己玩性起来给她改了，她竟然完全没有注意到。

只是目光掠过品名的下一秒，林湛就顿住了。

他好一会儿才反应过来，很想笑，但是他的女朋友大人还生着病，这会儿笑出声很可能会直接导致感情破裂，他决定辛苦地憋一憋。

阮乔毫无察觉，在床上问："什么东西到了，你拿过来给我看下。"

林湛摸了摸鼻子："还是别看了吧……"

阮乔觉得奇怪，为什么不看，她重复道："给我。"

"你确定？"

阮乔朝他伸手。

林湛三两步爬上床，顺便把快递给了阮乔。

什么东西神神秘秘的，她又没买什么见不得人的东西。

阮乔接过快递一看，先是一愣，之后脸蛋开始迅速升温。那温度，怕是比高烧还高，退烧贴都害羞得掉下来了。

收件人名：湛湛家的小仙女

品名那里还是机器打出来的一段灰黑色印刷体：

《霸道校草爱上我》*1

《索吻 88 次：邪魅总裁娇蛮妻》*1

《恶魔少爷别吻我》*1

这都是什么呢！

阮乔羞得要死。

林湛见她这样，再也憋不住笑，趴到她床上，笑得肩膀一耸一耸的。

阮乔又气又羞，拿着快递盒打他！

林湛一边躲一边忍不住开启了嘲笑模式："你们中文系就看这些啊，笑死我了……不行不行，真的忍不住了哈哈哈……"

阮乔病都要被气好大半了。

她捣鼓半天，弄开快递盒，看了里面的购物清单才想起，前段时间某个青春文学品牌的官方旗舰店做活动，二十块钱随机三本书，还包邮。她想着，自己也是个谈了恋爱的人，没事儿看看言情小说学一学也是好的。

原来这就是做活动的青春文学啊，做活动就算了，为什么还要把书名打出来？！

阮乔不住地跟他解释，林湛还是停不下来，笑得都快岔气了。

我的女朋友怎么可以这么可爱！

他顺手抽了一本《霸道校草爱上我》摆POSE，朝阮乔挑眉："看看看，我是不是霸道校草？"

要死噢！

阮乔捂住羞红的脸，想把他给踹下去。

差评差评差评！她一定要给这个店打差评！

林湛在寝室陪了阮乔一下午，两人说说笑笑，时不时拌个嘴，阮乔精神头也好了些。

晚上的时候，高烧终于退了。

阮乔好好睡了一觉，次日醒来，眼前一片清明。

她感觉好了很多，连嗅觉都灵敏了一些，能闻到风从窗户外送进来的初春花香，浅浅淡淡。

02

上午有古代文学专业课，阮乔和许映约好了在食堂见面，吃完早餐一起去教室。

许映一见到阮乔，就开启了小话痨模式，叽叽喳喳说个不停，不时还扬起肉包子，绘声绘色地比画："你不知道，边月一冲进来，整个人和疯了一样，一直骂你，叫你出来……"

阮乔用小勺舀着粥，轻声问："她骂我什么了？"

"就是……"许映突然顿住，然后心虚地往嘴里塞包子，声音弱了许多，只含含糊糊地带过一句，"反正就是骂你，我也没听仔细。"

她放下包子："哎不说这个，你古代文学的读书笔记开始写了吗？第十一周就要交上去检查呢。"

阮乔摇了摇头："还没去图书馆借书，怎么写？"

她知道许映是在转移话题，倒也没太在意，边月嘴里又能说出什么好话呢。

耳不听，也算是为净了。

两人吃过早餐，一起去教室。

古代文学在至诚楼五楼上课，爬到上课的楼层，两人都已经喘着粗气了。

教室里已经来了不少同学，在外面就听到里头有热烈的讨论声。阮乔边看时间，边跟在许映后面走进教室。

她敏感地察觉到，就在自己走进教室的那一瞬间，原本热烈的讨论声突然就低了一个度。

她抬头，可没有人在看她，大家都在看书，或是小声聊天。

越是这样，越是怪怪的。

阮乔和许映坐到前排，她拿出书，提前翻阅，可总感觉一道道视线都投射在自己背上，那些拿书转笔发出的窸窸窣窣声里还夹杂着窃窃私语，似乎也与她有关。

身体转好带来的好心情霎时败了大半。

阮乔心不在焉地记着笔记，整堂课都不在状态。

她大约知道，大家是因为边月到教室的那一闹，对自己有了一些误解，以为论坛的爆料是自己做的。

课间休息的时候，她一看论坛才知道，除了那些讨论边月的帖，论坛还多了讨论爆料边月的楼主的帖。

整个帖子的走向大致是这样的，先有人提出，在论坛爆料边月的应该是她在学习部的竞争对手阮乔。随即就有人附和，还有人说边月到阮乔班上去闹了。

后面的跟帖大多是对爆料行为的一些看法。

有人觉得爆也没错，边月自己干了那些事，别人也没抹黑她。更多的还是觉得阮乔有点狠，学长学姐在下面跟帖感叹，说现在的学妹太厉害了，竞争个学生会的职务，至于这样吗？

另外则有人发帖，说阮乔好像是国际部林湛的女朋友。

似乎跟国际部沾上关系，整个人都变得有问题了，有人还在下头质疑阮乔的人品什么的。

网络论坛，空口白牙，不需要负责任。

阮乔看得心里堵得慌，教室里那些小声的议论似乎更扎人了。她趴在桌上，塞上耳机，强迫自己不去管别人的纷纷议论。

总有人不惮以最大的恶意来揣测他人，却没想过凭空猜测给他人带来的伤害。

❧ 03 ❧

一整个上午都有课，从古代文学到逻辑学，转了教学楼，转了楼层，可那种背后的议论却没有停止。阮乔从来没有这么希望，一堂课快点结束。

林湛有阮乔的课表，他们班上午只有一节课，他掐着时间，提前十分钟到阮乔教室门口等人。

下课铃响，收拾书本、桌椅响动的声音也随之而起。

林湛收起把玩的打火机，往前门走。

阮乔总是坐在靠前的位置，学习态度又很端正，几乎是一眼就能扫到。可林湛的目光停留在她身上时，略微顿了顿。

她看上去……心情不太好啊。

阮乔垂着眼收拾书包，动作很慢，看上去确实不是很开心的样子。

许映憋了一节课，想上厕所，下课铃一响，就一溜烟儿从后门跑出去上厕所了。

阮乔也不急，就一直在等她回来。

见阮乔半天不动，林湛没了耐心，直接往教室里走去。

人停在阮乔面前时，阮乔也不知道在想什么，整个人低着头神游天外，半天没给一点反应。

耳边传来细微的讨论声："这是林湛吧……国际部那个……"

还是听到熟悉的名字，阮乔才后知后觉地抬眼。

而林湛就站在她面前，略微偏头，不知道打量她多久了。

见阮乔终于看到自己，林湛微微向前倾身，双手撑在她桌上："喂，柿子妹妹，想什么呢？"

阮乔没出声。

他又去揉阮乔的头，懒声碎碎念道："和个闷蘑菇似的。"

教室里还有很多人没走，阮乔觉得有点不自在，拍开他的手："别碰我头发。"

林湛没在意，又用手背去摸她额头："还行，不烧了。"

他又问："带水杯了没？"

阮乔以为他要喝，就拿出来，摆到他面前。

突然，她又拿了回去："我感冒还没全好，你别喝我的水，等会儿去买矿泉水。"

林湛没接话，从自己书包里摸了半天，找到感冒药，扔在桌上："先吃药。"

正在这时，许映上完厕所回来。她本来打算叫上阮乔一起去吃饭，可人家男朋友都找上门来了，她也不是不识趣。于是悄没声儿摸回座位，飞快地收拾了书包："乔乔，我男朋友刚刚打电话找我……我就不跟你一起吃饭了啊，先走了，拜拜！"

这话刚说完，她就尴尬地发现，手机还放在文具盒下面。

她"呵呵"了两声，赶忙往外走，还朝阮乔摆手，顺便也朝林湛扬了扬手。

林湛略微点头，算是打了招呼，继而转回来盯着阮乔："吃药。"

阮乔无语……

干吗一定要在教室吃药，好尴尬。

许映走了，林湛往桌上一跃，翻身就坐到了阮乔旁边，手还敲着桌面，继续盯着她："吃。"

真是怕了他了。

阮乔抓过胶囊，看了下说明书，然后就着水吞下两颗。

林湛满意地拍了拍她的脑袋："这才是健康的蘑菇啊。"

阮乔皱着眉拍开他的手，轻声呛他："烦死了你。"

林湛的到来引起了不少中文班同学的注意，阮乔吃完药，拉着他想要往外走，林湛帮她拿书包，任由她拖着。

直至离开教学楼，不再被众人暗中打量，阮乔才放缓步调。

她下午也不怎么开心，加上病没全好，整个人都恹恹的，像朵蔫了吧唧的小花。

林湛见她这个样子，晚上硬是拖着她去操场上看篮球赛了。

林湛只有上半场上场，下半场就坐在一旁休息，陪阮乔看比赛。

有倏忽的风带着春日的青草气息拂面而过。

林湛喝了口水，突然转头问她："你是不是看论坛上的帖子，心里不舒服了？"

阮乔托着腮，手肘支在膝盖上。她的眼睛望着篮球场，目光却似乎穿过了这一场比赛，不知道在想些什么。

林湛问完之后，她安静了好一会儿才轻轻地"嗯"了一声。

她转头看向林湛，继而又垂了眼："我现在觉得，大学好像比高中要复杂很多。"

她的面上看不出情绪，声音也很轻："高中的时候、只要做题，背书，朝着自己想要去的地方努力就好。我以为大学也是这样……"

远处不知是哪个队伍赢了一个三分球，一阵欢呼。

阮乔顺着声源的方向望去，声音还是淡淡的："其实我不想进学生会，也不想当什么干部，这些没必要的事情会占用我很多时间，但是我给自己这四年定下的目标是……保研帝都大学。我很早就了解过，南大文学院会有一到两个推免帝都大学的名额，如果单纯地去考……我知道自己不一定能考得上，所以想要让自己变得优秀一点，再优秀一点。"

她放下托腮的手，环抱着膝盖，下巴搭在膝盖上。

路灯把两人的影子映衬在石阶上，折折叠叠，延伸而下。

她似是看得出神，说话时也有点空空荡荡的："其实愿望也很简单，我没想过要成为很伟大的人……就想一直念书，念到研究生，如果再有天分一点，可以念个博士？反正就是……能在毕业后当个大学老师就最好不过了。大多时候，做一个朝九晚五的普通人，空闲的时间，可以出去旅行，看一看不同的风景。"

林湛很安静地听她讲话，也看着地上的影子，末了挠了挠头。

阮乔讲完以后，林湛沉默了会儿。

突然，他自顾自轻哂了声："好像是第一次听你讲这么多。"

阮乔伏在膝盖上，突然侧过头看他："那你呢？"

林湛愣怔，似乎是没想到阮乔会这样问，脱口道："我？我什么？"

阮乔声音轻轻："我是想问，你有没有什么目标？有没有想过以后要做什么？"

林湛摇头，故作轻松道："没有啊，想那么多干什么，想了又有什么用。"

他似乎是有点逃避这个话题，说完这句，突然起身，说是要带阮乔过去认识一起打球的朋友。

阮乔被他搂着，顺从地往前走，没有讲话。

这一晚两人隔着一堵有洞的墙，谁都没有打扰对方，可两个人也同样都没睡着。

其实有些话题阮乔很早就想聊到，只是真的聊到的时候，结果比她预想的更为未知。

阮乔翻了个身。

她觉得自己可能是想太多了，才大一呢，为什么要去提及还很遥远的以后。

毕竟，谁都不知道以后会怎么样，不是吗？

04

可能是睡得太晚，阮乔醒来的时候，发现快要迟到了。闹钟也不知道怎么回事，一直没响。她匆匆起床洗漱，拎起书包就往外跑。

死定了死定了，什么课不行，非得是现当代文学课。

她推开寝室门，正巧撞见林湛出门接水，他顶着一脑袋鸡窝似的头发还没睡醒，见阮乔慌慌张张锁门，懒声问道："柿子妹妹，要迟到了啊？"

听着怎么有点幸灾乐祸呢？

阮乔白了他一眼，拔腿就想跑。

林湛勾着唇，一手就捞住她："急什么，反正都会迟到。"

说着他就往阮乔脸上亲了一下。

阮乔快要被他气死了，这个臭不要脸的！

她没时间再继续跟他贫，踩了他一脚就继续往外跑。

赶到现当代文学的教室时，老师已经开始讲课了，阮乔看了看时间，上课都八分钟了，她瞅准时机，趁着老师在黑板写字，从后门窜了进去。

她在后排猫着腰坐下，刚坐稳就有人喊她："乔乔！"

阮乔差点被吓死了！许映真是……神出鬼没！她竟然坐在了最后一排！

阮乔边拍着胸脯边小声问："老师点名了没？"

许映摇了摇头："他说下课再点呢。"

许映想起正事，忙打开手机给她看："对了对了，边月那个事，论坛又有新进展了！"

阮乔接过手机看，许映还在一旁讲解："那个爆料的楼主原来是边月室友，她们是同班同学，呐，她自己出来发帖了，说边月以前对她怎样怎样……还抢了她男朋友呢，也是可怜。"

阮乔看完主楼，终于明白了。

这就怪不得了，她就是从边月那里拿到了U盘里的东西，然后往深里查了吧。

这位自称边月室友的，说上学期军训那会儿两人还很好，她把边月真心当闺密，实际上边月当面一套背后一套，抄袭了她的军训感想拿了优秀标兵奖，班干部选举的时候从中作梗，让她没能竞选上，还抢了她的男朋友……

总之，只看主楼的内容，边月可以称得上是十恶不赦了。

那么问题来了，为什么楼主一开始不表明身份，非要等到现在，大家都在猜测爆料人是她阮乔的时候才站出来呢？

阮乔觉得没那么简单。

中午吃饭的时候，林湛给她打电话，让她在食堂等他。

她点了几个小炒，又打了饭。

等到十二点十分，林湛才踩着夹板拖，叼着根棒棒糖，吊儿郎当地出现在食堂。

他的头发湿着，走近还能闻到身上的青柠味道，一看就是刚刚洗完澡。

他把棒棒糖拿出来，转了两个圈，递到阮乔面前："蘑菇妹妹，吃不吃糖啊？"

阮乔忙往后躲，一脸嫌弃："谁要吃你口水啊，拿开拿开。"

林湛不以为然地笑了声:"又不是没吃过。"

阮乔好半晌才反应过来他在说什么,脸腾起一片红晕。

林湛继续叼着棒棒糖,一手撑在桌上问她:"看论坛了没?"

阮乔抬眼,顿了几秒,然后反问:"你做的?"

林湛脸上的得意求表扬完全掩饰不住,可偏偏还装作云淡风轻的样子,随意解释:"我就是随便找了个信工院的帮忙查了下,边月那室友也不是什么好鸟,自己干的好事还开小马甲黑你,想把锅甩你头上,你猜怎么着?"

阮乔摆出一副林湛期待的求解答模样。

林湛挑了挑眉,继续道:"我把她的黑历史往她面前一扔,让她自己选,她也不傻,很快就表示自己愿意上论坛澄清,她自个儿去说还能拉拉同情心,她跟边月那点恩恩怨怨还不是随便她发挥啊,真让我上,她们两个一个也别想好过。"

阮乔没承想还有这一出,听完愣了愣。

见阮乔没半点反应,林湛皱眉,拿筷子敲了敲阮乔的碗:"蘑菇妹妹,你倒是给点表示啊。"

表示什么?

阮乔看他那一脸求表扬的样子,没忍住笑出了声。

林湛不依不饶,干脆坐到她这一边,命令她:"快夸夸我。"

阮乔只闷声笑,她夹了一块朝天椒往林湛嘴里塞,浮夸地夸道:"好好好,你最厉害了,毕竟你是南大道明寺嘛,来,吃一块肉。"

林湛根本没注意是啥,被阮乔一夸,美得找不着北,张口就咬——

天!

吃完棒棒糖再吃朝天椒!

那种酸爽!

林湛都没空去看阮乔捉弄成功幸灾乐祸的表情了。

第三章

Chapter 03

01

林湛这一招"放狗咬狗"的效果不错,阮乔从边月事件中算是彻底退了出来。

接连几日学校都有人在谈论边月的小道消息,有人说她准备退学,有人说她准备申请大二的交换生。

说法不一,阮乔也没什么闲工夫去关心了,毕竟被感冒一耽搁,手头积压的事情越来越多。

周末有国二考试。

阮乔被分配在周日下午参考,没承想林湛也是,只是所在的机房不同。

阮乔考完出来的时候,许映也刚好从隔壁机房出来,两人都是考的Access,自然有话聊。

"最后那个宏的操作题我没做出来,忘记代码了,这次估计只能考过吧,选择题也好几个都不会。对了,乔乔你抽的题难吗?"

阮乔侧身,躲避从机房挤出来的人群:"还好……我最后一个操作题也是宏,但没有要写代码,选择题的话,程序运算的那几道有点晕。"

两人边走边聊,都快走出教学楼了,阮乔才觉得有些不对。

林湛呢?

她在台阶处停下,回头望。

她一眼就看到林湛靠在楼梯口的墙壁那里,看着自己。

他的手插在兜里,整个人懒洋洋的,好像还在嚼口香糖。

阮乔回过头跟许映讲了几句,让她先回去,然后转身去找林湛。

林湛见她过来，也没动。

阮乔问他："在这里站着干什么？"

林湛的目光似是漫不经心，掠过眼前走过的热烈讨论的三两人群，转头，停在阮乔身上："我一直在这里等你啊，你都没看到我，讨论得可起劲了。"

阮乔哑声。

到底是一开始就跟林湛说好了，考完一起走，这事她不占理，她垂着眼，拉了拉林湛的衣服下摆。

林湛觑她。

阮乔又轻声说："喂，走吧。"

林湛还是不动。

楼里人越来越少，好一会儿都没有人再从楼上下来。

阮乔往上望了望楼梯，又转身看了看门口，没人。

她攀上林湛肩膀，突然踮脚，在他唇上亲了一下。

只是如羽睫拨动的轻吻，结束得也很快。

阮乔下意识低头，绾起耳边碎发，声音也是越来越小："现在可以走了吧。"

林湛倾身看她。

空气中有片刻的安静。

然后，他忍不住笑出了声，偏头又在阮乔脸上咬了一口——

是真咬！

阮乔连忙捂住，抬头瞪他。

林湛的心情多云转晴，也不怕她瞪，不由分说揽着她瘦削的肩，往书法教室走去。

阮乔负责的春日宴活动还有几日就要正式开始了，她的事情很多，大大小小都要她经手，就连许愿条都要她亲自来写。

　　书法教室早就准备好了一沓书信式样的宣纸，林湛觉得好玩，早就说好要跟她过来，帮她研墨。

　　现在哪里需要研什么墨，墨汁往砚台里一倒就行了。但林湛非要跟来，阮乔也没拦，他陪着，有一点好，就是不会无聊。

　　"你还真会写毛笔字啊。"林湛随手抽了支毛笔瞎转，看阮乔写得煞有其事，不禁好奇地上前打量。

　　阮乔没理他，撇撇墨汁，又继续下笔。

　　春日宴，绿酒一杯歌一遍。再拜呈三愿。

　　后头的一愿二愿三愿都留下空白，供人们自行发挥填写。

　　她的一手小楷算不上多出色，跟书法专业的学生相比还有很多可供指摘之处，但在林湛这种外行看来，已经算是很不错了。

　　下午阳光很好，从窗檐折着阴影穿进室内，桌上的宣纸一半被光照得透白，一半置于阴凉，颜色稍深。

　　阮乔没想到，这初春的太阳威力还不小，坐着写了会儿，就感觉左边的头发被烤得暖意融融，额角也沁出了细密的汗珠。

　　林湛在她对面支着脑袋，坐了很久，有点困。

　　阮乔写完几十张打算休息休息的时候，看到他闭着眼正在打盹。

　　他的皮肤很白，阳光照到的那一边更是白得透亮，大概是因为肤色，让阮乔见他动手打人时也觉得，他长得很干净，至于其他，便可归结为年少气盛。

　　阮乔撑着下巴打量了好一会儿，见他呼吸均匀，睡得沉，肚子里开始往外冒坏水。

她拿起小毛笔，蘸上墨汁，在林湛的鼻尖轻轻点了一下。

到底是有点心虚，怕林湛突然睁眼，于是点完，她就很快抽手。

哪知林湛毫无反应。

阮乔胆子大了起来，见林湛没有转醒的意思，又在他脸上画下对称的三根猫咪胡须。

那样子，有种帅气的萌感。

阮乔捂着唇闷声笑了好一会儿，还拍下照片，留作纪念。

也不知昨晚是熬到什么时候才睡，林湛支着脑袋睡了半个多小时，还无意识地趴到桌上继续睡。

他醒来的时候，外边天都擦黑了。

阮乔已经开了灯，在写最后一张。

这张她算是小小地公物私用了一把，自己填完了空白之处。

林湛走过去时，只看到后半段。

三愿岁岁朝朝，与君同往。再买桂花同载酒，也似少年游。

他没念过几句诗，但也大概能看懂意思。唇角不自觉地微微挑起，心情大好。

阮乔折好纸张，放到包里，一抬眼，正好与林湛四目相对。

两人对视了好一会儿，距离越来越近。

林湛想，气氛正好，接吻，接吻，接吻……

"噗——"

猝不及防地，阮乔突然破功，捧着脸笑起来。

林湛有点蒙，感觉拿错了剧本。

而阮乔趴在桌上，肩膀耸动，笑得停不下来。

林湛觉出点儿不对劲了，他皱起鼻子嗅，墨汁味有点浓啊，脸上有点干、有点紧，下一秒，他立马掏出手机照脸——

喂！还能不能愉快地做男女朋友了！

阮乔见他已经发现，忙拿起东西，从后门开溜。

林湛顶着一张大花脸，还真没那么能豁出去，只能暂时先放过她，把脸洗干净。

林湛的报复心理很强，阮乔深知这一点，所以上有政策，下有对策。捉弄人的时候毫不手软，认怂服软那也没几个能比得上阮乔。

她在林湛实施打击报复之前就买好电影票，拖着林湛去看电影。

林湛没消气，回寝的时候还在门口狠狠亲了她一口，放狠话："别以为看个电影就当今天下午的事没发生啊，明天给我等着。"

阮乔一脸无辜。

看个电影还不奏效，她只好又将写下三愿的信纸折成千纸鹤，从空调洞里递给林湛。

那一手漂亮的小楷把情话写到了心底，林湛想折腾她的心也就去了大半。

紧接着阮乔又来了一剂猛药，她敲了敲墙壁，轻声喊他："喂，林湛。"

他们寝室已经熄灯，应该是已经在床上了。

果不其然，没一会儿，林湛就在空调洞口轻敲，算是回应。

阮乔靠着墙坐起来，悄没声儿地把耳机线顺着墙洞滑过去。

感觉到那头有人拿起耳机微微扯动，阮乔点了播放键。

……

……

我轻轻地尝一口

味道香浓的诱惑

我喜欢的样子你都有

阮乔等到进度条播完，然后给林湛发微信。

贞子不忘挖井人：给你录的催眠曲。

贞子不忘挖井人：是不是能大人不记小人过，饶了我了？

她的声音甜甜软软，有少女感，唱这首《甜甜的》再适合不过。

林湛听得浑身酥麻，有点找不着北。

好一会儿阮乔才收到林湛的回信。

朝天椒：把歌交出来，勉强原谅你。

阮乔抿唇笑。

就知道他很好哄。

很快就到春日宴开始的日子了。

阮乔在校内忙于奔波，林湛还拉了几个男的来做苦力。

活动要做，课也要上。

在映雪广场安排完其他助干布置活动场地，她就匆匆赶往教学楼，去上现代汉语课。

现代汉语课老师专注于学术研究，最不喜欢学校里老做各种活动，上课时常跟同学讲，不要一门心思只顾着学生会和社团，学习才是根本。

如果因为学习部活动迟到，肯定是要被他念叨一通的。

阮乔不敢懈怠，跑得飞快，终于在上课铃响的前一秒赶到了教室。

她从后门进的，大口大口地喘气，也没力气再往前排许映帮她占的座走，直接就坐在了后排，林湛的旁边。

林湛见她跑成这个鬼样子，揉了把她的头发，低声调侃："救火呢。"

阮乔没工夫理他，还在调整呼吸。

等她恢复过来，才拿出书，顺便低声警告林湛："别打扰我！"

林湛嗤笑一声，拿了本书盖脑袋上："上你的课，我睡觉了。"

阮乔看了眼他的书皮，这都是什么杂志……

不思进取！

老师上课上得激情澎湃，下头不少学生都有点昏昏欲睡。

同样是语言类课程，明年要学的古代汉语就比现代汉语有趣得多。

现代汉语就是有些绕，有时候绕得脑袋稀里糊涂的，明明是小学就学过的主谓宾补那些东西，到大学了还是相当复杂。

这节课讲到新内容，老师又突发奇想，想要复习下之前学的语音部分。

他就着书上的课后思考提了另一个问题："那这里的韵腹是什么？你们还记不记得之前讲过的韵头韵腹韵尾怎么分？"

没人回答，他又问："好，那我说这里 o 是韵腹，是对还是错？"

他扶了扶眼镜，自花名册上浏览而过，直接点名："林湛。"

听到老师叫林湛回答问题，阮乔心里"咯噔"一下，她赶忙摇醒林湛。

林湛睡眼惺忪，捏了捏鼻梁，有些不耐烦。

老师又喊了一遍："林湛，林湛在不在？"

闻言，林湛懒懒站起："在。"

"你回答一下我刚刚的问题。"

林湛随手翻书，完全不知道问的是什么。

阮乔用马克笔把题目圈出来递给他看，还在旁边写了"韵腹"二字，顺便打上小钩钩给他提示答案，可字太小了，林湛又高，站起来低着头，看半天没看清楚。

好在老师耐心好，又问了一遍："你回答下，韵腹是对还是错？"

林湛听清了问题，心里卧了个大槽，没过脑子就直接喊道："孕妇当然是对的啊。"

老师扶了扶眼镜，还有点欣慰。

林湛还想喊："孕妇怀个……"

阮乔一听不对，连忙踩了他一脚。

林湛及时收声，看向阮乔，还一脸莫名其妙。

老师没听清楚他后面讲的什么，只让他坐下："看来还是有一部分同学没有把学过的东西给忘了，虽然我们现在学的是语义，但它的基础是什么，还是……"

老师又继续在台上念念叨叨，阮乔提着的心终于放下。

阿弥陀佛，还好还好……

林湛纳闷："你踩我干吗？不是……话说回来，现代汉语这课我怎么记得是讲主谓宾的啊，怎么现在还兼职讲社会道德啊，孕妇都来了。"

"……"

阮乔不想跟他讲话。

林湛见她一脸冷漠，还不禁得意地撞了撞她："听到没，那老头还表扬我了。"

"……"

阮乔白了他一眼。

如果不是听出不对，及时踩了他一脚，他大概会因为拉低南大智商水平线被爆上论坛当笑料吧。

见林湛还挺嘚瑟，阮乔扶了扶额："你少讲话，我脑袋疼。"

林湛看了眼前面，老师正对着黑板写字，他挑起唇角，凑上前飞快地亲了阮乔一口："亲一下就不疼了。"

天。

这书没法儿念了。

03

春日宴活动开展得如火如荼，南大校园各处可见活动相关内容。仿佛每年因为有这个活动，大家才真切地感觉到，冬天已经走了。

林荫道上，树干抽出枝丫，阳光照耀，在缝隙间投下细碎斑驳的光影，绿意蓬勃。

其实南城的四季并不分明，唯有冬夏两个季节交替很是明显，所以冬日一过，阳光就有了些燥意。

阮乔早就换上了单件的连帽衫，为了春日宴活动，她要在校园里来回奔波，人一动起来就热得慌，不自觉地就想拿着文件夹扇风。

她正停在树下休息，边扇风，边拿着手机看活动群里的新动态。

倏而机车轰隆声擦耳响起，带起一阵风，将阮乔文件夹里松散的 A4 纸吹落一地。

阮乔有点没反应过来。

车停在稍前方，突然又慢慢往回退。

林湛取下头盔挑眉看她，语带调侃："美女，兜风吗？"

阮乔眯起眼，总算是看清了来人，她白了林湛一眼，轻声吐槽："要死啊你。"

紧接着，她弯腰捡资料。

林湛下车，帮着她一起。

一边捡东西，林湛还一边半蹲在地上，顺手捏起阮乔的下巴，做调戏状："小娘子要不要搭顺风车啊？"

阮乔被他这中二的样子逗得发笑，拍开他的手，又把文件夹抱在怀里，走到车旁边。

林湛很快收起了不正经的模样，坐回车上："欸，去哪？我载你去。"

阮乔顺从地上车，腾出只手抱住他的腰："我先回寝室洗澡，暂时没事了。"

"那行，我也回寝室，坐稳了啊。"

坐车回寝室不过几分钟，两人一起上楼。

阮乔想起正事，转头问他："对了，你昨晚去哪儿了，现在才回？"

林湛拂了拂那头亚麻灰，轻描淡写道："和几个哥们儿玩了玩车，然后喝了点酒，再然后就回家了啊。反正今天周六，也没课。"

"……"

有没有课对你来讲都不重要吧。

走到楼梯转角的时候，阮乔落后一步，跟在他身后，能闻到沐浴露淡淡的清香，却还是能闻到些微的酒味。

这就是他说的，喝了点酒？喝到今天下午才回学校？

玩了玩车……就是飙车去了吧。

阮乔垂眼，轻声说了句："你以后少飙车，危险。还有啊，酒也少喝点，对身体不好。"

林湛揽着她，很配合地应声："知道了，遵命。"

他的声音漫不经心，一听就知道，只是随口作答。

阮乔没再讲话。

回寝室洗澡的时候，阮乔在浴室待了很久，花洒冲面，她脑子里有一点点乱。

不可否认的是，林湛一直都对她很好，从来没有因为追到手了就变得忽冷忽热，也没有在她面前耍过什么少爷脾气。但就是……在一起，他好像也没有想过要改变什么。

两个人谈恋爱，其实也需要一些私人空间。阮乔知道这一点，同时也很注意这一点，所以很多时候林湛不在学校，回来时他不说，她就不问。她也从没要求过林湛一定要报备行程或是怎样。只是在一起的时间越长，总会忍不住地想要拉近一点距离。

她不问，不代表她不在意。

上次写下三愿的那张纸条，不知道林湛看没看懂。

三愿岁岁朝朝，与君同往……他难道不明白吗？

阮乔在睡觉前，一般会看看书，看看电影。最近她看了一部电影，就是说男女主大学毕业迫于现实压力分手的。

毕业分手党从来不少，不管是高中毕业还是大学毕业。因为到达了不同的平台，所见到的人，所经历的事，都在慢慢与对方背道而驰，没有共同语言，分开就是必然。

从浴室出来，阮乔又开始吹头发。

吹风机的噪声更是让她心烦意乱。

她想：是不是女生就是这样，一旦喜欢，就习惯性地去考虑未来。可如果对方连让你想象与之共度一生的欲望都没有，又有什么在一起的必要呢？

头发还没吹干，她就放下了吹风机。

她想喝点水，让自己不要刻意地去想那么多。

接水处不远，她虚掩着门。

林湛他们寝室门也开着，她望了眼，林湛正在打电话。

看到阮乔洗完澡出来，林湛起身，边讲电话边往门口走。

阮乔接了一半热水一半冷水，又摇了摇。

恰好这时一阵穿堂风过，"砰"一声——

418寝室的门，被风给吹关了。

阮乔愣了两秒才反应过来，刚刚被风吹关的……好像是自己寝室的门啊。

天，她没带钥匙呢！

林湛刚好走至门口，电话挂断，他看了眼隔壁的寝室门，又看了眼阮乔的表情，突然乐了："柿子妹妹，你不会没带钥匙吧？"

阮乔没工夫理他，不可置信地走近寝室，推了推门——

还真关了！

她刚洗完澡，穿着睡衣，拖鞋。手里除了水杯水卡，什么都没拿，这也太要命了……

林湛揉了揉她的脑袋："欸，你干站着也没办法啊，到我寝室坐会，我给你找宋弯弯，你头发还没吹干，先吹干头发，省得感冒。"

宋弯弯最近都没怎么来学校，等宋弯弯回来，那还不知道什么时候呢。虽然她今天没什么事了，但穿成这个样子，一直待在林湛他们寝室也不好吧，他室友要是回来了呢。

阮乔咬唇，扯着林湛衣服下摆，小声问："欸，你帮我去宿管阿姨那里拿备用钥匙行不行？"

他们学校的寝室楼并不是每一栋都有宿管，要去找宿管，还得往前头再走几栋。

林湛轻哂："不是我不帮你去拿，你觉得我去她会给我？"

这倒也是，一个男生跑过去要女寝的钥匙，可以乱棍打死了。

可是……难道要让她穿成这样在外面乱晃吗？

阮乔抓着林湛的肩，头往他胸膛间磕，还不时哀号。

磕了好一会儿，她也想不出其他办法了："那这样，你掩护我过去行不行？"

林湛低头挑眉，答应得很爽快："行啊。"

阮乔还没来得及高兴，林湛又说："先预支点路费，比如赞美赞美我，又或者……"

阮乔顺着他的手往上看，然后停在了他的唇上。

……

林湛这个人，可以说是相当不要脸了。

乘人之危什么的，做得相当顺手！

阮乔一时也想不到别的办法，正打算屈服于他的淫威。

正在这时，身后传来了熟悉的清冷女声："你们两个，让让行不行？"

阮乔先是一僵，而后往回看，看到周鹿提了个行李箱站在身后，相当惊讶，也相当惊喜："周鹿，你回来了啊！"

林湛的脸色就臭了，上下打量了周鹿一遍。

真是搞笑！什么时候回来不好，非得这会儿来煞风景。

然而周鹿丝毫没有煞风景的自觉，自顾自走到门口，开门。

阮乔暗戳戳跟在她身后钻进寝室，关门前还用兔子拖鞋踩了林湛一脚。

十恶不赦！乱棍打死！

林湛一边吃痛地抱住腿，一边敲门："欸周鹿！柿子妹妹！关什么门啊！"

阮乔在屋里回应："别敲了，我还要洗衣服，晚上请你吃烧烤！"

林湛见敲门无望，应道："你说的啊，晚上再来收拾你。"

阮乔把林湛给哄开，松了口气。

她还真有事，要洗衣服，还要时刻盯着活动群的消息，出了点问题她就得过去，这会儿可没闲工夫跟他腻歪。

她转头准备去洗手台，就见周鹿将行李箱放倒，半蹲下去，准备开箱。

阮乔有些好奇："周鹿，你这次是要在学校待很久吗？"

行李箱都带上了，平时背个包来就不错了。

周鹿没抬头，"嗯"了声。

行李箱一打开，阮乔突然愣住。

一半是衣物，一半竟然全是……书？？？

她仿佛看到了一个假的行李箱。

阮乔："这是……"

周鹿朝她招手："帮我一起搬下。"

阮乔依言，凑过去帮她拿书，边拿边看，这都什么啊，语法、单词速记、作文……全是英语书和英语习题啊。

她问："你是要准备什么考试吗？"

周鹿点点头："我要考雅思。"

他们国际部的都要考雅思或是托福，不过阮乔也有耳闻，他们大部分都是到大二才开始刷分，这么早就开始准备，不是周鹿的风格啊。

阮乔有点疑惑，但也没有多说什么。

帮她分门别类地整理好书，阮乔打算开始洗衣服。

她洗衣服时喜欢放放歌，只是今天周鹿在寝室，她便问了句："周鹿，我能放歌吗？"

"你放。"周鹿背着她随意应道。

只是阮乔一首歌放出来，才唱了开头一半，周鹿就出言打断："阮乔，能不能换一首？"

水刚好接满盆，阮乔关掉水龙头，应了声，点播放下一首。

这首也没唱两分钟。

周鹿出言："……再换一首吧。"

阮乔觉得奇怪，拿起手机看，刚刚这两首都是民谣，声音舒缓，歌词文艺。她问："你不喜欢民谣吗？"

"不喜欢，其他都可以。"

阮乔边往下划拉列表边好奇地问她："为什么，我觉得旋律还可以欸。"

周鹿把玩着手机，声音闲闲的："听起来很没钱。"

？？？

这是什么理论。

阮乔放了首刘若英和黄立行的《分开旅行》。

周鹿又说："民谣旅行就是坐绿皮火车，买站票，动不动就是去流浪，抽的烟从来不超过二十块。你听这歌，就不一样。"

阮乔回神，前奏刚结束，耳边正在放：

我选择去洛杉矶

你一个人飞向巴黎

尊重各自的决定

维持和平的爱情

洛杉矶，巴黎……

嗯，一时之间，阮乔还真的无法反驳。

她看向周鹿，周鹿正好朝她扔了一支香蕉。

她接过，上面还有小标签。

果然是有钱人，进口的。

04

日历又翻过一周，阮乔负责的春日宴活动顺利结束，但她还是不得闲，
因为这周末又有普通话水平考试。

普通话水平考试分等级，一般都要考个二乙才算勉强合格，大多口音没
问题的都能考到二甲，当然，像播音主持这种专业，要求会高一些。

周五的时候准考证就发下来了，林湛把准考证夹在了钱包里，吃饭的时
候还展示给阮乔看："看，我证件照也不错吧？"

长得帅的人证件照也不会太差。

阮乔不想夸他，只随意一瞥，却看到他的身份证号，中间那一串……

"喂，林湛，你比我还小啊。"

阮乔回想，自己是九月初的生日，林湛的生日都圣诞往后了，那会儿竟然都

没想到。

阮乔突然开心，像是揪住了小辫子一样，抬着下巴敲他的碗："快，叫姐姐。"

林湛嗤笑一声，把准考证摆到她面前："上户口的时候写小了一岁，我是比你大九个月，知不知道？还不叫哥哥？"

还有这种操作！

阮乔举起他的准考证仔细看，这一看突然觉得机房特别熟悉，她拿出自己的准考证对照："欸，我们在一个考场。"

"给我看看……"林湛挑眉，拿过两张准考证。没过几秒，他突然笑出声，"蘑菇妹妹，你这证件照是要笑死我吗？谁给你照的，脑袋都歪了，和小儿麻痹症似的。"

什么小儿麻痹症啊！

蘑菇不要面子的啊！

这么大声想干吗！

阮乔后知后觉发现自己上了当，脸红红的，起身去抢准考证："你还给我！"

食堂众吃饭群众：不是很想看你们秀恩爱，又出去，谢谢。

普通话水平考试在周末如期来临。

大家需要戴上耳机，对着耳麦做题，念一些词、一些句子，这些都是做过训练的，难度不大。

林湛和阮乔在一个考场，只是隔了三个座位。

进了考场，老师就说考场规定，让他们考完先不要走，不要发出响动影响其他没考完的同学，等大家全部提交之后才能离开考场。

阮乔点着鼠标进入考试界面，尽量保持字正腔圆地答题，不时还看一眼左上角的音量符有没有正常跃动。

前头的题都很简单，最后一题是命题说话，限时三分钟。

阮乔对待所有的考试都很认真，这些都提前练过一两段，她的题目是"我的家乡"和"我喜欢的植物"二选一，之前有练习过，说起来还比较流畅。

她考完提交之后，慢慢取下耳机。

还有不少人在考，大家都怕录不进去，声音就比平时要大上几分，有人还特意把声调扬得很高，听起来有点搞笑。

考生陆陆续续答完题，机房也变得越来越安静。

然后阮乔于一片安静中听到一个熟悉的男声——

"我尊敬的人。"

她转头，林湛竟然刚开始做最后一题，他选了这个题目啊。

接下去的声音就有点辣耳朵了，阮乔也是万万没想到……

林湛没有提前准备，倏而让他说一段类似演讲的话，还限时，真的挺难憋出来的。

"我尊敬的人是……我的女朋友，她叫阮乔。"

？？？

阮乔差点以为自己听错了，整个机房只余林湛一个人在答题，声音可以说是非常响亮了。

大家都错愕了那么几秒，然后阮乔扫一眼，就能看到大家很想笑但是憋得很辛苦的表情。

"她长得很漂亮，也很可爱，像一个蘑菇。"

"她成绩很好，人很温柔，当然……有时候也挺暴力的。"

阮乔想死的心都有了！这里有不少是她同班同学呢！

"她打游戏还很厉害，带我上了钻石。"

大哥，不要有的没的全说出来好吗！

"嗯……麻将也打得不错。"

"她很招人喜欢，织的围巾也很暖和，唱歌也很好听，我很喜欢她。"

林湛已经无话可说了，又开始重复念叨前面的。

"她真的很像一个蘑菇，但是我更喜欢叫她柿子，因为她很软。"

看着音节差不多到了及格线，他收尾。

"所以我很尊敬她。"

林湛考试结束，整个机房不知被谁带起，突然爆发出一阵掌声，其间还夹杂着爆笑声。

阮乔满脸通红，只想一头磕死在桌上。

考试结束当天，南大论坛就有帖子在说普通话考试时的这件事。

楼主描述得绘声绘色，回复一片哈哈哈，可以说是相当爆笑了。

林湛指名道姓地说阮乔，导致周一上课时，中文五班已经传了个遍，甚至有老师也听说了，上课点阮乔起来回答问题，顺便拿这件事调侃她。

普通话考试后，阮乔好几天都没理林湛。

实在是……丢人丢到太平洋了。

林湛还觉得自己挺无辜的，即兴发挥什么的，这哪里控制得住。

两人别别扭扭闹了几天，趁着没课，出去吃吃逛逛半天，又若无其事地和好了。

05

周五中午，阮乔和林湛一起在食堂吃饭。

刚从瓦罐大缸里拿出来的海带排骨汤还很烫，阮乔用勺子顺时针慢慢舀动。

林湛在挑鱼香肉丝里的胡萝卜。

挑干净一盘菜，他将鱼香肉丝往阮乔面前推了推，阮乔也顺势将不那么烫的海带排骨汤推到了林湛面前。

"喝汤，不烫了。"

林湛没动，百无聊赖地撑着下巴，直勾勾看向阮乔，"喂我。"

阮乔白他一眼，作势就要将汤端回来。

爱喝不喝！

林湛这才连忙按住，他边舀汤边望向阮乔："欸，你这周是不是要回家？"

阮乔点了点头："都一个多月没回去了，我要回去换些薄的衣服过来，然后还有床单被套什么的，而且我明天要去崇安监考。"

"你今天走还是明天走。"

"明天吧，直接去监考然后再回家。"

林湛放下勺子："那今晚出去玩吗？"

阮乔想也没想就直接摇头，"我今晚要和周鹿一起去自习室，约好了。"

自从周鹿回了学校，也是稀奇，其他课她都兴致缺缺，唯有英语课一堂不落。即便是不上课，她也没有离开学校，大多时候不是在寝室睡觉，就是在自习室做题。她听说阮乔的英语成绩不错，还蹭上了阮乔，要求阮乔去自习室时捎上她。难得见到一个积极上进的室友，阮乔当然是二话没说就答应了。

林湛轻哂："她没事儿瞎装什么积极啊,霸占我女朋友,经过我同意了吗?"

阮乔给他夹了一块小炒肉,语气有些无奈："她真的挺认真的,每天都做一篇阅读理解,然后背五十个单词,还在看语法什么的,你不要污蔑别人行不行?"

林湛仍然一副不想说话的样子。

阮乔又说:"其实我还挺好奇的,她怎么突然就发奋起来了……不过话说回来,你应该向她学学。"

"向谁?周鹿啊?"林湛嗤了声,"她那是为了追男人,我向她学什么啊。"

……

阮乔吃着青菜,等等,好像有哪里不太对!

她的筷子差点都被吓掉了,看向林湛,她重复问了一遍:"追男人?"

林湛挑眉。

阮乔很蒙:"她不是……我听说……她不是那个么……"

"哪个?"林湛一时没搞明白她在惊讶什么。

阮乔望了望四周,见没人注意才小声说:"就是百合。"

林湛愣了几秒:"你说她同性恋啊。"

阮乔忙在桌子底下踩他脚:"你小声点!"

林湛觉得搞笑:"谁跟你讲她同性恋了,虽然她很受妹子欢迎,但是她直得不能更直了好吧,她要是个蕾丝,我能让你跟她在一寝室住这么久啊,把我家蘑菇采了怎么办?"

阮乔彻底听蒙圈了。

可是她……怎么会?!

阮乔往前回想,周鹿确实有种中性的气质,再加上上学期刚开学那会儿,陈阳阳在寝室说周鹿高中就很有名,有很多女生追之类的。

这样看来，是自己对她先入为主了。

阮乔揉揉脑袋，亏得刚知道这事的时候，她还有点担心和周鹿待在一个寝室会不会出现什么问题，所以一直对她都客客气气的，也不敢多聊。

这误会就大了。

见阮乔一脸搞不清楚状况的样子，林湛继续说道："我跟她从小就一起玩啊，然后隔壁家还有个念书念得特别溜的男生，以前我们三个经常一起玩，他学习好，现在在英国呢。"

阮乔问："周鹿就是要追他吗？……"

林湛挑眉默认。

"那他是不是长得很帅？"

毕竟周鹿长得那么好看，得是什么男生才能入她的眼啊。

这话林湛就不乐意听了，他夹了一筷子辣椒往阮乔碗里放："说什么呢，再帅能有我帅啊，程誉那小崽子，心肠黑着呢，喊。"

阮乔见他这攀比到英国的自恋，忍不住笑出了声。

林湛又给她夹了一筷子辣椒，换了个话题："对了，你刚说什么来着，明天要去崇安监考？"

阮乔点头："崇安高一是这周末月考，然后以前的班主任在群里问，有没有在南城念书的，有空可以过去，好像一天还给一百块什么的。我想着好久没回崇安了，刚好有空，可以去玩一玩。"

她顿了顿，又说："对了，你有没有空，可以跟我一起去啊，好像还挺缺人的，一个考场要两个监考，你可以跟我一个考场。"

林湛觉得挺有意思："好啊，监考这种过瘾还有钱拿的事，那必须要去啊。"

"那明天早点起来，今晚就别在外面疯了。"

林湛："吃你的辣椒。"

06

周六一早，阮乔和林湛在映雪广场买了两个面包当作早餐，就出发去崇安中学了。

平南省是教育大省，人多，教育水平在全国也属于领先水平。南城作为平南省的省会城市，自然要体现出本省的最高水准。

公立学校从第一中学一直建到了第三十九中学，私立学校也数不胜数，其中，有五所高中并称南城五大名校。

崇安、阳升、肃德，这三所是民办，还有公立的一中二中。

崇安和肃德隶属于崇德私立教育集团。阳升比较特殊，大家都觉得它是贵族学校，因为它并不走正常的中考招生流程，没钱没关系的话，基本进不去，而且最为特色的一点是，出国留学率相当高，有相当一部分学生不参加国内高考。

两人路上聊起高中时，阮乔意外地听到林湛说，他高中在阳升，一时惊讶。

"原来你高中是阳升的啊。"

林湛只淡淡应了声："嗯。"

阮乔好奇："我还没去过阳升，地方还挺远的，你们高中那会儿条件好吗？"

林湛眯起眼，打量崇安的樱花林。

早春时节，正是粉樱开始绽放的时候，倏而微风吹拂，带起一阵樱花飘落。

林湛感叹："哪里比得上你们学校啊，跟崇安比起来，阳升就跟希望中学似的。"

说起这个，他就有的吐槽："你不知道我们高中那寝室，独立卫生间都没有，洗澡是那种……一个大浴室，然后也没有隔间，就只有两排喷头，那喷头还时不时就坏掉了。"

阮乔忍不住笑出声："有那么夸张吗？"

她顺着林湛的目光望向不远处的樱花林，也一时感叹。

崇安是一个很不错的学校，除却后来的曾嘉树，这里给阮乔留下的记忆还是很美好的。

她带着林湛先去找以前的班主任齐老师。

在学校门口，阮乔还找了家水果店买了一个水果篮。

收到阮乔的礼物，齐老师扶了扶眼镜，唇边淡出一抹笑意。

阮乔给她介绍："齐老师，这就是我跟你说的大学同学，他闲着，我就拉他一起来监考了。"

齐老师打量了下林湛，点点头："现在这些男生真是越来越帅了啊。"

林湛一本正经地鞠躬："谢谢老师表扬。"

齐老师被逗乐了，然后跟两人讲监考注意事项，告知他们等会儿去年级组长那里开会、领监考证、领试卷。

两人应声。

齐老师心里其实是有疑问的，阮乔和曾嘉树都是她的学生，曾嘉树还属于她带过的学生中相当拔尖的那一批。

毕业那会儿班聚，她可是清清楚楚记得，阮乔和曾嘉树是一对。怎么一年不到，就散了？

只是现在这些小年轻的事，她也是管不着了。

两人走后，她只叹了口气，摇摇头。

崇安考试历来都是按上一次的考试成绩分考场，从一楼往六楼这样子排，六楼一般是成绩最差的，这一层也被称为光明顶。阮乔和林湛这次被分到的恰好是光明顶的考场。

林湛听阮乔介绍完，乐了。

他懒懒道："学渣监考学渣，可以啊。"

阮乔白他一眼："那是你，不要包括我啊。"

林湛"喊"了声："说出来你可能不信，我数学还可以，高考那会儿答了一百二十多呢。"

阮乔还真不信，惊讶问道："真的？"

林湛揉她脑袋，脑袋微仰："少瞧不起人好吧，我跟你说，我认真学起来，那不一定比你差。这不是对外汉语和你们专业一样没有数学嘛，都没有我发挥的地方。"

阮乔边笑边躲，故意做害怕状："行行行，你说得都对，毕竟你是朝天椒，惹不起惹不起。"

两人一路打打闹闹，爬上光明顶，倒是一下子正经起来了。

崇安虽然是南城五大名校之首，生源质优，但还是会有那么一些例外，这些例外，大概都待在光明顶了。

反正大家都一样差，抄也抄不出什么名堂，所以光明顶比较严重的作弊现象是带手机、抄书，还有缩印。

阮乔从不作弊，但不代表她不了解作弊，这些她念高中那会儿就熟知的方法，没想到到了她念大学，学弟学妹还是毫无改进……

还未开考，她和林湛就没收了三本书、五份缩印资料。

林湛一开始还觉得监考挺有趣，但当他监考完一上午，再监考一下午时，就感觉整个人都不太好了。

阮乔见上午考试时作弊情况比较严重，下午开考前又在台前说了几句话。

"其实考试成绩并不是那么重要，它只是你当下所学检测的一个反馈，知识是自己的，能做多少就做多少，不用欺骗老师，更不用欺骗自己。"

大家反应平平，显然也不会因为她这一两句有所改变，阮乔也就没再继续说。

下考的时候，林湛给她看视频。

没想到她讲话的时候，林湛还给录下来了，见到视频里自己一本正经的样子，阮乔自己都忍不住笑出了声。

林湛调侃："厉害了啊，我的阮老师。"

"一边儿去。"

监考结束，阮乔带着林湛在崇安周边吃了一些小吃，两人聊起今天的监考，阮乔感叹："其实我是真的不太理解作弊啊。对了，你作过弊吗？"

林湛正喝完一口可乐，斜眼睨她："少瞧不起人啊，有什么好作弊的，我从来不作，麻烦。"

……

他又拍了拍阮乔脑袋："不过你也理解理解差生行不行？本来就不爱读书，有些人考得太差还要被家里骂，够心酸了。"

他又问："对了，那你是真爱学习啊，还是为了得到一个好成绩而学习？"

阮乔边走边思考，好一会儿才回答："我可能……也并没有那么喜欢念书，但很多时候看到一些读书无用论的时候，会有点生气。因为我特别认可一句话就是……知识也许不能改变命运，但眼界可以改变人生。"

阮乔说完，林湛好一会儿都没出声。

夜里风很安静，被路灯投射的树影落在地上，也是静止不动的斑驳。

林湛把阮乔送到小区门口。

阮乔转身跟他告别："林湛，其实有些话我一直很想跟你说，就是不知道怎么开口。我没有别的意思，只是，我希望能跟你走得远一点，不知道你能不能明白。"

林湛看着她，眸光闪烁，好半晌才开口，声音略微有些低哑："我知道你的意思。"

他摆了摆手："你上去吧，晚安。"

阮乔点了点头，转身离开，林湛也转了身。

忽而他听到身后有人喊他："林湛！"

他转头。

阮乔不知怎么回事，又往他这边走，一直快步走到他面前，然后很突然地踮起脚，在他唇上落下一个轻吻。

她的脸慢慢腾起淡淡的粉色，手背在后面，小动作不断。

"我上去了，晚安。"

阮乔一路小跑至单元楼门口，靠着墙壁休息，有些心不在焉。

正准备上楼时，她似乎看到了熟悉的车辆正在朝地下车库驶去，只是她没有多想。

在密闭的电梯里，似乎更能听清楚自己心跳的声音。

咚、咚、咚。

频率越来越快。

林湛真的理解她的意思了吗？自己刚刚那样说，会不会伤到他？

她有点忐忑，脑子也有点乱。

这种混乱和忐忑，在她开门见到客厅端坐着正在看电视的宋明昭和阮振铭时，到达了极点。

两人都看向她。

阮乔在门口愣了几秒才反应过来，刚刚那辆车——

她不自觉地绾了绾耳边的头发，极力掩饰着声音的慌乱："爸，妈……你们今天在家啊。"

阮振铭的脸色不大好，语气也有点生硬："刚上来的！"

阮乔心跳得更快了。

阮振铭似乎还想说点什么，却被宋明昭打断："乔乔，吃饭了没？要不要妈妈煮碗面？"

"不用了妈妈，我吃过了。"阮乔连忙摇头，"我想先洗个澡。"

阮振铭还打算开口，宋明昭不动声色地撞了他一下，转而又对阮乔说："行，那你洗澡去吧，我和你爸爸看会儿电视，今天得早点睡，明天要出差。"

阮乔点点头，连忙往房里钻。

阮乔的房门一闭，阮振铭就转过头质问宋明昭："你干什么哪？她在楼下和……"

宋明昭一记警告的眼神投过去，阮振铭声音一下子弱了很多。

宋明昭用气音说话："乔乔她不想说你问什么问？她是三岁小孩吗？平日里没见你怎么关心女儿，现在倒是热乎上来了。"

"我……"阮振铭一顿，还真不知道怎么反驳。

阮乔进了房间，心还跳得厉害。

总感觉他们是撞见了什么。

她打开手机，这才注意到，林湛发了微信过来。

朝天椒：蘑菇妹妹，我好像看到你妈的车了。

朝天椒：跟着你一起进去的，车牌号我应该没记错。

朝天椒：蘑菇妹妹？

朝天椒：蘑菇妹妹，你没事吧？要不要我去你家解释下？

阮乔趴在床上，用被子蒙脸。

完了完了，肯定被看到了。

林湛还在一直发微信过来，阮乔捞起手机给他回信。

贞子不忘挖井人：不用了，我妈应该没看到，她没问我。

阮乔现在感觉怀里揣了颗定时炸弹，晚上也没怎么睡好，第二天一早，就收拾了一行李箱的东西，悄没声儿回学校了。

这一学期她都不想回家了！

第四章

Chapter 04

01

随着一日一页手账本慢慢翻过，白昼也开始变得绵长。

枝头不绝的蝉鸣带来夏日的气息，衣服越换越薄。六月初，已是 T 恤短裙的主场。

这学期过得很快，也过得很平静。不到一个月的时间，又要迎来期末考了。

这学期一过，他们就要进入大二了。

许是阮乔那日的话起了作用，这两三个月，林湛都很少逃课，也没时不时就出去浪。就算是要出去，也多是带上了阮乔，又或者跟阮乔提前报备过。

马上又要到一年一度的高考季了，朋友圈一片都是在祝福崇安，各种喊楼图被不停转发。高考日，大家都换上了崇安的校徽当头像，阮乔也不例外。

好像会有一点点感慨，去年的她，就是从那个考场走出来，结束了高中三年的生活。

其实她算是回崇安回得少的，据她所知，也有许多留在南城的高中同学，隔三岔五，就要回崇安看一看。

记得那时候班主任齐老师说过："我不希望你们上大学后时常回来，因为那些时常回来的学长学姐，大多是因为大学生活并不如高中时那么如意，他们在崇安，还留有遗憾。而每次回来，都是在找回忆。我希望我的学生，在崇安没有遗憾。"

刚进南大的时候，阮乔曾一度以为，自己也会成为其中一员。

还好没有。

一堂课结束，阮乔收拾好包包往外走，却意外地没有看到林湛。今天林湛他们班就在隔壁上课，往常这个时候，林湛已经等在门口了。

她探头探脑往隔壁教室望，这才发现有同学在发资料。

台上有两个老师，一个是任课老师，还有一个好像是他们的辅导员。

辅导员在台上朗声道："占用大家几分钟，意向表在这周之内填好，交到班长那里，班长注意收一下。"

"班长呢，林湛？"

好一会儿林湛才从靠窗座位上站起，懒洋洋地应了声好。

一听声音就知道还没睡醒。

等他们班辅导员和任课老师都离开后，阮乔才从后门钻进教室。

宋弯弯坐在了林湛后面的座位，一边收拾书包，一边嚼着口香糖，头发上还有卷刘海的粉红色小卷夹。

见阮乔进来，她打招呼："乔乔！"

阮乔笑了声，看着她的刘海夹说道："弯弯，你刘海夹不取吗？"

宋弯弯一顿，眼珠子往上转，这才反应过来："噢！差点忘了。"

林湛听到阮乔的声音，转身看她。

阮乔走到他座位旁，帮他收拾书包。

刚刚发下来的意向表就随意摊在桌上，阮乔随手拿起看了眼。

原来是……出国的学校意向选择啊。

她把表格夹进林湛的书里，轻声问："喂，你想选哪个学校？"

林湛挑眉，声音不高不低，听上去很不上心："都不想去。"

阮乔帮他拉好书包，抬眼看他："为什么？"

两人往外走，林湛揽住阮乔的肩膀，跟她咬耳朵："我要是出国了，那不得跟你异地两年啊，一想到这儿，哪里都不想去了。"

林湛语带调侃，阮乔脸微微泛着红，腾手打他："别乱讲话。"

楼道没人，林湛趁机亲了她一口："我说真的，欸……不然你也申请个交换生怎么样？我们学校大三不是能申请交换吗，那样异地就少了一年……"

林湛也是突然想到这件事，越说越觉得可行："我这个方法是不是还可以？欸，我认真的，你看看你想申请交换哪个学校，我虽然申请不上，但是我可以跟你去一个国家啊，我们对接的学校好像都是澳大利亚和北美那边的，你想……"

林湛话还没说完，阮乔就打断他："别闹了！"

她的声音有些无奈："我们专业一般都是在国内进行交换，跟港中文倒是也有对口，但是去美国那边的，即便是申请上了，也就是在那边浪费一年，学不到什么的。"

空气突然安静。

看着突然沉默的林湛，阮乔突然觉得有些抱歉。

她主动朝林湛靠近了些，抱了抱他："林湛，其实重点不是你去国外，我们要异地两年。重点是你现在要好好念书，申请一个好学校，你的时间不多了，只剩下一年。"

林湛看着她，没讲话。

阮乔垂了眼："算了，我们先去吃饭吧，这些事以后再讨论。"

林湛任她拉着，跟她一起，往前走。

食堂里，两人相对而坐。

阮乔仔细刮好一次性筷子的木屑，递给林湛。

林湛接过，看着她，突然开口："喂，柿子妹妹……"

阮乔抬头看他。

"我妈给我在学校旁边买了套房子，就是南山印象那个楼盘，不大，就八十多平方米，不过是精装修，直接就能住进去。她说买给我搞学习，安静。我打算下个学期再搬进去，你不然……跟我一起住吧。"

这话刚说完，他就补了句："有两间房。"

阮乔愣了愣，下意识问："同居？"

林湛又强调了一次："有两间房。"

为了说服阮乔，他又说道："这样你就可以督促我念书了，怎么样？"

阮乔想也没想就摇头："不要，我爸妈要是知道了，会打死我的。"

她敢保证，宋明昭和阮振铭的开明程度就到她自由恋爱为止了，大二就跟男生同居，那太可怕了。

林湛倒没再追着问，一口吃不成一个柿子，一开口就是同居，好像也是有点……嗯，还得从长计议。

阮乔吃着饭，又想起一件事："对了，你这周六有空吗？我要回趟崇安。"

"回崇安干什么？"

"不是高考完了吗，我要和崇安毕业的几个学生一起回崇安宣传一下我们南城大学，辅导员交代的任务呢。"

林湛兴致缺缺："那你去，我回趟家。"

阮乔点了点头："也好。"

有些大学放假放得早，有的学校即便是还没放暑假，也已经到了考前放假一周的时候，所以这次回崇安宣传的各个学校学生代表还真不少。

阮乔他们高中班群里问起这事儿，竟然发现这次要回崇安的有十几个，然后有人提议，不如聚个会好了，恰好齐老师也在学校，还可以请齐老师吃饭。

提到这儿，不少潜水的同学也被炸了出来，有人虽然不回崇安宣传，但是人在南城，粗粗一统计，能参加聚会的人差不多有三十个。

于是高中班长敲定了这事，大家也都愉快地同意了。

苏禾给阮乔发消息。

城里有个姑娘叫小禾：心痛嘤嘤嘤！我竟然还没有放假，好想去聚会啊。

贞子不忘挖井人：等你回来带你吃吃吃。

城里有个姑娘叫小禾：欸欸欸，必须得要你家林大帅哥请客啊！

看到苏禾提起林湛，阮乔突然想起了林湛今天说的同居，脸一热。当时她还装得蛮淡定的，其实心跳得早就和擂鼓似的了。

有个林湛这么帅的男朋友，没有一点其他的幻想那是不可能的，宋弯弯就调侃似的问过她好几次，有没有和林湛有什么深层次的交流。

在大学里谈恋爱，纯拉小手接接吻其实已经挺少见了，每到周末，学校外边的小宾馆都得涨价，条件稍微好点儿的，周末房间还得预定，这些事阮乔都有耳闻。

像宋弯弯，这学期都没怎么回过寝室，就是和男朋友住在了一起。

阮乔听得多见得多了，并不觉得奇怪。

只是在男女之事上，林湛意外地规矩，平时连黄色笑话都不跟她开，阮乔也就安心地跟他纯纯洁洁谈恋爱。今天林湛乍一提起同居，她还真的有点反应不过来。

城里有个姑娘叫小禾：欸欸欸，阮乔同志，怎么回事呢，提起让你家林帅哥请客就没声了？

阮乔这才回过神，苏禾提一句林湛，她就胡思乱想了那么多，也是没救了。

贞子不忘挖井人：行，我让他请客。

城里有个姑娘叫小禾：这还差不多。

苏禾也是闲得无聊，又跟阮乔七扯八扯，说最近寝室就她一个单身狗了，室友经常还夜不归宿什么的，说到这儿，她问阮乔。

城里有个姑娘叫小禾：话说回来，你跟你们家道明寺有没有上三垒啊？

阮乔脸上刚刚降下去的温度突然又升了上来。

她望了望四周，大家都在认真看书，很安静，她突然觉得很罪恶，这可是自习室呢，自己玩手机就算了，这都聊的什么话题。

见阮乔没有立马回答，她又问。

城里有个姑娘叫小禾：难不成已经 ooxx 了？！我的妈呀！你再也不是我认识的小萌新乔乔妹了！

贞子不忘挖井人：你瞎说什么呢……没有！

城里有个姑娘叫小禾：不是吧，都一学期了，真的没有什么升华？

城里有个姑娘叫小禾：他有没有提过要怎样怎样？你是不是没答应啊？

苏禾真是太污了，装得和个老司机似的。

阮乔看着苏禾发来的微信，脸红得越来越厉害了，不过仔细想想，其实如果他要怎样……自己好像也……

她还没脑补完，就突然闻到一阵熟悉的柠檬夹杂着烟草的味道。

顿时，她全身紧绷，警铃大作。

她侧过头。

果不其然，林湛正倾身在她耳畔，眼睛直勾勾地看向她的手机界面。

见阮乔看过来，林湛也垂眼看她，唇角挑起，笑得有些意味深长。

02

直至从自习室出来，阮乔都红着脸。

她走得很快，林湛就在后头不紧不慢地跟着，时不时掩唇发出轻笑。

他不笑还好，一笑阮乔就更害羞了。

走了一段，阮乔实在忍不了了，她转头瞪了眼林湛："你笑什么呢！"

林湛单手扯着书包肩带，微偏着头，懒洋洋的。

他朝阮乔勾了勾手。

阮乔没动，他只好抬步向前，走到阮乔身边。

初夏的夜风像是一杯温热的酒，耳边摩挲的气息也沾染上些许醉意。

他离阮乔很近，声音也直直入耳："其实我不介意升华一下。"

说完，他就吊儿郎当地继续往前走。

阮乔顿在原地，绯红慢慢染上脖颈，她看着林湛漫不经心的背影，感觉心跳频率越来越快。

过了好一会儿，她才追上去，她停在林湛身后，然后踮起脚去揉林湛的脑袋，把他引以为傲的发型揉得乱七八糟。可以说是相当幼稚的打击报复了。

林湛开始还没反应过来，等阮乔想跑路时，他反手一把捉住她，将人搂入怀里："你很可以啊，柿子妹妹。"

阮乔挣扎："欸，你放开我。"

说着，她用脚跟踩了林湛一脚。

林湛把她整个人转过来，对着自己，然后微微抱起她，将她的脚放到自己脚上踩着，手环住她的腰，加以控制，哼哼道："踩我的脚你是不是能长高两公分啊，小短腿。"

两个人隔得很近，可饶是踩在林湛脚上，阮乔的头顶也不到林湛鼻梁。

她仰头看了眼林湛，用额头去撞他的下巴："你才短腿，你全家都短腿！"

林湛喊了声，带着笑意懒声道："你这还不是承认自己是短腿了吗？"

阮乔一怔，才发现自己又落入了林湛设下的语言陷阱，眼看着脸又要红。

林湛腾出一只手，揉了揉她的脑袋，然后垂眼，落下一吻。

两人在树下腻腻歪歪了一会儿，趁着夜里林荫道僻静，林湛将阮乔背到背上。

似有若无的风吹动树叶沙沙作响，隐匿在树丛间热闹了一个白昼的知了仍在低声浅鸣。

林湛的步子迈得不大，走得也很缓。

两人不时低语些什么，轻声笑着。

快走至林荫道尽头时，阮乔从口袋里摸出一颗草莓牛奶糖，她扯开包装，将糖喂给了林湛。

03

一周过得很快。

周六一早，阮乔便要出发去往崇安。

她平日里不太穿裙子，但是林湛说，学姐要有学姐的样子，不能穿得和高中生似的。于是在周五的时候，阮乔就被林湛拉着在学校附近新开的商场转了一圈，买了件日系品牌的鹅黄色短 T 恤，还搭了一条短牛仔裙。

直男审美也并没看出哪里比较成熟，不过短牛仔裙倒是很适合阮乔，显得腿又白又长，还很直。

早上阮乔准备走的时候，林湛才刚刚起床。

林湛穿着宽松的黑 T 恤当睡衣，倚在门板边打哈欠。

阮乔帮他顺了顺毛，温柔道："行了，不用送了，我跟其他同学一起去。你今天是要回家吧？别睡了，早点回家陪陪你爸妈。"

林湛含糊地应着，一脸没睡醒的表情。

阮乔走之前，林湛还抱着她，在颈窝里蹭了蹭。

阮乔哭笑不得。

今天阮乔的任务除了回崇安向学弟学妹宣传南城大学，还要参加晚上的聚会。

大部分同学都是高考后第一次见面，阮乔还是有点小开心的，在路上她偷偷从包包里翻出一支水蜜桃味的口红，颜色是偏少女的橘粉色，她稍微擦了一点点，希望让自己的气色看起来好一些。

虽然苏禾没来，但来的还有好几个高中同寝室的室友，大家关系都还可以，见面便有话聊。

当然，白天还是要忙正事的。

崇安专门为参加完高考的毕业生准备了一场招生讲座，他们这些各个学校的学生代表都要轮流上去讲话。也不是特别正式的那种演讲，就是聊一些学习心得，大学里有趣的事，怎样选择专业，还有进入大学之后对自己的一些人生规划。

上午是讲座，下午即是同班同学一起去看望齐老师，刚好有几个以前的任课老师也在学校，他们也一并看望了。

将近一年的时间没见，大家都变了不少。

很多以前看上去很保守的女生都烫染了头发，打了耳洞，穿着也鲜艳起来，都会打扮了。

男生也是。有些男生以前总是戴着一副眼镜，校服也穿得邋里邋遢土里土气的。在大学里待了一年，发型有了，打扮有了，就连驼着的背也直了不少，精气神与往日大不相同。

好久不见面，大家也特别有话聊。

跟着老师一起聊天，一下午不知不觉就过了大半。

班长早就订好了晚餐和晚上唱歌的大包厢，只是齐老师家里临时有事要处理，没办法跟他们一起去吃饭了。

跟齐老师告别之后，大家就出发往餐厅去了。

阮乔一直跟高中同寝室的王思雨一起走，王思雨高中时在班上就是中游水平，高考也发挥得普通，考了南城周边城市一个非 985 也非 211 的普通一本。

两人平日里在微信上也会聊一聊，发了朋友圈也会留言点赞，关系不算特别亲密，只能算得上是普通朋友。

吃饭的时候两人有一搭没一搭地聊着。

王思雨交了男朋友，最近要到生日了，这是她第一次交男朋友，也不知道要送什么礼物，便拉着阮乔一起看淘宝挑礼物。

冷不丁地，王思雨突然问了句："阮乔，你平时给曾嘉树买什么礼物？"

阮乔一时顿住。

王思雨又自顾自问道："对了，今天曾嘉树怎么没跟你一起来？他不是回国了吗？"

阮乔突然抬头望向王思雨，满目茫然。

曾嘉树……回国了？

她还没开口细问，王思雨又将手机递到她面前："这个怎么样？这个钢笔……"

阮乔有些心不在焉。

时隔大半年，再听到前男友的消息，有种熟悉的陌生。

一行人吃完饭，又往 KTV 转场。

KTV 就在餐厅的同一个商场，不是很远。

大部队往那边走着，班长还在不停给那些没来吃饭，但说好要来唱歌的同学打电话。

突然班长停下脚步，往后头张望，提高声调喊："欸，阮乔！"

阮乔听到班长喊她，忙应声。

班长又喊了句："给你家曾嘉树打个电话啊，我忙不过来，告诉他定好的包厢号，8888，四个 8！"

阮乔整个人都停住了。

王思雨注意到她的不对劲，摇了摇她的手臂："阮乔，你怎么了？"

阮乔目光有些游离。

班长正在登记信息，大家都等着跟他一起进包厢，就在这时，门口出现了一个高大清俊的身影。

阮乔的目光穿过重重人群，直直看向 KTV 入口处的那人。

时隔一年，他倒是风采不减。

也有其他人注意到了曾嘉树，不知是谁喊了声："学神来了学神来了！"

大家的目光全都聚集到了同一个方向。

曾嘉树今日穿了一件白衬衫，衬得整个人很像言情小说封面上走下来的人物。他的头发乌黑，看上去蓬松柔软，还戴了一副黑框眼镜。一手搭着挂在右肩上的书包，另一只手正在取眼镜。

阮乔以前一直觉得他的眼睛很好看，只是视力一般，这好像是学霸的通病。

有人上前跟他打招呼，他唇角微微扬起，也跟人闲聊。

一如既往，是阮乔熟悉的清淡疏离。

他对待关系一般的人，都温和有礼，但并不过分热情。

曾嘉树是崇安他们那届里学霸中的学霸，在后面的学弟学妹口中还能听到关于他的辉煌经历。

其实他有点偏科，不过在数竞光环下都算不得什么，毕竟人家并不需要参加高考，就能去北美名校念本科。

阮乔记得，他的名字从进高中开始，就一直高悬在每个月的光荣榜上。

曾嘉树长得也还不错，如果林湛算是十分帅哥，他也能有个七八分的样子，主要是学霸光环太过强烈，人却不是刻板的只爱念书的类型。

阮乔很早就知道，在自己之前，他还交往过两个女朋友，可以说是学习恋爱两不误了。

见大家都去跟曾嘉树打招呼，王思雨也拉着阮乔要上前："好久没见你家曾嘉树出现过了啊，走走走，我也去打个招呼，看看他在美国熏陶出什么气质来了。"

阮乔没动。

王思雨觉得奇怪："怎么了？"

阮乔只别开眼看其他地方，轻描淡写说了句："我跟他早就分手了。"

王思雨一时哑声。

阮乔感觉自己作了个大死，早知道就不来什么聚会了，一个大写的尴尬。不过话说回来，自己在群里说过要来聚会的，曾嘉树就算是回了国，看到群消息，也应该知道避嫌才对吧。难道前男女朋友一起参加同学聚会是什么很光荣的事情吗？平白给人添话题就算了，他难道就不觉得羞耻吗？

阮乔去吧台买了瓶柠檬水，问班长有没有登记好。

其实她觉得自己没有必要回避，劈腿的是他曾嘉树，自己怕什么？只是怎么说呢……她就是单纯地不想多看一眼曾嘉树，不想看到眼前那个人和从前一般模样，内里却和从前大不一样。又或者是，她自己根本就没有完完全全地认识过曾嘉树。不管怎么说，看见他，都不是一件能让人心情转好的事。

这些同学本身就很久没见了，对曾嘉树和阮乔的事也不太了解，跟曾嘉树闲聊了几句，突然有人调侃阮乔，冲着阮乔喊道："阮乔，你家曾嘉树在这儿呢，你还在磨磨蹭蹭什么啊。"

王思雨在那人旁边，踩了他一脚，小声说道："分手了……别嚷嚷。"

"分手了？"

王思雨的声音并不大，只是那人重复了一遍，一圈的人差不多都听到了。

曾嘉树也是。

他的表情只有片刻的凝固，下一秒，又变回了若无其事的模样。

好在这时，班长登记完信息，带着他们一票人往包厢走。

阮乔进去得快，找了有手机充电孔的小角落坐着，开始低头玩手机。

曾嘉树还是和以前一样，走到哪里都是焦点人物，一进包厢就被同学推着唱歌，推着喝酒，气氛热烈。

阮乔坐在角落，跟他连视线上的交流都没有，倒也乐得自在。只是包厢里冷气有点足，她又坐在风口，林湛给她选的这裙子，真是要冷死了。

正在这时，有男生喝完了一杯酒，坐到她旁边，递给她一个抱枕盖腿。

阮乔略微有些惊讶，包厢里光线不够明亮，她抬眼看了好一会儿，才认出眼前的男生是以前的数学课代表杨子越。

现在的形象与从前相比，可以说是大不相同了。

她差点都没对上号。

阮乔愣了愣，连忙道谢："谢谢啊杨子越。"

杨子越笑了笑，还是和以前一样，略微有点沉默，过了好几秒，才又找到话题："阮乔，我一直听说你在南城大学，其实我也在南城大学，不过我在月湖校区。"

阮乔从前跟这个数学课代表可以说是除了交作业毫无其他交流了，毕业的时候倒是知道有几个同学也在南大，只是不知道他也是其中之一。她忙点头："这样啊，月湖校区离市区近些，挺好的。"

她跟杨子越实在不熟，杨子越也不是很能聊天的人，可不知道为什么，就是不走，阮乔出于礼貌，也只好有一搭没一搭地跟他尬聊。

好在王思雨点了首歌，拉起阮乔一起合唱，阮乔才得以脱身。

她们俩合唱完之后，照例是班上那群爱热闹的起哄让她俩喝酒。

阮乔放下话筒时，看到曾嘉树也在鼓掌，目光直直地看着她。

她也回望，眼神却很冷淡。

继而有人劝酒，她便和王思雨一起喝了两杯。

好像喝过酒才有资格跑洗手间，她跟王思雨说了声，就起身往外面走去。

上完厕所，她停在洗漱台前看着镜子里的自己。

唇瓣上的口红颜色竟然还未褪去，脸颊上有浅浅的红晕。

在洗手间站了好一会儿，她才往外走，她还想去 KTV 外面买杯奶茶，晃荡个半小时再回来，一到十点，就可以走人了。

想法很美好，只是当她一出洗手间，就看到曾嘉树倚在墙壁旁，把玩着手机。

见她出来，曾嘉树抬眼望去。声音不大，熟悉又有点陌生："乔乔……"

阮乔出声打断："不好意思，你还是直接叫我名字吧。"

她抓了抓头发，神情倒是落落大方，"你有事吗？"

"我想跟你聊聊。"

阮乔抬头，声音淡淡："我和你，有什么可聊的？"

曾嘉树还没开口，阮乔就堵住了他即将要说的话："你不需要道歉，因为我不会接受你的道歉。与其低三下四装可怜求原谅，不如做了就做了，别再奢求更多祝福了。毕竟我们以后也不会有什么交集，我原不原谅，也只是你的良心得不得到安慰而已。"

阮乔说完，就往回走。

曾嘉树在后面跟着，还想解释些什么。

阮乔走得快，曾嘉树想拉住她，就在他伸手拉住阮乔时，旁边突然冲出来一个人拦住了他。

阮乔和曾嘉树皆是一怔。

是……杨子越。

杨子越拦在阮乔身前，阻止曾嘉树靠近："你们刚刚的话我都听到了，曾嘉树，是你对不起阮乔吧？那你别再纠缠她了。"

他们停住的地方正是交叉口，旁边几个包厢都要经过这儿。

忽而一间包厢门被拉开，里头走出一群吊儿郎当的年轻人，有男有女。

走在前头的瘦高男生穿着纯黑T恤，亚麻灰头发很是惹眼。左右两边各有一个男生搭着他的肩膀，他漫不经心地扯着笑，还衔了一支烟。

透过弥漫的烟雾，阮乔的目光与他在半空中交接。

林湛脚步顿下。

不知是哪间房的门突然通开，里面的醉鬼号了一嗓子《青藏高原》，刺耳尖锐的破音声打破了分岔路口刹那定格的寂静。

阮乔定定地看着林湛，林湛也一眨不眨地回望着她。

两人视线胶着，仿佛是小孩子在玩对视的游戏，谁先挪开谁就算认输。

江城肚子疼，去洗手间蹲了好一会儿，有点脚麻。甫一出洗手间往包厢回走，就见有人在分岔路口傻戳着挡路，他拍了拍前面男生的肩膀："帅哥，让下行不行？"

曾嘉树微微侧身，看他。

江城只扫了他一眼，一抬头，就看到林湛站在对面。一转脑袋，又看到了阮乔。

江城还没搞清楚状况，以为阮乔被林湛叫出来一起玩了，于是热络地打招呼："哎小乔妹妹，你怎么来了？我……"

江城话音未落，林湛就将未燃尽的烟扔进了垃圾桶，稀疏明灭的火光在空中划出一道弧线。

江城意识到了不对劲，倏而噤声。

林湛往前走，目光从离得较近的杨子越那儿掠过，停在曾嘉树身上。

他直直望着曾嘉树，却在对杨子越说话："你让开。"

杨子越半天没动，仿佛没意识到林湛是在跟他讲话。

林湛眉头轻蹙，不耐烦地瞥过去，声音又冷了几分："让开。"

见杨子越仍然没有要动的意思，林湛伸手推了一把。杨子越毫无防备，被推得往一旁趔趄退步。

阮乔一直被挡在杨子越身后，这下才算是和林湛面对面了。

林湛走近，要去拉她的手。

阮乔往后躲了下，避开他。

林湛眸色加深。

过了许久，他才再次开口，声音也听不出情绪，只有短短两个字："走吧。"

阮乔看了他一眼，目光又扫过杨子越。

杨子越被林湛那么一推，也不知道扭到了哪里，此时抱着胳膊，在一旁一言不发。

阮乔低声道："抱歉。"

说完，她才跟着林湛往外走。

见阮乔走，曾嘉树在后头下意识喊她的名字："阮乔！"

阮乔只微微一顿，并没有停留，倒是林湛突然停了下来，往回看。

他半眯起眼，与曾嘉树对视。

曾嘉树往前走，也看着他，并不怯场："我有话想跟阮乔单独说一下。"

林湛意味不明地垂眼，轻哂了声。毫无征兆地，就在下一秒，他一手揪上曾嘉树的衣领，一手握成拳，揍了过去——

周围众人惊呼，未料到这突如其来的变故。

曾嘉树一时未来得及反应，被林湛这一拳打得往后边不住倒退。

林湛松了松脖子，声音带着些许嘲弄："你想跟我女朋友单独聊一下？经过我的同意了吗？"

林湛突然动手，阮乔也始料未及，这会儿反应过来，她忙拉住还要上前的林湛："林湛！你干什么？！"

林湛看着她，她也定定地看着林湛，手还死死抓着他的衣服。

阮乔的声音很轻，却也有着不容反驳的坚定："别闹了，跟我出去。"

林湛没动，两人只互看着对方，似乎谁都不想让步。末了还是林湛点了点头，揽住她的肩膀，吐字气息有点重："好，出去。"

04

许是因为白日高温，到了夜里，水泥地上似有热气在腾腾上升，夜晚也变得燥热难忍，就算是只站着不动，很快也能感受到皮肤上慢慢被汗浸透得黏腻。

两人一路无声沉默。

一出 KTV，阮乔就挣开了林湛揽住自己肩头的手，和林湛拉开距离。

林湛在离她半米的地方倚着树，轻哂道："一见前男友，就这么迫不及待跟我划清界限吗？"

阮乔没动，突然问："你怎么知道他是我前男友？"

林湛声音不高不低，只反问道："重要吗？"

阮乔垂着眼，也不知道在想什么，突然应声："是，不重要。那你现在知道什么东西比较重要吗？"

她的声音提高了些，不甘示弱地质问道："你跟我说要回家，KTV 是你家？"

"阮乔，我们现在在说你的事。"林湛用脚跟顶着树干，抬头，"你跟我说要到崇安跟学弟学妹宣传南大，你宣传到 KTV 来了？平日里难得见你化个妆，今天连口红都涂上了。"

说到这儿，他自顾自点了点头，轻嘲："你是不是觉得我对你没脾气。"

他俩离马路很近，忽而有疾驰而过的车，没挂警报灯却急得和去救火似的，一路鸣笛。

林湛下意识挡在她前面。

那车还开着车窗，有震耳的音乐声传出，呼啸而过，酒味刺鼻。

两人一下子靠得很近。

林湛身上的味道还是那么熟悉，低着眼能看到他随意垂在身侧的手，手指修长，手背隐约可见青色的血管。

阮乔只与他靠近了那么几秒，而后一退再退，将距离拉回原状。

她的声音很平静，也不知道算是解释还是陈述，毫无波澜地，就像是不带一点情绪："我之前就跟你说过，去崇安做讲座的有很多我的高中同学，我们晚上会聚会。我在讲这件事的时候，你在打游戏，是你没有听进去。"

林湛抬眼，阮乔回望："我不知道你是怎么知道曾嘉树是我前男友的，也许窥探别人隐私对你来说并不是一件很难的事情吧，或者……我在崇安的每一份成绩单你都有？"

这个问题问出口，两厢安静了几秒。

阮乔轻扯着唇，边点头边继续说道："你觉得这不重要，好，那不谈这个。曾嘉树回来并不在我的预料之中，如果知道他会来，我会避嫌，即便这件事从头到尾错的都不是我。但很遗憾的是，我不知道。你没有任何理由地去推我同学，紧接着因为一句话动手打人……你不想让我跟曾嘉树聊，明明白白说出来就好，为什么不管做什么事，你下意识的反应就是打人？"

林湛别过头，问了句："说完了吗？"

阮乔见他这副无所谓的样子，一时之间只觉得心凉了几分："还没有。这些我都不想计较。但你在骗我，如果你不想念书，不想跟我走得长久，就只是玩玩而已，你可以直说，不用骗我，真的。"

阮乔很累。

说到最后，声音都变得轻飘飘的，有点不真实。

前方不远处的红灯变化成绿灯，一批车被放行，她招了招手，亮着空车灯的计程车停下。

她径直走过去，拉开车门。

就在她坐上去，想关上车门时，一只手控住了车门顶。

阮乔仰头。

离得近，她才看到林湛眼里充红，仿佛在极力压抑某种情绪。

他的声音不大，有些困倦喑哑，似是融进黑夜："阮乔，有话先说清楚。"

阮乔仍是执意要关车门，她的神色很平静："我说得很清楚了，是你应该先想清楚，林湛，我们冷静一下。"

她将目光挪至车门顶部边缘压着的手上。

慢慢地，那只手松了力气，渐渐放下。

阮乔只犹豫了一瞬，便关上车门，对前面的司机师傅说了句："御景天城小区，谢谢。"

05

周日一整个白天，阮乔都待在家里。手机关机，谁的电话都不想接，就是一直看书。

她也不看别的，就随手拿着买书凑单、满减换购时的那些"鸡汤"翻着。

本想从中补点虚幻的营养，让自己找一找原谅和接受的理由，可没想到这是本毒鸡汤，八个小故事里有七个都是以分手告终的，剩下一个男女主角凑合在一起过日子，每天吵架，相看两生厌。

阮乔放下书，从冰箱里拿了一瓶冰糖柠檬罐头。

泡温水喝，又甜又酸涩。

她不想回学校，打算明天直接去上课。

手机静静地躺在沙发前的茶几上，她犹豫了会儿，将手机开机。

未接来电看不到，但未读消息和微信没有一条来自林湛。

她点开一个陌生号码，里面只有短短一句话："我想亲自和你道歉。"

大约是曾嘉树。

她向左滑，按下删除键。

很快又有电话进来，阮乔去看，是阮振铭。

阮振铭很少给她打电话的，她有些好奇，按下通话键："喂，爸爸。"

阮振铭在电话那头问她："乔乔，这周回家了吗？"

阮乔"嗯"了一声："在家呢。"

阮振铭又继续说道："是这样，我这周在帝都大学调研，今天还跟刘思珉刘教授吃了个饭，我跟他说了下你的情况，他很欢迎你报考他的研究生啊，我等下把刘教授的邮箱发给你，你可以整理一些自己的资料、作品发给刘教授，有什么先秦文学方面的问题，也可以直接跟刘教授交流。"

阮乔怔怔。

刘思珉是帝都大学文学院的院长，也是古代文学先秦文学方向的知名学者，可他好像……已经很少带研究生了。

阮乔读研想走的方向一直都是古代文学的先秦文学方向，相比唐宋文学和元明清文学来说，较为冷门。如果是想学现当代文学，那直接跟阮振铭学就够了。阮振铭对学术上的选择倒是宽容，从没强求过阮乔一定要选什么方向，得知她想读古代文学后，还时常留意，帮她物色合适的导师。

过了好一会儿，阮乔才应声："好的，爸爸。"

得到阮乔回应，阮振铭又继续念念叨叨。

从前父女俩很少聊天，也就是阮乔上了大学，念了汉语言文学，阮振铭才在专业上对她稍加指点。

阮乔拿着手机，左手右手换拿了好几次，不时应上几句，总觉得阮振铭在绕什么弯子。她耐心等着，阮振铭说完学习上的问题，终于谈到了重点。

"乔乔啊，你妈妈不让我说，但是爸爸还是要再跟你说一下这件事。你现在在念大学，谈恋爱，爸爸妈妈是不阻止的。恋爱嘛，这是古今中外文学创作的灵感来源。但是这个恋爱，一定要注意分寸。"

阮振铭整理了一下措辞，继续道："爸爸妈妈这都是过来人，这个大学啊，它是一个很重要的阶段，不是用来混日子的，你必须要把握好学习和恋爱的这个天平，前者关乎前途，后者可能走不长远，那走不长远是什么？那就是感官上暂时的刺激。"

阮振铭说得再委婉，阮乔也算是听出来了。

那日她和林湛在楼下接吻。

被他们撞见了。

她紧了紧手机，声音很轻："爸爸……我知道了。"

和阮振铭聊完，阮乔一个人坐到了阳台上。

今夜淡月疏星，风很小，还带着暑气。

阮振铭的一席话一直在脑海中萦绕着，挥之不去。

阮乔看向已经枯死的花，神情落寞。

她以前和曾嘉树谈恋爱的时候，关于爱情的感觉大多是少女懵懂时期的羞涩，自带美化滤镜，将一些平凡无奇的事咀嚼成爱情的味道。现在想来，很淡很淡。可是跟曾嘉树在一起时，幻想未来，她从不担心。

现在和林湛在一起，每一天她都能清楚地感受到，他们是在恋爱。可她每一天也都在隐隐担心，两个人会不会有以后。

她不再是十六岁懵懂无知的少女，有情饮水也能饱，她知道什么叫现实，现实就是门不当户不对的爱情注定走不长久。

这个门不当户不对不仅仅指物质。也许有人能为爱情奋不顾身地将其他东西全都抛诸脑后。可很抱歉的一点是，她意识到，爱情不可能成为她的全部。她不想做攀附生长的菟丝花，而是想做一株木棉。

她是木棉，那对方就必须是一棵橡树。

凌晨两点，风也寂静。

阮乔在阳台上拢着膝盖坐久了，腿有点麻。

她很累，想去睡觉。明天她还要很早起床，回学校上课。

家里空旷得连走路的声音都有回响。

小桌上，手机忽而一阵震动，是林湛的来电。响过一阵，手机安静下来，可没过几秒，又开始震动。

阮乔按下接听。

通话计时到第五秒，电话那头林湛开口，声音喑哑："柿子妹妹，我要见你。"

阮乔还未开口，电话那头出现了另一道男声，没过一会儿，阮乔就感觉电话换到了另一个人手里。

"喂，阮乔吗？"

电话那头是江城的声音，她应了一声。

"没事儿，他就是喝醉了。不过你能不能到寝室楼下边接他一下啊，我把他给弄回来真是够呛，这楼梯我真爬不动了啊。"

喝醉了？声音倒还算清醒。

不过下一秒她就听到林湛在那边说醉话，没头没尾断断续续。

她垂眼，睫毛在眼睑下方留下小小一片阴影："我没在学校，你叫室友帮忙吧。"

江城一愣："没在学校？"

阮乔："嗯。不早了，我先睡了……你们也早点休息。"

电话很快被挂断，江城摸了摸脑袋，有点搞不清状况。

林湛好好站了还没几秒，又开始跟跄："阮乔呢？"

江城闻着他那一身酒气，皱眉："喝喝喝，喝成什么鬼样子了都，人家没在学校，瞎喝什么喝。"

挂断电话，阮乔回了房。只是这一夜躺在床上，她合着眼，脑袋却无比清醒。

就这样一直躺到凌晨五点，她起床洗漱，收拾东西，回学校。

她没有先回寝室，直接去教室休息了会儿，等待上课。

一上午都很平静，阮乔却只觉得疲惫，不知道是因为没有睡觉，还是其他。

跟随人群离开教学楼时，她一直在避让，让着让着就到了人流的末尾，她出来时，见到花坛边立着一抹熟悉的身影。

曾嘉树站在那里，见她出来，朝她招手。

他怎么会在这？

阮乔停顿几秒，还是往曾嘉树的方向走去了。

见她过来，曾嘉树微微扯起唇，笑了笑，继而又往四周打量，边说话，边将目光回落到阮乔身上："南大很不错，环境很好。"

阮乔仰头看他，声音淡淡，并没有接他的话茬："有什么话你就直说吧，是要道歉还是什么其他的，你都说完，就当是正式了结我和你之间的一切，以后也不用再有什么联系了。"

曾嘉树定定看着她，而阮乔目光平和，等他回话。

还是曾嘉树先败下阵来，他声音也不大："那……边走边说吧。"

"抱歉，我还要去吃饭，有话就在这里说吧。"

曾嘉树顺着又道："那不如，我们一起吃饭。"

阮乔眉头轻皱，仍是坚持："不用那么麻烦，你如果没事，那我先走一步了。"

说着，她抬步就想离开。

曾嘉树在身后叫住她："阮乔！"

阮乔顿步。

曾嘉树追上前，想伸手拉一下她的手臂，阮乔却下意识侧身避开，曾嘉树的手停在半空中，他似是自嘲般轻笑了声，收回手："不论怎么说，都是我对不起你，我没有别的意思，就是想正式跟你道个歉。"

阮乔未做回应。

"其实我跟羊子芮只在一起很短的一段时间，你知道之后，我跟她已经分手了，就是一时……"说到这里，曾嘉树垂眸，声音也低了几个度，"算了，我没什么可辩解的，就算只是一时的迷失，也是我错了。"

这番话阮乔倒是认同，背叛不分时间长短，她也不想再深究根源。

曾嘉树说完，兀自点头，一脸落寞。

阮乔也就是安静站着，待曾嘉树收拾好情绪后，她才开口，声音也是平平淡淡的："说完了吗？说完了，我就先走了。"

见阮乔这就要走，曾嘉树又喊住她："阮乔，我还有一件事要告诉你。"

阮乔留步。

曾嘉树在她身后问："你是不是在和林湛交往？"

听到这一句话，阮乔回头，抬眼望向曾嘉树。

"林湛是阳升的，以前南城五校组过篮球联谊赛，当时一中的啦啦队队长是沈瑜，我不知道你对她有没有印象，她和林湛是在联谊赛认识的，两人互相都有点意思。后来沈瑜和他分手后，又来找了我。我以前和你说过，在你之前，我交过两个女朋友。"

几乎没有多加回想，阮乔就记起了大一上学期开学时，陈阳阳在寝室说过的话。她说，林湛被上一个女朋友甩了之后，就一直没交过女朋友，而那个女朋友也被后来勾搭上的学霸甩了。这倒是与曾嘉树所说的，对应上了。

曾嘉树的话还没说完："后来我们崇安和阳升也组过一场羽毛球联谊赛，你应该还记得，那次我参加混合双打拿了第一名，你在现场。"

他微微停顿，又继续道："其实当时林湛也在现场，他本来是要跟我打的，但是手受伤了，那次没上场，自从沈瑜跟他分手，又跟我在一起后，他就有点……想跟我较劲的意思，他的朋友还来找过我几次。我可以肯定的一点是，他见过你。"

阮乔一直安静地听他说着，眼睛微垂，情绪敛起，也看不出她有什么想法。

"阮乔，是我对不起你，我告诉你这件事，不是想破坏你现在的恋爱，而是不想让你再受到一些其他的伤害。该说的我都说了，至于其他的，我相信你自己会分辨。"

不远处，林湛和江城站在石桥边，倚着柱子。

江城眯眼看过去，问："那哥们儿谁啊？是不是前天被你打了一拳的那个啊？"

林湛目光凉凉，没说话，转身就走。

江城摸不着头脑，转身喊："欸，林湛。"

搞什么呢！不是他一醒来就找阮乔课表，要来找她吃饭吗？还硬要拉上自己，让自己活跃气氛。人就在前边，转身就走算怎么回事？

江城也没再多想，又小跑着跟了上去。

06

一周过了一半。

阮乔作息正常，和以前没什么不同。

唯一的不同大概是，每次睡觉的时候，墙壁的那一头都很安静。

这一周过了三天了，马上又是周四周五，再然后就是周末，在这三天里，她都没见过林湛。

周四没有太阳，多云天，很舒适。傍晚的时候，在食堂吃过饭，许映拉着阮乔去操场散步。

阮乔下意识就想到，林湛应该在那里打球。

她还没出声，许映就不容反驳地拉着她往操场的方向走："走啦走啦，我今天懒得去健身房了，就去操场走走吧，这风多舒服啊，就当是消食了。"

其实阮乔来大姨妈了，不怎么舒服，肚子有隐隐的绞痛感，一站起来走路就感觉血流成河……但想到林湛在操场，她也没有拒绝许映。

甜牙齿

傍晚是操场人最多的时候，附近有篮球场、网球场、室外乒乓球台，塑胶跑道的中间是足球场。这会儿都有人在，很热闹。散步消食的人也很多，大家都默认走外圈，把内圈让给跑步的人。

走了小半圈，就到篮球场外面了。

隔着网栏，她一眼就捕捉到穿着黑色无袖运动衣、正在运球的林湛。

他一个闪身回转，躲过想上来抢球的人，将球抛给队友。而后唇角微微挑起，抬手用护腕擦了擦汗。

他的目光不经意往外一瞥，似是心有灵犀，他一眼就扫到了在操场跑道上散步的那个熟悉的身影。

两人隔着网栏对视。

突然，林湛瞳孔急剧收缩，大喊道："阮乔！小心！"

阮乔只听林湛一声喊，与此同时，后头一股大力冲撞上来。

时间过于短暂，她根本无法分辨就向前趔趄，而后摔倒在地。

她穿的短裤，小腿和膝盖上面一截都露在外面，被撞倒在地，膝盖磕在塑胶上，一阵剧烈的痛感传来。

林湛球都没接，就扯下吸汗发带冲出了篮球场，径直跑到阮乔面前蹲下："柿子妹妹，怎么样？"

他刚问完，就见阮乔两腿膝盖有不同程度的磕破流血。

塑胶跑道不怎么干净，有脏污沾染了，看上去更是触目惊心。

阮乔嘴唇发白，痛感过于集中，一下子疼得没说出话。

林湛起身，揪起也倒在地上、刚刚撞向阮乔的那个体育生。

刚刚在篮球场里，他眼看着一群搞训练的体育生跑过来，在队伍里头的这个人没个正形，跟女同学说说笑笑，跑步都跑不好，都歪到了外圈，直直撞向阮乔。

“你是不是没长眼睛？腿是装了弹簧吗满操场乱蹬？不会跑步要不要我送你回去坐轮椅啊！”

林湛刚刚打完球，出了一身汗，此刻发了狠，眼睛充红，说话相当不客气。

那人有点发蒙，下意识说了声“对不起”，就和哑巴了似的。

林湛似乎是在极力克制，没过一会儿，就松了那人，往外一推，倒没再动手。

后头一起跑步的一众体育生很㞞地松了口气。

这个林湛，他们可是认识的，去年开学打教官的事迹还在学生之间口口相传，教官都打不过他，他们估计也难。

此刻林湛浑身散发着戾气，近距离看着，许映有点蒙，然后她又看着林湛蹲下身，将阮乔抱起来，一言不发地离开了操场。

公主抱啊……

咳咳，好像不是花痴的时候。

林湛走得很快，也不顾旁人目光，沉默着一路将阮乔送到了医务室。

这会儿医务室没什么人，医生让阮乔坐到床上，帮她看了看。

倒没什么大事，都是皮外伤，只是磕得猛了点儿，暂时走不了路。

她的手臂、手心，也都破了皮。医生帮她做了消毒处理，又开了些外敷的药，并叮嘱：“这两天少走点路，要是上课楼层太高，就请个假吧，夏天比较难好。”

阮乔乖巧地点头。

她和林湛一直都没讲话，沉默着看完伤，林湛又要抱她回寝室，阮乔也没拒绝。

其实也就几天没讲话，阮乔却觉得，过了好久好久。

来了大姨妈，肚子一阵阵疼。

上楼梯的时候，她突然把头搁到了林湛肩上，可能是因为肚子太疼了，眼泪一下子就冒了出来。

林湛因为阮乔近乎于示弱的突然靠近，心软了一块。可是走到四楼时，他却觉得左肩上热热湿湿的。他迟疑地喊道："阮乔？"

阮乔没出声。

他问："你不会哭了吧？"

阮乔下意识就在他肩头蹭了个干净，而后别过头，声音轻轻的："没有。"

阮乔说没有，林湛也就没再问。

进了418寝室，他把阮乔搁在月亮椅上，又拿来张椅子，给她放腿。

做完这一切，他也没有要走的意思。

阮乔每次来月经都不太舒服，今日尤甚。

没过一会儿，她的额头就冒出了一层细密的汗珠。

林湛察觉出她的不对劲，倾身打量，问："你怎么了？是不是还很疼啊？要不要再抹点药？"

阮乔不想讲话，只摇头，唇色苍白。

林湛又靠近了些，去探她额头，倒没发烧。

在林湛想要直起身子时，阮乔突然搂住他的脖子，小脑袋埋在他胸膛间，一声不吭。

林湛一时僵住，也不敢动，就保持着半弯腰的姿势任她抱着。

他感觉胸前又染上了湿湿热热的一块，面积还在不断扩大，而阮乔的背脊正在略微颤动。

林湛沉默，过了好一会儿，他才试探性地用手在阮乔背上轻轻拍着，低声安慰："柿子妹妹，别哭了。"

阮乔没反应。

林湛又开口解释："是我不好，我不该冲动，动手推人，打人。但是我那天是真的回家了，本来也没打算出去，我没想骗你……"

阮乔将他搂紧了些。

林湛本来还想说点什么，却没再往下继续说。

算了。

两人静默地抱了会儿，阮乔好像还在哭。

林湛忍不住问："你到底怎么了？"

阮乔在他怀里摇头，声音哽咽："没事，肚子疼。"

"来姨妈了？"

阮乔又点点头。

林湛伸手，去摸她肚子。

阮乔很想停下来，可眼泪就是止不住，就是莫名地觉得很委屈。是她说的冷静一下，可话说出口，她还是希望林湛会来找自己，只是一周过了大半，他就是没有出现。

她收了收声，脑袋往上挪，搭到林湛肩膀上透气。

林湛想看看她，她抱着林湛脖子不肯撒手，不想被他看到自己哭得很难看的样子。

阮乔用了好一会儿才平复心情，而林湛一直帮她揉肚子。

见阮乔安静下来，他问："还疼不疼？"

阮乔摇头，松开他。

林湛弯腰弯了好久，背脊酸麻一片，他活动着手臂，顺手拿起阮乔的水杯："给你接点热水。"

杯子往外冒出腾腾热气。

阮乔窝在月亮椅里，垂眼。

周鹿和宋弯弯相继回寝室，林湛再待在这里也不合适，他走之前跟阮乔说："明天一起去上课。"

阮乔点头，声音很小："好。"

第五章

Chapter 05

01

次日上午第三四节是毛概公共课，有好几个班一起上。但阮乔他们班和林湛他们班一二节都没课。

次日一大早，林湛就起床出门了。

江城睡得浅，被惊醒时一看时间，竟然才七点。

林湛是打鸡血了吧？

江城揉着眼睛翻身，又继续睡。

九点的时候，阮乔起床。

她在床上上完药，才慢慢爬下去。

膝盖还有些疼，每走一步，好像都会将伤口拉扯开。

阮乔慢吞吞收拾完，看时间，还早。

她背上包，准备去隔壁叫林湛起床，可她一拉开门，就发现林湛靠在一旁墙壁上，正在玩手机。

见阮乔出来，林湛收起手机，递给阮乔一个盒子。

阮乔先是看向他，他一脸无所谓的表情。

阮乔慢慢接过，又看上面的文字。

暖宝宝？

虽然来大姨妈贴暖宝宝没错，但现在是大夏天啊。

林湛适时补充道："你们晚上开空调冷，晚上用。"

"噢。"阮乔点头，拿着一盒暖宝宝回寝室放好，又出来。

"走吧。"林湛说完这两个字，就要转身，往楼梯口走。

阮乔忍着膝盖的疼痛，快步往前，赶上林湛，然后拉起他的手，她也没有拉得很紧，小手就扯着林湛的中指和无名指。

林湛微微一顿，也不说话，只是把手换了个方向，牵住阮乔。他的手比阮乔大很多，可以将她的手完全包住。

六月的阳光已经烫人。

两人沿着树下林荫小道往前，到教室时，林湛挑了后排靠窗的位置。

毛概课向来无聊，很多人都把它当成自习课在上。

阮乔和林湛坐在一起，一个心不在焉地记笔记，一个不在状态地玩手机。

突然，林湛低声说了句话："周一中午，我看到你和你前男友在一起了。"

阮乔写字的手微微一顿，笔尖在纸上沁出黑色墨团。她轻声回答："曾嘉树是来找过我。"

林湛还想继续听她说，可她说完这句，就没了声。

林湛放下手机，转头看她："然后呢？"

阮乔继续写笔记，若无其事地说道："他跟我说……沈瑜。"

林湛一听就知道不好了，他往阮乔那边靠近，试探性地问："曾嘉树是不是跟你讲沈瑜是我前女友，甩了我然后跟他在一起，我怀恨在心，所以想抢走你报复他啊。"

阮乔没出声。

林湛连忙解释道："你别听他胡说八道啊，你跟他都分手了，我要报复他没理由找你吧。"

阮乔声音很小："你认识我的时候我和他还没分手。"

林湛被堵了下，见阮乔不看自己，林湛摸了摸后脑勺，有点无奈："是，我是很早就知道你了，那时候阳升跟崇安打羽毛球联谊赛，就有哥们儿给我指着看，说你是曾嘉树甩了沈瑜新找的女朋友。我那会儿还觉得曾嘉树眼光不错呢。"

阮乔瞥了林湛一眼，林湛继续解释："后来见你，是在南城人民医院，我那会儿也在那边，找我一个哥哥有点事，我那哥哥是那儿的医生，我等他下班不是无聊吗，就见十来个人排队做尿检常规，看着你觉得眼熟，谁知道你做个尿检常规还……"

阮乔在桌子下踩了他一脚。

林湛吃痛，连忙喊道："行行行，不说这事不说这事。"

"不过我就是那次才彻底记住你好吧，你那会儿太搞笑了。"林湛想起来都觉得搞笑，继而又说，"而且谁知道你跟我住一栋寝室楼啊，一上来泼我盆水，我还以为你搞个新的搭讪方法想吸引我注意力呢。"

阮乔又要去踩他，这次林湛躲得快，忙转回正题："我一开始也就是觉得你挺好玩的，才跟你多讲几句话，真没曾嘉树说得那么恶毒，那沈瑜甩了我也就是外面在传，我给女生面子，懒得解释，我怎么可能被甩？所以我根本没理由报复他啊。"

阮乔就听他碎碎念着，一直没怎么理。

林湛解释得都口干舌燥了，他喝水，又敲阮乔的桌面："给点反应行不行？"

趁着老师在放小短片，阮乔转头看林湛，声音很轻："知道了，我又没怀疑你。"

林湛不信："你没怀疑我？"

阮乔拧他胳膊，倒没用什么力气，就是做个样子："以你的智商，想得到这么复杂的报复计划吗？"

这话说的，林湛一时竟哑口无言。

两堂毛概课过得还算快，快下课的时候，林湛撞了撞阮乔："中午吃什么？"

"……不知道。"

"出去吃吧，反正你下午也没课。"

阮乔奇怪地看了他一眼："为什么没课就要出去吃？"

"我们和好了，不应该庆祝一下吗？"

快下课了，阮乔开始默默收书，还自顾自说了句："谁跟你和好了……"

"还没和好啊？"林湛低头，从下往上看阮乔，嘴角微微勾起。

阮乔用手推开他，一脸嫌弃："你好烦啊。"

"行了，我保证以后好好学习天天向上，你就放三百六十个心吧，以后我肯定养得起你。"

"谁要你养！"

见阮乔瞪过来，林湛也就不正经地笑着："你啊，哦，还有我们以后的小宝宝。"

阮乔脸一下子爆红。

刚巧下课铃响，她卷起书去打林湛。

那点儿劲落在身上，就和挠痒痒似的，林湛完全不在意。

阮乔想走，林湛拉住她："吃饭又不是救火，你腿都半残废了，和人家挤什么，等会儿。"

过道里排着队，都是要往外去食堂抢午饭的，确实不方便挤。两人就慢慢等着，等到人快走光了才起身。

除了他俩，讲台上的毛概老师也还没走，见他俩还在磨叽，毛概老师朝后排喊道："你们两个上课可是一直在讲小话啊，谈恋爱可以，以后还是不要带到课堂上来了，听到没有？"

毛概老师好像没有很生气，只是提醒。

林湛朝讲台方向敬礼示意："知道了老师，以后一定好好听课！"

阮乔见他没个正形的样子，白他一眼。

老师倒没计较什么，拿着茶杯，笑呵呵地出去了。

好像情侣之间都会有这样那样的小小摩擦，莫名其妙地冷战几天，两人又莫名其妙地和好了。许映和她男朋友也因为一些小事有了分歧，正在赌气。

阮乔刚经历一次，有经验，劝慰了许映一番。

临近期末，再大的别扭也得先暂时搁置，许映这点还是拎得清的，这次期末考可是对下学期一开学的奖学金评定有直接影响的。

许映和阮乔都想争取奖学金，当然也有人浑不在意，比如林湛，他只在意放假去哪里。

离期末还有一两周呢，他就看了好几个旅游的地方。

之前和一群哥们儿出去玩的时候，有人建议，趁暑假带女朋友出去旅游什么的，四舍五入就等于度蜜月了。

林湛觉得这建议有点道理，说不定还能有什么质的飞跃。

某天一起吃饭的时候，林湛就不经意问了句："我们学校暑假有两个多月吧？"

阮乔"嗯"了声，继续夹菜。

她得快一点，期末自习室人很多，去晚了可能找不到位置。

林湛又问："不然我们暑假出去玩吧？出国你爸妈估计不放心，我感觉这几个地方不错，你看下。"

说着，他把手机递到阮乔面前。

阮乔一愣，接过手机往下划拉，末了她将手机递回："地方是不错，但是我暑假有安排了。"

......

"学校有支教活动，我报了名，好像是七月初过去，要到开学前才回来，在平南的一些偏远山区。"

02

南大大一的期末考试结束在六月的最后一天。

盛夏未至，气温已经很高，热气腾腾往外冒，却找不出具体的方向。

阮乔出门买冰水时，还见到有人拿着平底锅在地面煎鸡蛋，相当有实验精神。

大一的期末考结束，大二大三时间也差不多。

学校里陆陆续续有拖着行李箱回家的学生，也有跟着父母一起远道而来参观学校的高考生。

阮乔在学校收拾行李，衣物带得比较简单，防晒霜和保湿水她多备了点，还提前找代购买了防蚊虫的喷雾。

她被分配到平南省靠北边一个叫甘沛冲的农村。

平南省北边地带都不太发达，甘沛冲所在的平州市也是平南省经济发展倒数一二的地方，平日里一提起就感觉那地方不怎么好。

阮乔在官网还用论坛搜索了一些以前学长学姐们去支教的经验帖，知道那边条件比较艰苦，空调这玩意儿就不用想了，有没有风扇都要看运气。不过支教是去体验生活，又不是去享福度假，阮乔倒是早就做好了十足的心理准备。

按照预定计划，学校的支教队伍在七月初出发。

出发那天是个大艳阳天。

在校门口排队集合时，阮乔被晒得头晕脑涨，只想着快点上大巴车，吹吹空调。

她时不时看一眼手机，却始终没有来自林湛的回信。

自从拒绝和林湛一起去旅行，并告知他自己早就报名支教项目后，他的反应显得过于平淡，但一直到期末考完，阮乔也没看出有什么异常。

支教项目是她和林湛冷战那几天报的，并不是一时冲动。即便没有和林湛冷战，她也会去。只不过如果两人没冷战，她肯定会先知会林湛一声。

和好之后，她一直不知道怎么跟林湛说这件事，拖着拖着，就拖到了林湛主动安排旅行……

阮乔满脑子都在想，他的反应怎么会这么平淡？实在是太平淡了，一点都不像他平日里动辄耍毛的性格。

在阮乔看来，爱情不应该是生活的全部。还年轻的时候如果不去经历一些什么，到以后再想经历，恐怕就难了。只是她跟苏禾、许映分别聊起这件事的时候，两个人的反应都出奇一致。

"你疯了吧！暑假多好的谈恋爱时间啊，你竟然出去支教？不应该和林湛去旅游吗？！"

"我的天，你在想什么呢！暑假去支教？"

两人跟她碎碎念了好久，尤其是有男朋友的许映，简直把她给批判得体无完肤，同时也觉得不可思议。

"你谈恋爱难道不会有那种一分钟都不想分开、半天不见就想得要死的感觉吗？你竟然要去支教两个月还这么淡定！"

阮乔这才开始自我怀疑。她没觉得分开两个月是什么要死要活的事，只要两个人感情没出现问题，一段时间不见难道不是给彼此一些自由发展的空间吗？真有那么大的罪过？她甚至在想，自己是不是不够喜欢林湛，所以没有想过要时时刻刻腻歪，但她很快否定了这一想法。

她很喜欢林湛。

如果目前为止对林湛的喜欢还谈不上喜欢，那她可能已经失去了喜欢一个人的能力。

许映和苏禾的批判让阮乔产生了一些不安，再加上林湛过于平淡的反应……阮乔实在心虚，这段时间她一直顺着林湛的意思，却也没看出他有什么不对劲。

领队老师拿着扩音器在前头整队。

阮乔接过校园通的传单，对折起来扇风，时不时还看一眼手机。

林湛还是没有回信。

这次去支教的总共有六十来人，听说报名的都选上了，因为人数不够。

但寒假的时候报名支教的可多了，有两百多个，得对半筛选。

阮乔想了想，大概是因为寒假时间短吧，再加上抗寒只要多穿就行，可抗暑就算不穿也没用。

又等了一会儿，人差不多到齐了，领队老师开始点名，点一个就上车一个。

阮乔报名较早，点名也较早，她答完到后，就推着行李箱去车前放行李了。

她将拉杆收起，在她准备拎起箱子时，却有另一只手先于她抓上了把手。

那人动作利落，将她的橘色小行李箱放到侧边容易取出的地方。

阮乔抬眼。

林湛略微挑眉，看着她。

恰巧这时领队老师在喊："林湛！"

林湛仰起下巴，冲前头应声，声音不大，还懒洋洋的。

阮乔整个人都愣怔在那里。

林湛将自己的行李箱放到阮乔的旁边，然后拉起她的手："走了，车上吹空调去，热死我了。"

阮乔呆呆地被他牵着上车，两人坐到靠后的双人座上。

阮乔好半晌才发问："你报了支教？"

林湛"嗯哼"一声，补充道："特意让老师给我安排了你那地儿，我们一起。"

阮乔还有点回不过神："你去教什么……那里很艰苦的，不是旅行。"

林湛上下打量她："你以为支教是什么，正儿八经按着课本讲课啊？我教他们那些小屁孩儿绰绰有余了好吧。再说了，你都能去，我还不能去？你这软柿子，别到那儿自己把自己给踩扁了。"

车上陆陆续续上来一些学生，往后走的女生走到林湛附近时纷纷注目，没想到支教还能见到帅哥，一起支教什么的，可是最容易出现爱情火花的啊！可是她们还没看两眼，就见林湛搂过阮乔，往她耳朵里塞了一只耳机。

少女心破碎了……

这一趟去北边的车程大概有六七个小时，而且大巴只能到达县城，他们要在县城休息一晚，第二天一早再分批送到不同的村落。

六七个小时的车程能让人坐得腰酸背痛，但阮乔和林湛一起走过百里毅行，比起走十几个小时，能坐车他们真是毫无怨言了。

坐久了，阮乔不太舒服，窝到林湛怀里休息，手穿过林湛胳肢窝，环抱住他。

怎么说呢，除了惊讶，更多的大概是欣喜，虽然一起去支教的都是一个学校的同学，但去一个陌生的地方待两个月，阮乔还是有点不安心的。可林湛在车前出现的那一瞬间，她就觉得，满满的都是安全感，很踏实。

03

在县城休息了一晚，第二天，大家都起得很早。

阮乔和林湛所分配到的甘沛冲从县城过去要坐一段拖拉机，拖拉机还不能翻山，也过不了村里小路，他们被放在村口，与同行的七八个人一起跟着当地村民开始走路。

羊肠小道很窄很绕，村民大叔操着夹杂当地方言的普通话介绍，大概意思是还要走两个小时才能到村里的学校，中间要翻过一座小山包。

林湛和阮乔开玩笑："你要是一个人来怕不怕？这荒山野岭的鬼地方，不就是新闻里老报道的那种人口拐卖会来的大山吗？要是把你扔这里关小黑屋，给人当媳妇，一年生俩，两年抱仨，还不哭死你。"

阮乔听了去踹他："会不会讲话啊你，小心人家听了揍你。"

林湛一副无所谓的样子："他听得懂那我也认栽！"

阮乔白他一眼。

不过人家的确听不懂，这儿有方言，南城也有方言。

南城话说起来有点凶，语速又超级快，说起来像是在骂人，男生讲话更是痞里痞气。在学校里，即便是南城本地的学生也很少用南城话交流，只有生气骂人却找不到普通话里的替代词时才用。两人用方言交流了一阵，阮乔自己都觉得搞笑，边走边掩着唇笑起来。

林湛用手肘撞她："看不出来，你南城话还讲得蛮正宗的啊。"

"你也不差啊，小二流子！"

一路说说笑笑到达甘沛冲学校时，大家突然都静默无声了。

到学校的路都是泥巴路，好多天没下雨，路上都已裂开纹路，走的时候林湛还有心情开玩笑："这路怎么那么像桃酥饼啊。"

真到了学校，他也笑不出来了。

眼前回字开口形状立着几幢破败的平房，红油漆在看不出原有颜色的墙上歪歪斜斜写着"甘沛冲学校"几个字样。靠右边的那幢还是土坯房，外面就像林湛形容的开裂的路面一样，和桃酥饼似的，里面空空荡荡。

林湛问领队老师："老师，学生呢？"

领队老师先没提学生："这边条件比较差，大家这两天就先住学校里，把桌椅拼一拼，有两间教室风扇是没有坏的，你们可以吹风扇。"

交代完暂时的住宿问题，老师才道："学生的话，得你们自己去招，今天先在这里安顿下来，明天一早可以跟着王叔去村里挨家挨户招生，这边没有正式的学校，念不起书的孩子都是靠支教老师来一拨学一拨，年纪大一点的都去镇上念小学了。"

闻言，大家面面相觑。

领队老师见状，出言鼓励："条件是比较艰苦，大家克服一下，晚饭的话可以自己做，过两天招到学生了大家可以住到学生家里去，村民都很热情好客的。"

条件的艰苦程度似乎有点出乎大家的意料，不过大家都是刚来，干劲十足，惊讶不过片刻，就有学长组织大家分工了。

学校这个鬼样子，总要搞搞卫生，晚饭也还没着落，得去村民家里讨点米啊菜啊什么的。

鸡飞狗跳过了半天，到了晚上，总算是安顿下来了。

大家一起吃饭聊天，还有人带了扑克牌，又玩了一阵。

直到晚上睡觉时大家才发现，风扇没坏的教室竟然只有一间。

这大热天的，不吹风扇肯定睡不着，大家一合计，就打算在有风扇的教室打地铺算了。

这种时候，男女的忌讳似乎少了很多，真让女生单独睡一间屋子，她们怕是也不敢睡，睡不着。

阮乔和林湛在男女分隔的三八线位置一左一右睡下。

阮乔带了一个小风扇，是用电池的，她还算聪明，带了两节备用电池。她从包里翻找出防蚊虫的喷雾给林湛喷了一身，又将小扇子对准他，小声问："舒不舒服？"

林湛把风扇挪了个方位，对着阮乔："你自己吹吧，我不热。"

阮乔没忍住，笑出了声，边说话边去摸林湛的额头："你真不热啊，额头都出汗了。"

大家都还没睡着，有一搭没一搭地在小声聊天。

林湛往阮乔那边滚了半圈，跟她咬耳朵，声音低哑："那是因为你睡在旁边啊。"

屋子里黑，还有淡淡的霉味未曾消散。

阮乔听完他的话，愣了几秒才回神。

她匆忙转身，背对着林湛，闹了个大红脸。

林湛轻笑，将手枕到脑袋后，还时不时抖脚。

热是热了点，但一夜好眠。

次日，天刚蒙蒙亮，阮乔就醒了。

甜牙齿

屋外时不时传来一两声鸟叫，阮乔睁着眼，安静一会儿后，侧身去看林湛。

林湛手枕在脑后，头略微向右偏，鼻尖有细密的汗珠。

临时打的地铺睡得腰酸背痛，阮乔轻轻皱眉，忍住身体的不适，找出小风扇，对准林湛吹风。

风掠起他额间的碎发，阮乔看得出神。

不知何时起，林湛转醒，先是睫毛颤动，后皱起眉心，慢慢睁开眼睛。

天光仍是微亮，光线不刺眼。

林湛想翻翻身，夜里也被这临时的地铺硌得全身都不舒服，伴随着酸疼清醒过来，他似乎才反应过来这是在哪，也没再乱动，目光不经意一扫，就对上阮乔。

她眼里有浅淡笑意，好像在说早安。

林湛觉得有点不真实，伸手去捏她的脸。

阮乔吃痛，微微皱眉，用小风扇去"滋"林湛。

小风扇倒不疼，酥酥麻麻地刮在脸上，触觉清晰。

林湛想：原来是真的。

周围有人打了一夜的呼噜，到早上也不安生，其余的呼吸声好像都很同步，深深浅浅，还浸在梦中。两人也不再动，安静对视。

严格意义上来说，今天才算是支教生活的开始。

大家多多少少都有带干粮，早上起来不想做饭，便就着饼干饱肚，一边吃大家还一边商量，说改天要跟村里人一起下趟山，去镇上买一箱方便面回来。

刚来一天，大家就对下山这件事产生了浓厚的兴趣，有人问："能不能带箱可乐啊。"

马上有人接茬："拖拉机只能送到村口，可乐那么重，搬不动吧？"

阮乔安静地吃着饼干，突然问道："难道村里连小卖部都没有吗？"

大家一愣。

好像是哦，落后是落后了点，但总不会连小卖部都没有吧。

吃过早饭，大家出发，跟着昨天带他们进村的王叔一起挨家挨户去宣传招生。

村里人都起得很早，有人家热情招呼他们，让他们留下吃早饭，大家连忙摆手拒绝，表示已经吃过。

经过下坡的土坯房时，阮乔见坪里有小孩在抽着陀螺转悠。

那小孩黑瘦黑瘦，穿的 T 恤明显与小身板不符，倒是一双眼睛亮亮的，很精神，很有朝气。

王叔在前头走着，突然顿下，冲小孩儿喊："果伢子！你娘嘞？"

那小孩儿没停下抽陀螺的动作，用方言响亮地回答："王伯，她赶集嘞！"

紧接着王叔又上前跟那小孩儿讲话，时不时指着他们这群支教小年轻，大概是让他去上课，那小孩儿看了看他们，毫无兴趣，只摇头。

阮乔听得半懂半不懂，王叔大概是连训带骂拉着小孩儿要他去念书，说他不上进。

小孩儿皮得很，四处溜，王叔捉都捉不住，滑得和泥鳅似的。

只是没几秒他就栽了，边回头便往前跑，没注意，直直撞到了林湛腿上。

眼看他就要往后倒，林湛弯腰，拉住他。

小孩儿抬头，林湛也蹲下身子，他下巴微抬，问小孩儿："喂，小屁孩，为什么不想去上课啊？"

小屁孩好像有点怕林湛，林湛还挺纳闷，长这么帅，有什么可怕的？

只见小屁孩讷讷说了声："要做事。"

做事？

他看上去顶多八岁的样子，能做什么事？

林湛又游说了好一会儿，还从兜里掏了一把草莓牛奶糖出来。

这糖是外国货，外面是牛奶味，里头的草莓夹心是草莓果肉做的，酸酸甜甜，小屁孩吃了一颗，就眼巴巴看着林湛。

"一天也上不了多久，不耽误你做事，到时候你们村里很多小孩也去上课，你来不来？你来天天有的吃。"

那小孩儿犹豫了会儿，点点头。

……

也太没原则了吧。

"诱拐"成功，林湛把那一把糖都塞到他手里，起身。

阮乔一脸讶异地看向林湛，林湛冲她挑眉。

继续往前走，阮乔屈起手肘撞林湛："看不出来啊，你还会哄小孩子？"

林湛"喊"一声："这算什么，我表哥的小孩儿……"

他突然一顿，压低声音，靠近阮乔："就是我表嫂严暖的孩子，高考完扔我家扔了那可有一段时间。"

阮乔笑，确实没想到林湛还有这个耐心。

林湛朝她招手，示意她靠近些。

阮乔不明所以，依言靠近，她正想开口问话，林湛就往她嘴里塞了一颗草莓牛奶糖。

"就一颗了，剩下的在行李箱里。"

入口是牛奶的香甜，阮乔脸微微红，任林湛拉着手往前走。

招生招了一上午，中午时刚好到了村委书记家吃饭，村委书记家算是村里条件比较好的，有一幢两层小楼房，家里还有空调。

来了一天多，大家头一次感受到空调的冷风，顿时觉得人间似天堂。

村委书记家有一间空房间，说是可以让他们住，虽然没空调，但肯定比在学校打地铺好，只是房间小，只能住下两个人，大家一合计，决定让两个女生住进去。

林湛问阮乔："你不想住？"

阮乔摇头："不要。"

房间虽小，再挤进去一个女生也是勉强能挤的，但阮乔不想去。

她抓紧了林湛的手，林湛好像一下子会意过来，掩着唇咳了声，还是没止住嘴角的笑意。

他们一行人在村里走了整整一天，从旭日初升到夕阳西下，个个晒得脸发红，脑袋冒汗。不过收获颇丰，一共招到了四十来个小孩儿，最小的五岁，最大的倒也不过十一岁。

一路上大家基本都找到了这两个多月的正式落脚处，阮乔和林湛一直让一直让，让到最后，王叔收留了他俩。

不过王叔家也只能腾出一间房，阮乔还没说什么，林湛就连忙表示没关系，他们是男女朋友，可以住一起。

阮乔闹了个大红脸，但到底只是让林湛嘴上占占便宜，晚上林湛很自觉地还是打地铺。

他俩去小卖铺买了些东西，在一间不足八平方米的小房间里正式开始了两个月的"同居"生活。

其实这和阮乔想象中的支教不太一样，却也意外地觉得，充满挑战。

招生来的四十多个学生按年龄分成了两个班，阮乔和林湛带小班。

正如出发前林湛所说的那样，他们不可能按照正式小学里教的课程那样按部就班地教学，教什么完全由自己定，领队老师偶尔会来检查指点。

小班的小孩子自然是年纪偏小的，很多连拼音都没好好学会，阮乔就包揽了教学的大头——拼音、识数、加减。

林湛负责组织体育课，还有教他们画画。

04

日历一天天翻过。

大半月下来，气温越来越高，大家也不同程度地被晒黑了一些。

大太阳天，林湛穿着短袖五分裤，坐在屋檐下修凳子，敲得还像模像样，汗水顺着额角往下淌，有时流进眼角，会有点痛。他觉得脑袋有点发涨，眼前有时是一片白光，什么也看不清。

恰巧这时，阮乔上完一堂课，小朋友一哄而出。

今天是赶集的日子，王叔家没人在，午饭还得自己解决，阮乔刚走到林湛面前，打算问他中午吃什么，后面就有小孩脆生生地喊他们："阮老师！林老师！"

阮乔和林湛不约而同望过去。

那小孩儿就是之前耍陀螺不肯来上课的小孩儿，叫陈果，林湛最擅长给人取外号，别人都叫他小果子，林湛非要叫人家小黑皮。

小黑皮颠颠儿跑过来，摸着额头上的汗，抬头问他俩："妈妈赶集去了，老师你们要不要去我家吃饭？"

敢情是没人做饭来找苦力啊。

阮乔和林湛相对望了一眼，点点头："好啊。"

反正都是要找吃的，多喂一个小崽子也不费事。

他们跟着小黑皮一路回家。

小黑皮往厨房跑，站凳子上就要烧水。

阮乔惊讶："小果子，你干吗？快下来快下来。"

小黑皮完全不在意，笑得眼睛眯起，缝里却还透着光亮："给你们做饭啊，老师，你们随便坐，我做饭很快的。"

阮乔更惊讶了，原来是他要做饭啊。

可他才八岁呢。

阮乔和林湛面面相觑。

小黑皮生火洗菜，动作很麻利，阮乔看得有些呆，好一会儿才屈肘撞向林湛："还不去帮忙！"

总不能真让一个八岁的小孩给他们做饭吧。

小黑皮家很简陋，没什么像样的菜，他去鸡窝里掏了几个蛋回来，又洗了把青菜。

林湛按照指示在切红薯，刀是那种很原始、毫无设计感甚至还有些钝的菜刀，林湛没切过菜，两个红薯切得歪歪斜斜，倒也不碍事。

小黑皮熟练地把红薯和米和在一块，做红薯蒸饭。

阮乔这会儿才注意到锅，一时惊讶，有小半边都破掉了……还能用啊。

一顿饭做好，三人围着小方桌坐下。

桌子很旧，还很矮，桌脚也不平，有两只桌脚下都垫了折起来的纸片。

林湛一米八几的身高，坐在这样的小桌前，实在不是很舒服。

刚在厨房里忙活了一阵，这会儿热得慌，林湛随手抄起蒲扇扇风，因为小黑皮家没有电扇。

小黑皮坐下后没先吃饭，倒是先往一个凹凸不平的铁皮饭盒里装红薯饭。

林湛问他："干吗呢你，黑皮？"

小黑皮头都不抬："给我妈妈先装好，等会去集市上送饭。"

林湛问他："这么热的天还去？"

小黑皮脱口而出："妈妈不能不吃饭啊。"

林湛一时哑口无言。

阮乔夹了一个荷包蛋放到小黑皮碗里，轻声问："妈妈去集市上卖什么呢？"

说起妈妈，小黑皮眼睛亮亮的，很起兴："竹编啊，我妈妈可能干了，编得很漂亮。"

竹编，村里不少女人做这个。但在王叔家吃饭的时候，听王叔说过不怎么挣钱，能糊口就不错了。

阮乔转了话题："那你平时自己做饭做得多吗？我看你很熟练啊。"

小黑皮把铁皮盒子仔细合好，开始扒红薯饭，说话的声音有点含糊不清："我去年就自己做饭了，妈妈要赚钱养家。"

他一直都只提妈妈，粗心如林湛也察觉到有点不对了。

果不其然，小黑皮边吃饭边竹筒倒豆子般开始讲他们家的事，原来他爸爸在他三岁的时候就因为泥石流去世了，一直都是妈妈在带着他。甘沛冲很落后，妈妈觉得念书才有用，这两年做事越发勤，就盼着能存上钱，明年把他送到镇上去念小学。

现在义务教育倒是普及到了这，读书不要钱，但是从这里去镇上小学，一来一回就要七八个小时，下雨天路都软了，泥巴水路那是没法儿走的，得住宿。

他自己倒是不想去念书，只想帮妈妈干活。

说到怎么帮妈妈干活的时候，他眼里更亮了，整个人显得特别有活力。

阮乔也不知道怎么吃完这顿饭的，在门口看着小黑皮撒脚丫子往村口集市跑，心里五味杂陈。

林湛也是难得的安静，他摸出包烟，问阮乔："我能不能抽一根？"

阮乔点了点头。

他自烟盒里滑出根烟。

一百多一包的烟，平时他抽着抽着随手扔哪是哪，这会儿突然点不起火了。

七月迈入八月，太阳愈发毒辣。

阮乔唇膏都用完一支了，嘴上仍有些开裂。

太晒了。

从他们到甘沛冲支教开始，这儿就只下过一场小雨，而且和洒水车似的，过个场就停。

这地方夏天晒成这样，怎么好意思叫甘沛冲啊？……

可饶是这样，村里人该做的活还是一点都不能少。

又是一个赶集日。

今天学校不上课，阮乔和林湛都戴着斗笠草帽帮黑皮妈妈运货去集市，顺便想买点村里小卖部买不到的东西。

"赶集"这个词，阮乔在书里见过，林湛却是完完全全的陌生。

到了集市，两人都觉得挺好玩的，毕竟一个多月都没见到过这么热闹的场面了。

集市上卖什么的都有，大到牲畜，小到绣花针。

阮乔指着牛看向林湛，面上流露出些许讶意："还有牛欤。"

林湛也觉得稀奇，两人凑到牛跟前，林湛还煞有其事地跟牛说话。

阮乔默默退了两步，这人莫不是个傻子吧？……

牛不理他，林湛也觉得没趣，只拿出手机，又将阮乔拉到身边，拍了张合照。

照片里两人都比来之前黑了不少，但比起集市上其他人来说，他们也算得上是白得发光了，毕竟阮乔的防晒霜不是白带的。

来了一个多月，衣服就那么几套换来换去，都穿旧了。

林湛看着照片，边笑边递给阮乔："看看，看看，像不像乡村爱情故事？"

阮乔屈起膝盖去顶他："你才乡村爱情，我是下乡知青！"

林湛笑得不行，边躲边打说："行行行，你有文化，知青知青，惹不起。"

两人打打闹闹，在集市里穿行，林湛停在一个摊位前，随手拎起条蓝花裤子："柿子妹妹，看这个，适不适合你？"

那花色，看上去像奶奶辈的人才穿的。

见林湛有意购买，正往腰包塞钱的老板娘忙抬头说："好舒服的嘞，棉绸的，算你便宜，二十一条。"

林湛惊讶："二十？"

"哪么滴？"老板娘皱着眉，犹豫片刻，"再少两块钱，不能更少咯。"

一句"只要二十啊"卡在喉咙，林湛仍是一脸蒙，别说，手感真的还可以，凉凉的。他和怕捡不着便宜似的，又拎起条老爷爷式样的裤子，一起结账。

见他还真买了两条裤子，阮乔一脸嫌弃。

偏生林湛还把用红塑料袋装着的两条裤子往她怀里塞，挑眉道："情侣裤，是不是很 fashion？"

fashion 个毛啊，还拽上英文了。

见林湛那一脸嘚瑟的样子，阮乔觉得又好气又好笑。

两人在集市上买烧饼当午饭，左手右手都拎了不少东西，黑皮妈妈今天生意不错，东西比平时卖得快很多。

东西卖完了，自然是要往回走。

回去的时候正是晌午，太阳很是毒辣。

直敞敞的阳光晒得人头晕目眩，阮乔喝完水，又递给林湛，边擦汗边说："喝点水吧。"

林湛摇头，没讲话。

阮乔注意到他唇色有些偏白，豆大的汗珠从额角顺着轮廓线条往下直滴，T恤后背也被汗水浸深了一个色调。

她有点担心："林湛，你没事吧？"

林湛又摇头，声音听上去还算正常："没事，就是有点晒。"

昨晚他帮村里人去挑水了，回到小房间直嚷着腰酸背痛，阮乔还帮他按了按，只不过夜里好像也没怎么睡好。

阮乔想了想，上前，把林湛提着的东西都拿到自己手上，还轻轻推了林湛一把："快点走，撑着点，到书记家蹭空调去。"

林湛没讲话，只是还没走几步，林湛只觉腿软，眼前又是一片白光，看东西开始模糊不清，然后一阵天旋地转，他还没回过味来，就什么意识都没有了。

这意外来得猝不及防，阮乔吓傻了，手上的东西滑落在地她也顾不上，只往前蹲下身子去看林湛，拍了拍他的脸："林湛！林湛你怎么了！"

05

空气中有消毒药水的味道。

林湛轻皱鼻头，闭着眼，却感觉到强光穿透眼皮，很是刺眼。

他慢慢转醒，目光所及之处，是透明吊瓶，输液管垂着往下，接到他的手上，他指尖微动。

阮乔守了好一会儿，一见他指尖动，立马反应过来。

她一抬头，就看到林湛睁着眼，还有点迷茫的样子。

阮乔起身，声音很轻，仔细听还有点哑："喂，你终于醒了。"

林湛顺着话音去看她，她的眼睛通红，一看就是哭过不久，身上穿的还是一起去集市时的那套衣服。

"我怎么了？"他有好一会儿没开口讲话了，这会儿声音有点虚。

见林湛清醒过来，阮乔提着的心放下大半，说话时也明显松了口气："你中暑了，让你喝藿香正气水不喝，突然晕倒很好玩吗？"

林湛转头看向墙壁上的挂钟，还是下午，看来从集市到这里，还没过多久。

他没动扎着针的手，另一只手撑着床板，慢慢坐起。

阮乔见状，要去扶他，他摇头："我没事。"

他确实没什么大事，就是被晒得中暑了。

这边天气热，学校给他们这些支教的学生买了很多藿香正气水。

阮乔知道自己身体一般，所以藿香正气水都乖乖喝了，生怕中暑了麻烦别人。倒是林湛觉得难喝，也觉得自己用不上，一次都没喝过。

身体再好到底还是城里来的公子哥儿，没吃过苦，又死要面子，晒了这么多天，到今天才中暑，他也算是厉害了。

阮乔见他醒了还有力气吃苹果，知道他是没什么大事了，就在一旁轻声数落他。

林湛眯起眼听她数落，完全不当一回事，苹果咬得清脆。

等阮乔停下喝水，他才悠悠问了句："你是不是哭了？"

阮乔一顿。

"该不会以为我要死了吧，是不是怕自己做寡妇啊。"林湛半歇在床头，声音里带着浓浓的调侃意味。

阮乔脸红，连忙转身掏出手机看眼睛，是有点红。

她转回身抄起床脚搁置的枕头打了林湛一下："你瞎说什么啊，我是被吓的，你知不知道你刚刚……你一个一米八几的人突然倒下去，扑通一下，我是被吓坏了好吗！你说说你自己，不是感冒就是中暑，改名叫林黛玉算了！"

林湛不讲话，只看着她，眼神直接，还带着笑意。

阮乔被看得脸皮越来越烫，只好起身："我不跟你讲了，你一个人在这里躺着吧，我去吃饭！"

见阮乔真往外走，林湛连忙喊住她："欸，你害羞什么，别走啊……"

阮乔跑得比兔子还快，林湛看着她很快消失在门口，笑了声，又啃一口苹果，无奈摇头。

这是镇上的卫生所，条件比较简陋，但看上去还算干净。

刚刚林湛晕在半路上，可以说是前不着村后不着店。好在还有一点信号，阮乔慌乱之下还记得打电话给领队老师。

领队老师处理及时，叫上几个支教的男生推着牛车下山，把林湛送到了镇上的卫生所。

阮乔出去没一会儿，刚刚送林湛过来的几个男生就进来了。

大家在这里一起待了一个多月，彼此都已经熟悉了，进来就热络地聊天。

这里到底是镇上，东西还是多些，阮乔找到一家粥店，打包了粥往卫生所走，一进房间就听男生在起哄。

"你跟阮乔感情也太好了吧，天哪，刚刚我们下来那会儿，阮乔抱着你哭得不撒手，我还以为你意外猝死了呢。"

另一个男生边笑边打他："会不会说话啊你，刚醒就咒人死，林湛，你要不要我帮你揍他？"

林湛目光含着漫不经心的笑，直直穿过病床前的几人，定格在门口，阮乔的身上。

06

林湛中暑过后的一段日子，天气越来越热，在阮乔的监督下，林湛只能捏着鼻子勉强喝下难喝到吐的藿香正气水。

两人站在屋檐下眯着眼望天的时候，林湛问："我怎么觉得天上要有九个太阳了啊，真是快热死了，这儿离南城也没多远吧，怎么这么热？"

阮乔掩着额头："其实南城也很热啊，只是你平时没出去晒过罢了。"

林湛轻哂："说得好像你出去晒过似的。"

嗯……还真没有。

好在没热多久，他们就要启程返校了。

从大太阳底下来，又从大太阳底下离开。

要走的那天，林湛起得很早，还顺便把阮乔给弄醒了，阮乔以为他是因为要回去，兴奋得睡不着，迷迷糊糊问道："干什么你，行李不是昨天收拾好了吗？"

林湛坐在床边上，用小电风扇"嗞"她："起来起来，再不起来，我抱你了啊。"

说着，他就要放下电风扇，弯腰去公主抱。

阮乔腾地一下就坐起来了，她白了林湛一眼："耍流氓啊你！"

林湛不以为然："我们可是睡一间屋子睡了两个月啊，什么流氓没耍过，有孩子了别人都会觉得很正常好吧。"

阮乔去踹他："狗嘴里吐不出象牙。"

林湛没脸没皮："狗嘴里本来就吐不出象牙啊。"

阮乔算是知道了，不要脸的人才能获得终极胜利。她只瞪眼："你不要乱讲话！"

林湛又弯下腰嬉皮笑脸道："难不成你还想告我诽谤,说我没对你耍流氓？"

一大早阮乔脸都气红了，不过人倒是彻底清醒了。

阮乔去刷牙的时候，林湛在一旁吃煮玉米，倚在小破门前说话："说正经的，我叫你起来，是想去趟学校。"

阮乔口里含着泡沫，含糊不清地问："你还有东西落在学校了吗？"

林湛玉米吃完，顺手把玉米棒子扔在簸箕里。

他摇了摇头："我想去打扫一下卫生。"

阮乔刷牙的手一顿。

学校很安静，扫帚在地面扫过，发出"唰唰"的摩擦声。

应和着附近的鸟鸣犬吠，太阳又从东边缓缓升起。

阮乔坐在坪前，看林湛专心扫地，认真又帅气。

记得他第一次扫完学校前坪时直喊道，这是他第一次扫地。当时阮乔觉得夸张，家里再有钱也不至于连地都没扫过吧。可林湛说，他是真没扫过地，以前学校也会安排放学后做卫生，但他从来没做过，家里更不需要他做什么，见到扫地机器人的次数比见到扫把的次数还要多。

这两个月在小乡村里，阮乔觉得林湛还是有很大改变的。不过与其说他有很大改变，倒不如说是给了她一个更全面了解林湛的机会。

林湛其实从来没发过什么少爷脾气，也不是很骄矜的人，山珍海味吃得惯，粗茶淡饭也从不嫌弃。这一点以前阮乔就有所了解，他在学校的时候，也大多在吃食堂，不挑什么。只是到了这里，她发现林湛可接受的范围又扩大了很大一圈。

没做过的事，第一次会学得很认真。做卫生，做饭，教小孩子，挑水，他甚至还迷上了修椅子，把整个学校坏掉的椅子全部包揽下来修了一遍。

他和小孩们也相处得很好，虽然自己不怎么念书，但会告诉他们，要多念书，去镇上，去县城，去大城市，甚至还把自己曾经跟他讲过的话告诉小孩儿们。

——知识或许不能改变命运，但眼界可以改变人生。

他会画乡间阡陌的小花，也会画城市高耸入云的摩天大厦。小孩子们也都很喜欢他，喜欢缠着他让他教画画，小黑皮还很喜欢让他背着跑下坡路。

和她从前见到的敢于顶撞教官的那个少年好像没什么不一样，却又好像很不一样。

不知道该怎么形容，但阮乔能感受到，他其实特别……善良。

"喂，想什么呢？"

阮乔出神的时候，林湛已经扫完地，坐到了她的旁边。

他略微偏头，不正经地问道："是不是看我扫地太帅看呆了啊？"

阮乔拍开他的手，轻哂了声，没讲话。

两人看着天边的太阳渐渐地有了温度，地面上开始出现斑驳的树影。

甘沛冲新的一天即将开始，可是他们今天就要走了。

小黑皮知道他们要走，倒是没怎么伤春悲秋，只是听声音好像有点落寞，他说："这是第三年有老师来教书了，每年的老师都说会回来看我们，但是他们再也没有来过。"

山区支教，本就是来来走走，一场又一场的别离。

再不舍得，也是要走的。

坐在回程的大巴上，头顶空调孔里吹出丝丝凉意。

阮乔看着窗外热闹的县城，再看向远处有些朦胧的山，她轻声问："你还会回来吗？"

林湛摇了摇头："老实说，我不知道。"

一段时间的艰苦体验也许很快会被城市的纸醉金迷所冲淡。

那些小孩会慢慢成长，他们可能走出山村，走向城市，也有可能永远留在那里，见到的是一批又一批的支教老师，而他们回到自己生活的地方，也要有自己全新的旅程。

谁也不能保证，这一生，还会不会抽出那么一小段时间，回到这个贫瘠的地方再看一看。

支教两个月，阮乔的手账本每天都写得很满，因为每一天都过得很充实，可是结束支教的那一天，她只在本子上写了一句话："我希望有那么一天，和你一起回来看看。"

第六章

Chapter

✿ 01 ✿

正如阮乔所言，南城其实也很热，只是平日里大太阳天不会出门傻晒，大家都舒舒服服蹲在空调房里。可适逢开学，林湛是没办法舒舒服服在空调房里废柴了——

他得搬家。

家里给他买的房子拎包即可入住，上学期他跟家里说好这学期开学来住，他妈妈就特意找了阿姨来打扫卫生，房子很干净，只要带行李就好。

林湛要挪地方，还死活要阮乔一起去看看。

阮乔被他磨得不行，只好跟他一起走一遭。

房子坐北朝南，窗明几净，阳光照进来，亮堂得很。

阮乔站在阳台上，看小区的绿化，看不远处的学校……

林湛放完行李到阳台找她，正想从后面环抱过去，阮乔就刚好回头，还一脸发现新大陆的表情指着不远处的青灰色建筑跟他讲："林湛，那个就是我们混合寝吧，其实还挺近的。"

林湛懒洋洋"嗯"了声。

他屈起手撑在窗子边缘上，侧过头问阮乔："柿子妹妹，你觉不觉得，这屋子里缺了点生活气息？"

阮乔没有多加思考便回答："没人住当然没生活气息啊，你住过来就有了。"

"我的意思是……你不觉得需要一些绿植什么的……点缀一下吗？"

阮乔上下打量他一眼，觉得他莫名其妙："缺了你买几盆不就好了，你要是有空还能养点小金鱼呢。"

林湛弯起唇角："那一起去吧。"

阮乔这才警铃大作，往后退了两步然后连忙滚回沙发上抓着抱枕死活不松手："你去你去，我不去，热死了，我就在这儿吹空调等你买回来。"

林湛很快欺身过来，他一条腿横在阮乔膝盖上压住，然后去拉阮乔死抱住不放的枕头："你别这么懒行不行，在村里没这么懒啊，接受一下紫外线的沐浴能延年益寿呢。"

"你的常识是音乐老师教的吗？没听说过晒出皮肤癌的啊。"阮乔被林湛挠痒痒挠得笑起来，边笑还边转头望他，顺便把他胳膊也压住了。

林湛也扬起唇角："我的常识可是阮老师教的。"

林湛边调侃边抽手，毕竟还是男生力气大，他一抽手，阮乔整个人都翻了面，和煎蛋似的。

阮乔突然被翻成正面朝上，腿不自觉屈起。

林湛的腿一直虚横在上，她这一屈腿，林湛就猝不及防腿软了一下，随之而来的是整个人向前扑——

在两人鼻尖相对、马上就要更近一步之时，林湛及时地将一只手撑在了阮乔耳边。

距离被稍稍拉开，两人愣怔地四目相对。

也不知是空气清新剂的柠檬香还是林湛身上的柠檬香太过清冽，阮乔一时有些回不了神。

林湛很快从阮乔身上坐起来，阮乔也和受惊的兔子一样，拖鞋穿反了都顾不上，就往洗手间跑。

阮乔看着镜子里那个**面色酡**红眼里水汪汪、头发和衣服还乱成一团的女生，一时之间心跳得厉害。

好像……和跑完八百米长跑停下时的那种感觉相差无几，心跳和喘息都不由自己，就连腿也有些软。

一刻钟之后，阮乔才从洗手间慢腾腾往外挪步。而林湛刚好把烟头按灭在烟灰缸里。

空气中还残留着淡淡的烟草味道。

阮乔觉得古里古怪……他那样子，怎么和抽事后烟似的？

林湛抬眼，刚好对上她的打量，视线碰触的那一瞬间，阮乔不自然地火速挪开目光。

林湛眼里意味不明，声音有些喑哑，只是倒没提刚才的事："走吧，去买仙人掌。"

阮乔没吭声，只小幅点头。

一路上，林湛唇角都带着笑。

阮乔抬头看了他好几眼，他到底想干吗？一直笑什么？……而且还会突然别过脸莫名其妙地笑出声，有那么好笑吗？

阮乔和受气小媳妇一样跟在旁边，也不好说什么，就是时不时抛过去一个幽幽的眼神，但是林湛完全没有领会，就是自顾自笑。

真的是蛮让人讨厌了！

商场一楼有花店，还有水族馆，买完小绿植，林湛又拉着她去看小金鱼。

林湛看中了一个款式简单大方的鱼缸，又让阮乔挑选几条喜欢的鱼，让老板直接送到家里。

这些都买完，林湛还一副心情大好的样子，不只笑，没事还哼歌哼出声，阮乔受不了他，不动声色拧了一把他的胳膊："你笑什么呢？和吃了含笑半步癫一样……还唱歌，跑调都跑到太平洋了。"

林湛挑眉，一脸无辜地摇头："我没笑什么啊。"

他突然伸手指向阮乔身后一家店："欸，柿子妹妹，要不要进去看看？"

阮乔毫无防备地回头，发现是一家少女品牌内衣店。

林湛若无其事指着门口展示的主打款说道："那个星星图案的还可以，你要不要买一套？"

阮乔望向他，一脸的不可思议……

偏生林湛还一本正经地解释道："听说老穿运动内衣不好，容易外扩。"

说着，他低头扫了眼，又道："你的胸又不小，以后还是买这种吧。"

要死了啊！

阮乔脸红得要滴血了，满脑子都开始回放着他刚刚压在自己身上的画面，而且那会儿她还感觉到，下面有一根棍状凶器热热的。

想到这，阮乔更是想死，恨不得把手里的小绿植朝林湛砸过去。

林湛装作完全没察觉到她害羞的样子，拉着她往那家店走。

阮乔狠狠踩他一脚，留下一个大大的白眼，气冲冲往外跑了。

林湛刮了刮鼻子，唇边突然逸出轻笑声。

真不禁逗！

到新家楼下，阮乔不肯再上楼，林湛只能自己上去，把东西放好后，再下楼送阮乔回学校。

今年新生到校较早，八月下旬就开始军训了，军训时间似乎也有延长。

路过乌泱泱的迷彩海洋，林湛抬头，眯起眼，也不知道在看什么。

"稍息！立正！"

路两旁都是军训场地，喊口号的声音也很大，阮乔只想快点走过去，可偏生林湛拽住她，非要慢悠悠的。

伞是林湛在撑，阮乔不想被晒，也就没法儿走快。

她拉林湛："快点行不行，你以为是在散步吗？"

"就是在散步啊。"林湛突然搂过她的肩膀，在她耳边低声道，"你不觉得看他们晒太阳，我们撑伞喝冰可乐很爽吗？"

"……"阮乔静默片刻，随后摆出一脸嫌弃的表情，"你是变态吗？……"

林湛"喊"了声："我还嫌太阳不够大呢。"

说着他又以过来人的口吻开启唠叨模式："他们军个训才流点汗，对了，今年是延长到二十天了吧，你说学校怎么不干脆凑足一个月呢，这天气也不是很热啊，我们在甘沛冲那会儿多热啊，我都热中暑了，刚进学校就应该多吃点苦，让他们感受感受生活不易。"

阮乔上下打量了他一下，热中暑说到底也不是什么光荣的事，他都念叨多少回了？支教这件事他莫不是要拿出来吹一辈子吧？……

阮乔望了望天，又扯过林湛手中的冰可乐："这个别喝了，对身体不好。"

林湛闲闲地哂笑了声："知道了，杀精的。"

……

阮乔懒得理他了！十句话里难得有一句是正经话。

02

林湛跟几个朋友约好要一起打桌球，和阮乔报备过后，就拉着江城离开寝室了。而阮乔回寝室，打算补觉。

开学这段时间很忙，作为优秀志愿者代表和高年级学生代表，她需要在军训过后的新生入学典礼上发表讲话。

升入大二，她也顺理成章接任了校学生会学习部部长一职。

当助理的时候要做事，当部长的时候，做事的同时还要安排别人做事。

从明天起，一年一度的校学生会招新就要开始了，又有得忙，前期的准备工作做了一大堆，她也只有这半天能偷偷闲。

只是她打开寝室门后，整个人都愣住了。

真是难得啊……还没开学呢，人竟然都到齐了，而且，陈阳阳竟然也在。

恍惚间回想上一次与陈阳阳见面，还是去年冬天。

仔细算算，已经大半年了。

她还是化着精致的妆容，酒红色大波浪卷，打扮时髦。只是好像瘦了不少，眼底涂着遮瑕霜都掩饰不了憔悴的乌青。

看样子，应该过得不太好。

陈阳阳看了她一眼，没说话，还是以前的做派，双腿搭在桌上，眼尾轻扫一圈，又继续低下头玩手机。

见状，阮乔也没说什么，权当她是空气。

宋弯弯趴在床上跟男朋友煲电话粥，见阮乔回来，朝阮乔眨眼，阮乔抬头看她，弯起唇角。

正巧这时，周鹿也注意到她回来了，侧过头朝她扬了扬下巴："阮乔，过来给我讲下题目。"

阮乔应了声，走到周鹿旁边，接过她的书，顺手把碎发挽到耳后。

她有些惊讶："这本习题你都做这么多了？"

周鹿淡淡"嗯"了声，默默转笔。

阮乔往前翻，发现她写完还用红笔改错了，虽然一眼望过去正确率感人，但是学习态度真的还算端正。

阮乔弯腰，轻声细语给她讲题："它这边问的是活动组织名字，你写的是……"

阮乔讲题很仔细，也很耐心。因为亲身经历过像曾嘉树那样的学霸不理解自己问题时的苦恼，所以不管是多么简单的问题，她也愿意从头讲起。

周鹿听懂题目，难得地表扬了她一句："阮乔，你挺有耐心的。"

阮乔还没来得及谦虚，周鹿又补了句："有空你可以给你那个不求上进的男朋友也讲讲题。"

阮乔顿了顿。

见周鹿淡定地开始吃香蕉，她总觉得周鹿和林湛好像在某一方面有点迷之相似。

阮乔悄咪咪问："你和林湛，是不是从小就不对盘啊？"

周鹿只发出声鼻音，满脸都是淡淡的不屑。

见阮乔难得一脸八卦的样子，周鹿上下打量她，说了句："能跟他对盘的，可能只有你吧，你能忍他那么久还不分手，我有点佩服你。"

阮乔感觉周鹿掌握了不少林湛的把柄，正要跟她进行深一步的交流，寝室楼下就吵翻了天。

"让那个贱人给我滚出来！就是你们南大的，不要脸！你们大学包庇第三者，让学生做出这种道德败坏的事，还教什么书育什么人！我看你们就是个养鸡场！"

阮乔和周鹿起身去窗台看时，正好看到楼下那浑身上下都写着"老娘是个贵妇"的中年女人在挣开保安的阻挡，破口大骂。

这几句话，骂得可以说是相当过分了。第三者就第三者，骂学校是个养鸡场算是怎么回事，这女人也太没素质了吧！……

楼下有不少学生在围观看热闹，但都离得远远的，见这女人的撒泼样，感觉下一秒拿出个汽油桶再扔个打火机烧了他们寝室楼也是做得出来的，谁也不敢太过靠近。

宋弯弯最爱看热闹，见有热闹，关了电脑也颠颠地下床，小脑袋瓜子凑到阳台去看，还好奇问道："怎么了怎么了，干吗呢这是？"

阮乔声音很轻："大概是老公出轨了吧。"

阮乔话音刚落，就听下头又是一声尖锐的叫喊："让陈阳阳那个狐狸精给我滚出来！"

这话传入耳里，饶是一向淡定的周鹿，站在阳台前也顿了顿，神色不定。

三人一时都没了声响，不动，也不讲话。

楼下的泼妇骂骂咧咧不停，嘴巴上就像是安装了一个骂脏话的外挂，气儿都不带喘的一连串一连串往外蹦，词汇翻新能力还挺强。

好在保安也不是吃素的，见她战斗力爆表，冲着对讲机喊上两句，又叫了两个人过来帮忙，没过一会儿就架着她把她给赶走了。

耳边的轰炸渐行渐远，而周鹿还杵在那儿，一动不动，和树桩子似的。

宋弯弯不是个耐得住的，呆站了一会儿，就去瞄阮乔，阮乔也觉得很尴尬，不知道该做什么。

宋弯弯小动作不断，不时扯扯阮乔的衣角，不时戳戳周鹿的腰。

三个人站着，交换了一个眼神，打算转身，装作若无其事的样子回到自己位置上。

没承想她们刚做好心理准备，身后就传来熟悉的一声："欢迎来到王者荣耀，敌军还有五秒到达战场。"

阮乔："……"

周鹿："……"

宋弯弯："……"

陈阳阳若无其事地横起手机开始玩游戏，她拿的英雄应该是芈月，芈月声音妖娆，一出口就是一句："征服了男人，也就征服了世界。"

阮乔不得不佩服陈阳阳，真是好心态。

寝室里此时不适宜再发出什么动静，周鹿没再让阮乔讲题，阮乔也就爬上床，默默开始补眠。

俗话说得好，好事不出门，坏事传千里。

那中年贵妇在楼下骂了十来分钟，到晚上，整个南大论坛都传遍了，一刷新首页就有好几个相关讨论帖。

阮乔没空注意，许映却最喜欢八卦了。她刚回校没多久，拉着阮乔出来吃饭，说的第一件事就是她们寝室陈阳阳的八卦。

许映一脸好奇地问道："乔乔，到底是不是像论坛上说的那样啊？我以前一直以为她家特别有钱呢，别的牌子我也不认识，但是 LV 啊，迪奥啊，这些牌子的 logo 那我还是认识的，之前我们不是一起上心理课吗，我见她拎过好几个大牌包包呢，而且身上衣服什么的，一看都很贵。"

阮乔抬眼："论坛上说什么了？"

"就是……"许映一顿，往四周望一圈，又压低声音向前凑近，"有人说她一直被人包养啊，今天有人到你们寝室楼下闹了你知不知道？"

阮乔轻声应："知道。"

许映："那不就是嘛，然后论坛上有人说，她上大学以前就那什么了。"

甜牙齿

说到这，她的声音又压低了一些："她以前是在一个什么十几中来着，反正不是什么好学校，有人传一个家里有钱的混混给她五万块那什么呢……还有啊，还有人在论坛上发她以前在人人网上面传的一些照片……照片嘛，你懂的。"

阮乔夹菜的手停在半空中。

许映解释："就是和男的躺在床上盖着被子，酒店都是白色被子嘛，靠在床头特别亲密，论坛上有照片的，我给你找找。"

"不……不用了。"

阮乔一时有点蒙。

许映又继续八卦道："你说她平时傲气个什么劲，看不上这个看不上那个的，她在寝室没少给你脸色吧，真是服了她了，装惯了可能真以为自己是千金小姐。"

后面的话阮乔没再仔细听，她有些心不在焉。

晚上陈阳阳还在寝室，不是玩游戏就是聊微信，看她的样子，和没事人似的。

她自在，寝室里其他人就不那么自在了，不好聊天，几人只能早早上床睡觉。

阮乔下午睡了一会儿，晚上其实不怎么困，正当她想跟林湛发信息的时候，空调洞突然扔下来一个东西。

阮乔蒙了一下，连忙坐起来看。

是蒸汽眼罩。

很快她就收到了林湛的微信。

朝天椒：早点睡觉，明天你不是要去招新面试吗？

阮乔很快回信。

贞子不忘挖井人：你在寝室？

回应她的是墙那头传来的轻叩声。

贞子不忘挖井人：不是搬出去了吗？

朝天椒：还是寝室好，跟你只隔一堵墙，四舍五入等于同床共枕了，一个人住睡不着。

紧接着他还发来一个坏笑的表情。

阮乔脸微微红，下意识看了眼墙壁，她都能想象出那头的林湛是个什么嘚瑟的表情。

朝天椒：不过你这几天最好跟我一起去外面住，听说陈阳阳出事了，人一激动起来做点什么都有可能，你跟她又不对盘，要是她发疯，谁知道能做出什么事。

其实这点阮乔也很担心。陈阳阳看起来很事不关己的样子，但照这个传播速度，没两天整个南城大学的学生都要知道了，也不知道陈阳阳会不会成为下一个边月。

俗话说得好，兔子被逼急了还会咬人呢，何况陈阳阳并不是什么小白兔，万一像社会新闻里那样要杀室友什么的……想到这，阮乔打了个寒战，越发睡不着了。

贞子不忘挖井人：明天再说吧，你先跟我聊聊天，我现在睡不着。

聊天的结果就是，阮乔一晚都没睡意。都怪林湛！为了拐骗她去外面住，简直是丧心病狂了。陈阳阳还没做什么呢，阮乔就被他吓得感觉今晚陈阳阳就会杀完全寝室的人泄愤。

晚上本来就容易多想，她还哪敢睡觉啊，时刻竖起耳朵留心陈阳阳的一举一动，翻个身她都能全身紧绷起来。

一夜没睡，一大早，阮乔更是提上书包就往外跑。

一出寝室，她就见到林湛出门接水了。

两人都没睡觉，眼底有淡淡的乌青，要不是昨晚睡在寝室，这一大早两人这个样子，不知道的还以为他们做什么坏事了。

　　林湛边喝温水边问："柿子妹妹，你不是说今天上午没课吗？"

　　阮乔瞪他："都怪你！你一直吓我，我怎么可能还敢在寝室待下去啊。"

　　"那你准备去哪？"

　　阮乔没好气，声音闷闷的："去自习室睡一会儿。"

　　林湛轻哂一声，回寝室拿出把钥匙，递给阮乔："我家钥匙，小卡是门禁，你去我家睡吧。"

　　阮乔干看着，没动。

　　林湛直接把钥匙塞到她的手里，声音懒洋洋的："专门给你的，自习室没位置或者是想休息，你随时都可以去，又不远，楼下骑个小黄车五分钟就到了，去吧，我回床上睡会儿。"

　　阮乔记得，林湛那张床超级软。

　　嗯，很有诱惑力。

　　思考了两分钟，她决定听林湛的，骑着小黄车去他家睡觉。

　　林湛那张床真的很软，又很大，打几个滚都不会掉到床下。

　　阮乔才注意到，他床头还摆了木质相框，照片是两人在甘沛冲的集市上，和老牛一起拍的合照。

　　恍然间……有种家的错觉。

　　阮乔笑了笑，蒙到被子里，很快就睡着了。

　　一觉睡到中午，林湛把她从床上挖起来，和挖竹笋似的。

　　阮乔迷迷糊糊，感觉林湛在耳边的碎碎念似乎特别遥远。

　　直到她听见"招新""学习部"这两个关键词，瞌睡才猛地惊醒，十二点半要去学习部招新面试呢。

她匆匆吃了两口面包，就让林湛载着她赶往学校。

去年是阮乔站着接受学长学姐的考验，今年换她考验别人，业务还不是很熟练。

今年新生似乎特别活泼，他们只是招学习部助干，不需要什么才艺表演，可架不住学弟学妹们非要表演街舞、演唱摇滚歌曲。

尤其是有了先例，后面排队等候面试的以为都要进行表演，什么乱七八糟的都来了。

一个半小时的狂轰乱炸过后，阮乔和其他几个"面试官"都有点心力交瘁，纷纷表示明天的第二场面试一开始就要定好规则，每个人三分钟，拒绝任何才艺表演。

几人聊了几句，阮乔还要回寝室拿书，下午有课，便先走了一步。

走在回寝室的路上，阮乔感觉脑子里好像有一团糨糊，晕晕乎乎的。忽然，她又想起水卡里没钱了，充卡的地方刚刚才路过，好像没什么人。她打算去充卡。

不料刚一转身，她就撞上一人，头撞到人家刚刚扬起的手上，手上有个金镯子，硬硬的，戳得她脑袋疼。

她捂着脑袋，忙退到一旁道歉："对不起对不起。"

"小姑娘家家的不会看路啊你。"

阮乔理亏，仍是垂着头不停道歉。

那人应该是有事，也没跟她计较。

看着远去的背影，阮乔松了口气。

等待水卡充值的时候，她总觉得哪里不对。刚刚那个人她没怎么看清楚，不过很确定的一点是，那女人不是学生，应该也不是老师，穿着打扮不太像。只是那嗓音……有点耳熟。

很快就轮到阮乔充卡了，她往水卡里转了二十，就在交易成功的那一瞬间，她突然回想起昨日寝室楼下破口大骂的中年贵妇。

声音似乎是能重合上的，还有那双红色高跟鞋，防水台很高……

想到这，阮乔觉得不妙，心头大跳。

她扯出卡匆匆往寝室楼赶，路上还在给宋弯弯和周鹿打电话，两人都不在寝室。

也不知道陈阳阳在不在，阮乔犹豫了下，还是想告诉陈阳阳一声，只是手机没人接。

她到寝室楼下时，没发现有什么不对，但那种不安的感觉却更加强烈了，上到四楼，还未走进寝室，她就听到激烈的争吵声。

刚走到寝室门口，兜头一盆水从寝室里泼出来。

阮乔还未来得及反应，就被泼得透心凉心飞扬。

紧接着就是女人刺耳的尖叫咒骂声："陈阳阳你这个不要脸的，还敢泼我！做小三你还做出优越感了！"

陈阳阳也不甘示弱，冷笑了一声："大婶，不要脸的是谁啊，是你老公，死缠着我我还没告他性骚扰呢！衣服包包鞋子，不是他觍着脸非要送的吗！你看看你，什么品位，人老珠黄还和大街上泼妇似的，谁不要脸啊，谁能看上你老公啊，你们夫妻俩给我提鞋都不配！"

她们俩在寝室里吵着，完全没在意寝室外被无辜泼了一身水的阮乔。

阮乔有点蒙。

眼看着寝室里两人吵着吵着就开始动手了，那大婶抄起桌上一个盒子就朝陈阳阳砸去，陈阳阳更狠，直接脱鞋子朝人砸。

阮乔哪里见过这种只在电视里出现过的场面，腿有点软，心有些慌，但她还是往前走了两步，提高了声音："喂，你们不要吵了！不要打架！"

两人完全没看她，对她的话也充耳不闻。

大多数人都上课去了，偶尔有逃课的在寝室，此刻虽出来看热闹，却都没有要上前帮忙的意思。

阮乔真是快绝望了，她们打架就打架，为什么要用自己的东西打啊，刚刚那个大婶可是摔了一盒她的胶带。

下一秒，大婶又拿起桌上粉色鞋带绑法的钢笔盒要扔向陈阳阳。

阮乔眼睛直了，她拿的可是自己都舍不得用的百利金粉条！

她脑子一热，就直接冲过去，想抢回自己的东西。

阮乔出现得太突然，陈阳阳手里另一只高跟鞋正朝人砸过去，收不住手，十厘米的细根直直敲在肩膀一侧。

一阵剧痛传来——

"喂，阮乔！"

04

林湛听到消息，赶来医务室时，周鹿正在阮乔身边，双手插兜。

见林湛过来，周鹿稍稍侧身，声音淡淡："交给你了。"

阮乔浑身还湿漉漉的，医生正在给她的肩膀消毒上药。

陈阳阳那一下可是真猛，她肩膀不只被打青了，还出了血。棉签每碰一下，就传来一阵刺痛。

见阮乔皱着眉，林湛上前看了看伤口，见手没废，心下稍定。

甜牙齿

看着阮乔委屈巴巴的样子，他心里也不知道哪来的火，开口就质问："你平时不是挺聪明的吗？她们打架就让她们打啊，你上去干吗？圣母啊你？你跟陈阳阳关系很好吗？她当小三被人打那是活该，那是她的报应。"

阮乔疼得厉害，也没工夫跟他吵架："我也不想管，可她们打架用我的东西呢……要不是我拦着，弯弯的手办和我的钢笔都要报废了。"

"？"林湛不懂她的脑回路，"坏了再买啊，她们摔的找她们赔不就得了。"

"可是……"

林湛直接打断，没得商量直接说道："行了行了你闭嘴，等下收拾东西，搬到我家去。"

学校已经介入陈阳阳事件，处理结果还未出来，陈阳阳仍然待在寝室。

阮乔没有勇气再继续跟她待在同一间屋子，几经犹豫，阮乔决定最近几天先暂住在林湛那里。

陈阳阳的事情闹得有点大，依照先例来看，恐怕会被劝退，应该用不了多久就会离开学校。

回寝室收拾东西的时候，陈阳阳被学校领导叫走，只有宋弯弯和周鹿两人在。

宋弯弯趴在床上，看上去心情不太好。

见阮乔回来，她问："乔乔，你没事吧？"

阮乔摇头："没事，还好。"

宋弯弯轻叹："怎么会这样呢，我一直觉得阳姐人挺好的。"

阮乔没应声。

周鹿更是事不关己高高挂起的态度，戴上耳机，闭眼靠在月亮椅里，无意参与关于陈阳阳的话题。

宋弯弯又说："我看论坛上骂阳姐骂得好难听啊，好像还有她的高中同学在爆料，说她家里条件很差，爸爸喜欢赌博，还欠了好多债，如果这样子的话，阳姐还挺可怜的。"

阮乔的手微微一顿，仍然没有开口。

宋弯弯沉浸在自己的小世界里，可能没听过"可怜之人必有可恨之处"这句话吧。

适时周鹿起身，出门接水。

路过宋弯弯床边时，她淡声说了句："我看你脑子有点不够用，被人卖了还帮人数钱。"

宋弯弯沉默。

阮乔有些意外，周鹿看似对这些事情毫不关心，实际上却看得分明。

当初陈阳阳撺掇宋弯弯告白，宋弯弯不肯，她还要帮着告白，导致林湛当场拒绝，这种行为宋弯弯还能理解为陈阳阳在帮她，可不是被人卖了还在帮人数钱嘛。

阮乔稍稍叹气，也不知该如何跟宋弯弯讲。

看她一副为陈阳阳发愁的样子，阮乔也分不清，人是天真一点好，还是老成一点好。

阮乔离开寝室，和林湛一起去了他的新家。

林湛家里有两个房间。之前她来补觉时睡的主卧，因为另一间房的房门一直都锁着。今天到他家暂住，阮乔才觉出一丝丝不对劲。

这间一直被关着的房间，明显就是女生房间的装修啊，纱幔窗帘，粉嫩嫩的床单，上面还有小海豚抱枕。

阮乔转头，林湛正靠在房门前，脸上是她熟悉的漫不经心的笑。

这绝对是有预谋的……

可林湛下一秒就开口甩锅："我堂妹今年上高一，就在一中，一中离这里不远，这间房是给我堂妹装修的，平时周末不方便回家就可以住我这里。"

"你还有堂妹？"

"怎么，堂妹还不允许有了啊。"林湛轻轻挑眉，继而又一脸认真，"说起来，我觉得她名字取得特别好，对了柿子妹妹，你说现在还能不能改名啊，她能改个名就最好了。"

阮乔听得一头雾水："名字取得好为什么要改？"

林湛理所当然道："这名字要留给我们女儿啊。"

"？？？"

"她叫林软，这名字多适合我们以后的女儿，而且她一点都不软，你说一个十几岁的小姑娘天天板着一张脸怎么找得到男朋友？"

说起来，林湛就对表妹无限嫌弃。

阮乔觉得没法跟他继续聊天了，只默默铺床，铺床的时候还顺便为他堂妹默哀了一下，摊上林湛这种堂哥，简直三生不幸。

05

继第一次南城手账集市顺利举行之后，糯米他们品牌又要举行第二次南城手账集市了。

糯米在微信上跟阮乔说这件事时，阮乔以为又要自己过去摆摊，于是还未等糯米开口就直言自己去不了。

最近太忙，她真没时间。

糯米：不是让你去摆摊啦，我是想问问你有没有什么认识的新画手，我想做一款南城手账集市的限定胶带，只在集市现场量贩。

糯米：现在红的画手就那几个嘛，排队都要排好久，而且画风也没什么长进，价格又高。

看到糯米发来的微信消息，阮乔放下笔。

现在很多手账集市都会做集市限定款胶带，倒不稀奇。

只是画手……

阮乔也认识不少商业画手，但她第一时间就想到了，林湛。

贞子不忘挖井人：那对款式有没有什么特殊要求？

糯米：是想做特殊工艺，但你也知道，台厂和日厂工期那么长，肯定赶不上手账集市的，所以只要画稿能体现南城特色就行，做国产的。

贞子不忘挖井人：那行，我帮你找找，拿些例图给你看，你再做决定。

糯米：好！

和糯米聊完，阮乔思忖片刻，很快就盖上笔帽，收拾书包，离开了自习室。

林湛应该在家睡大觉，这会儿快十二点了，她顺路在便利店买了饭团上楼。

一进屋，她边换拖鞋边喊："林湛，林湛？"

喊了两声，都没人应答。

奇怪。

阮乔进林湛房间，被子乱糟糟地堆成一团，不见人影。

她给林湛打电话："你人呢？"

话刚问出口，她就听到电话那头球杆与球碰撞发出的声音，又在打桌球。

林湛说等下就回。

通话结束后，阮乔将饭团放入冰箱，又开始给小绿植浇水，给金鱼宝宝喂食，顺便打扫卫生。

门铃响的时候，阮乔下意识以为是林湛回来了。可门打开那一瞬间，她和门外的人四目相对，都愣了一愣。

门口站着一个穿短袖校服的小姑娘，是阮乔喜欢的清纯款，齐刘海学生头，脸小小的，皮肤嫩白，像是水豆腐，最好看的还是那双眼睛，湿漉漉的，好像会讲话。

她开口的声音也细细软软："你好，请问这是林湛的家吗？"

阮乔下意识点头："啊……是，你是？"

"我是他的妹妹，林软。"小姑娘说完，又认真补了句，"堂的。"

糖的，难道还有盐的？

阮乔顿了两秒才反应过来，她说的是堂妹。

林湛提过这个堂妹的，她后知后觉往旁边让，忙道："你快进来吧。"

阮乔被个小姑娘弄得有些手足无措，她完全不知道要怎样介绍自己，只能用倒水做借口，跑去厨房给林湛打电话，可林湛关键时刻相当不靠谱——

没接。

小姑娘坐在沙发上，也不看电视，目光就在书架上来回扫。

阮乔端水到她面前时，她又软软地说了声谢谢。

阮乔瞥了眼她手里的书……

正是之前坑爹福袋里头的那本《霸道校草爱上我》，这书放在寝室实在是太丢人了。林湛反正不是个爱念书的，书架上空空如也，阮乔就把这几本书放到了他家。没想到小姑娘看得还很认真，一页一页翻得挺快。

林软不太讲话，也不笑，偏生又长得很软妹，声音也软，整个人看上去冷萌冷萌的。

阮乔也就坐在一旁陪着，不停给林湛发微信。

突然，林软小妹妹抬头看她，轻声细语问道："姐姐，这书是你的吧，我可以借回去看一看吗？"

她又伸手，指向书架："还有那两本。"

小妹妹好这一口？

阮乔只停顿片刻，便不假思索点头："当然可以当然可以，你喜欢的话，都送给你吧。"

林软眼睛突然变得亮晶晶的，声音好像也大了点："谢谢你，阮姐姐。"

阮乔露出了老母亲般欣慰的笑容，但是她听着总觉得哪里不大对，嗯……她好像，没有说过自己姓阮吧？

正在这时，门口传来门锁拧动的声响，阮乔起身，果然是林湛回来了。

林湛在门口换鞋，脚步懒散拖沓，声音也很无所谓："你催命呢，我微信都要炸了。"

阮乔不动声色拧了他一下。

林湛直嚷嚷："你拧我干吗？"

要死了简直……

林湛回来，林软头都没抬，林湛也没理她，只顾着跟阮乔讲话，阮乔只得小声提醒："你堂妹来了。"

林湛往沙发上一靠，撩起二郎腿："这小面瘫，来了就来了呗。"

林软这才瞥他一眼，开口简洁："生活费。"

林湛无语："林软，你对你哥这是什么态度啊，拿生活费就要有对衣食父母的态度知不知道？"

阮乔给林软削了一个苹果，林软接过，又道谢，顺便对阮乔说："阮姐姐，麻烦你帮我跟我哥要下生活费。"

？？？

林软声音软软绵绵，脸上却很认真："他智商不行，念高中的时候物理化三科加起来都凑不到一百分，物理最低的一次只有三分，我多跟他说一句话，都觉得物理考试会不及格的。"

林湛"喊"了声，懒洋洋开口："林软，你要能考六十分，下个月生活费我自己掏腰包给你翻一倍，一个数学只考三十分的人有什么资格嘲笑我？"

"……"

感情是两个学渣。

林软合上书，又踮起脚从书架上把另外两本言情小说拿下来，放进书包："不想跟你讲话，给钱，我要回学校了。"

林软刚上高一，父母又都常年出差，生活费打到卡里，怕她弄丢了，于是直接给了林湛，让林软每个月自己来拿。

林软来得快，去得也快，临走前还跟阮乔告别。

看着林软上了电梯，阮乔回头问林湛："你妹妹怎么知道我姓阮？"

林湛一脸淡定："我跟她讲过啊。我俩算兄弟姐妹当中关系还不错的了。"

哥哥计划着让妹妹改名，把名字腾给未来女儿用，妹妹嫌哥哥成绩差，怕被传染不及格。

嗯……这种关系不错还真是个谜。

阮乔感叹一番后想起正事："对了，我有个朋友想约稿出一款胶带，我觉得你可以画，你有没有兴趣？"

林湛的声音漫不经心："画什么？"

"就是能突出南城特色的东西，大概是两厘米宽，三十五厘米长就可以了。价格的话不会太高，你如果想画的话，我可以让她把具体规格之类的发过来。"

阮乔补充道："回来路上，我已经把你之前画过的东西传给她看了，她觉得很好。"

林湛对赚不赚钱兴致缺缺，可见阮乔眼里的隐隐期待，他安静了两秒，便答应："好。"

一周过得很快，陈阳阳的事学校终于有了处分结果。正如阮乔所料，劝退。

陈阳阳收拾东西离开时，阮乔和林湛正好回寝室拿书。

在走廊上撞见一身火红长裙、拖着行李箱的陈阳阳，阮乔有片刻愣怔，陈阳阳还是像第一次见面时那样恣意张扬，就连眼角眉梢扬起的弧度都与以前一般无二。

其实很多人和事看上去都和从前一样，但大家都知道，已经不一样了。

陈阳阳看了看阮乔，没说话，又将目光转移到林湛身上，也没开口。

末了，她别开眼，拉起行李箱绕过两人，匆匆离开。

高跟鞋踩在地面哒哒的声响仍在耳边回荡，想起陈阳阳看林湛的眼神，阮乔莫名就觉得，不管别人说陈阳阳多物质多拜金或是其他什么也好，但她对林湛的喜欢，应该是很认真的。

不知为何，心里有种空落落的感觉。

阮乔转头去看林湛，林湛眼底只有一片事不关己的冷漠，见阮乔看过来，他眼里才增添些许温度："你去拿书，对了，你朋友要的画稿我画完了，拿给你。"

阮乔惊讶："这么快？"

林湛只微微挑眉。

看到林湛的画稿，阮乔有瞬间的惊艳。不同于很多手账集市，习惯画食物和建筑，林湛画了一条美食攻略路线，以路线为主，辅以美食、店面、小人各种装饰。

好看也实用，还很有他的个人特色。

林湛又拿出一张画稿递给她："我随便搜了搜，你们买胶带还要什么……特典？我看了半天，是赠品的意思吧？顺手画了一张贴纸。"

阮乔眼里满是惊讶，他竟然还仔细研究了。

他画的特典贴纸主题是打麻将，超级可爱，阮乔凑近看了看，他的笔触很细腻，混色也混得很特别。

阮乔忍不住问："林湛，你以前是不是专门学过的？怎么画得这么好？"

林湛随意应了声："我小时候学过画画，而且初中的时候必须要选兴趣班，那我当然选画画了。"

阮乔看得眼睛一眨不眨，林湛又说："这是原稿，电子稿我传你微信上，有些细节色调我用电脑修正过了。"

阮乔呆住："你这个也会？"

林湛摇头："不会啊，我特意问了美术系的，买了那什么玩意儿，是叫数位板吧？还顺手买了个扫描仪。"

他说得轻描淡写，阮乔却惊讶到嘴都合不上了，她其实早就跟糯米说好，后期处理可能需要他们自己做，自己找的这个画手不是专业的，有些细节修正可能没办法电脑处理。

万万没想到……

阮乔把画稿传给糯米，没过多久就收到糯米的回复。

糯米：我的天你哪找的大神啊，混色混得太漂亮了吧！

过了几秒，糯米又开始轰炸她。

糯米：我仔细看了看，然后传给工作室其他人看了，都好喜欢啊！这卷肯定能卖得特别好！你快告诉我哪个大神！我要加她！这卷可以多给她一些稿费，你帮我说说，能不能跟我们店长期合作，以后肯定会红的啊！

糯米：色感真的是天赋，嘤嘤嘤！！好喜欢！

糯米：你人呢？

糯米：我刚刚上微博搜了朝天椒，没有这个画手啊，她微博到底是什么？

阮乔料想到糯米会特别满意，但没想到反应会这么强烈。

不过仔细想想，也是可以理解的。

现在胶带圈品牌林立，好的画手被争来抢去，互挖墙角，难以被绑定在单一社团上。一个画风的约稿频繁出现在各个手账社团的新品里，社团的竞争力就大大削弱了。甚至不少画手有一定粉丝基础后都独立起来做自己个人品牌的胶带。这让没有固定当红画手的品牌每走一步都举步维艰，大家只能迫切争取更多新鲜血液的加入。

阮乔没有一口应承下来，只说会跟画手商量。

南城手账集市在即，收到画稿，糯米就第一时间给印厂下印了。根据上一次手账集市的人流量估算，他们本来只打算下印三百卷，评估过后，决定翻倍印制。

手账集市官博图透了集市限定新款过后，留言激增。

集市当天，官方摊位队伍排得超长，好多都是排队代购集市限定款的，六百卷胶带上下午两场对半分，都在一小时内售罄。

集市结束，众多网友跑到集市官博底下求复刻，求淘宝店铺上架。但是在未约稿前，官博就说过集市限定款不复刻，不通过淘宝售卖，说出去的话就是泼出去的水，无数前车之鉴告诉商家，永远不要对自己说过的话反悔。糯米再心疼哗哗流走的利润，也坚持了不复刻。

阮乔很喜欢林湛画的这卷胶带，出于私心，也出于对胶带的喜欢，近期的手账视频中这一款出镜频率很高。

她和相熟的几个手账博主经常互寄新胶带，于是这一卷也出现在了其他热门手账博主的拼贴视频和 PO 图当中。

不出一周，南城集市限定款"南城印象"就成了胶带圈近期的热门求购款。

阮乔跟林湛说这件事的时候眼睛亮晶晶的，很开心。

林湛反应却很平淡。

事实上阮乔想跟林湛说的是，外行如她，也能看出林湛在画画这方面有天赋，关乎艺术的东西，天赋都是可遇不可求，如果他对画画感兴趣，完全可以朝这一方面发展。可阮乔敏锐地察觉到，最近林湛好像心情不大好。

他的饭还没动几口，就开口道："我吃饱了。"

阮乔一顿，慢慢放下筷子，她安静片刻，轻声启唇："林湛，你是不是有什么心事？"

林湛抬眼看她，嘴角微挑，与平日里那副懒散的样子并没有什么不同："我能有什么事？"

阮乔还未开口，林湛就起身了："你想喝什么，柠檬水行不行？我先去买两瓶饮料。"

阮乔也跟着他起身："我吃完了，跟你一起去吧。"

两人在便利店买水，林湛手机突然响起。

听了几句阮乔就知道，是他朋友打来的，叫他晚上出去玩。

林湛跟人聊了几句，然后应承下来。

挂断电话，他问阮乔："晚上去不去乐巢？"

阮乔下意识摇头："我不去了。"

林湛也没强求。

06

傍晚，阮乔和许映在操场散步。

许映这两日时不时就唉声叹气，上课也时常走神，不在状态。

前头有穿着情侣衫跑步的一对小情侣，跑完步两人笑作一团，大概是女生在撒娇，男生突然蹲下，背着女生往前走。

许映看到此景，不禁又哀号一声："好烦啊……"

阮乔转头："怎么了，和你男朋友闹别扭了啊？"

许映摇摇头，声音丧丧的，提不起兴致："没闹别扭。"

？？？

"哎，乔乔，你和林湛在一起也快一年了吧，难道不会觉得感情越来越淡吗？我感觉他对我已经没什么激情了，跟刚在一起的时候完全不一样。"

阮乔眸光微怔。

许映又继续说道："我觉得吧，谈恋爱最让人心动的还是暧昧期，真的确定关系，热恋几个月，就变成现在这样了。还没在一起的时候，我翻他微博，连带着转发的一共三百多条我一字一句都没放过呢，还时不时揣测他发这个是什么意思，发那个是什么意思。"

许映耷拉着头，靠在阮乔肩上，长长叹气："现在好了，他朋友圈我都懒得看了。"

风有点凉。

阮乔轻扯着卫衣帽子的抽拉带，恍然间发觉，秋天已经过去大半了。

再过几个月，她和林湛就在一起满一年了。

好像是如许映所言，从一开始的暧昧纠结，到连体婴似的黏在一起，再到现在，这期间有过言语上的争执，甚至有过冷战，但能想起来的回忆，多半还是甜蜜。

只是支教回来的这个学期，她也有那么一些感觉，感觉和林湛之间好像还缺一点什么，她说不清楚，只知道随着时间往前，两人越来越熟稔，但关于爱情并没有突破到毫无阻隔的地步，反而好像在慢慢降温。

她的感情经历并不多，不知道是不是每一段感情都会有这样的冷却期，或者说是瓶颈期。

听了许映念念叨叨半晌，她也生出些莫名的患得患失。

天色渐晚，两人走完几圈，打算往回走。

路上许映想起件事："对了，乔乔，林湛他们国际部好像催着开始考雅思了吧，还要准备材料什么的，你们家林湛报班了吗？"

阮乔摇头："好像还没。"

"那他打算去哪所学校啊？欸，他出国了你们不是就异地了吗？距离还挺远的欸。"

这些问题阮乔都没办法回答，因为林湛一直对未来的规划避而不谈。

其实，这也是阮乔一直以来有些无法释怀的一点。她喜欢有计划看得见的将来，可林湛似乎习惯于走一步看一步。

上学期那次冷战过后，阮乔就没再具体问过，也不敢问。

她怕林湛对未来没有计划，更怕林湛未来的计划里没有她的身影。

这么久以来她下意识去忽略横亘在两人之间一直得不到解决的问题，总想着，会好的。但事实上，她不知道会不会好，她只知道，自己舍不得放弃林湛。如果未来没有办法走到一起，她也情愿自欺欺人地只争朝夕。

07

晚上，阮乔很早就上床睡觉了，只是翻来覆去的，怎么也睡不着。

十一点半的时候，她发现屋子里仍然没有响动，林湛竟然还没回来。

她先是给林湛发微信。

没有回音。

后又给林湛打电话，电话是通了，就是迟迟没有人接。

阮乔有些心绪不宁，心想着他们去乐巢唱歌肯定声音特别大，听不到手机响，可这个理由并没有说服自己。

江城接到阮乔来电的时候，林湛倚着一旁墙壁，头还流着血，唇色惨白。

他看到了江城的来电显示，想拉住他让他别接，可江城此刻头脑混乱，很快就按下了接听键。

他语速很急，话语里充满了紧张感："阮乔，出事了，我现在正要送林湛去医院！"

秋夜风凉。

阮乔打车赶至南城人民医院时，已是凌晨。

医院的住院部还零星亮着灯，有救护车刚刚赶回医院，还有亲属的哭天抢地。

意外每时每秒都在发生。

阮乔的手垂在身侧，捏成拳，又紧了紧。

她的脑子里空白一片，电梯在往上，她一秒钟也不想等，推开安全门，往上爬。

直至闯进林湛病房的那一刹那，她都无法控制这一路上因为恐惧带来的延伸脑补。

推门的动静引起了林湛和江城的注意。

江城转头，林湛也抬了眼。

阮乔站在门口，爬上五楼没有停歇，她的胸腔还在上下起伏。只是嘴唇紧抿，神色不明。

谁都没有先开口说话，只是静默地对视，仿佛空气中的尘埃因子都静止不动。

护士推着推车进门，阮乔才垂下眼，微微侧身让行。

江城也受了伤，不过还算轻微，都是皮外擦伤，坐在林湛的病房里上完药就行。

阮乔见护士给林湛处理伤口，对江城轻声说道："江城，你先回去睡觉吧，这里有我就行。"

江城本想帮林湛解释一下，但林湛突然喊了他一声，他明白林湛的意思，欲言又止。

林湛早在阮乔来之前就已经拍过片子。

他的腿伤得比较严重，暂时下不了地，好在还没骨折。

除了腿，手臂后背也有不同程度的外伤，白纱布包得扎扎实实，看上去有点触目惊心，脸上也有轻微的擦伤。

护士嘱咐，如果伤口感染可能会发烧，最近需要格外注意。倒是不用住院了，明天就可以回家。

直至护士离开，阮乔都没怎么开口说话，只是坐在床边守着林湛。

林湛见她这样子，心里不知为何，涌上一些不安的情绪。

他喊了声："柿子妹妹。"

阮乔抬眼看他，把被子往上拉了点，声音平静："你先睡吧，我就在这里。"

"我……"

林湛刚一开口，阮乔又出言打断："要是伤口感染，你晚上可能会发烧，我不困，你快点睡。"

她的声音很温和，听不出什么别的情绪。

次日林湛出院回家，阮乔也一路跟着，尽心照顾，一副没有脾气的样子。

林湛在车上跟阮乔解释："我昨天不是跟朋友去 KTV 唱歌嘛，然后有人来找我朋友麻烦，那人之前跟我也有点过节，大家都喝了点酒，那人也是存心找事，还带了几个打手过来，所以大家就打起来了。"

阮乔垂着眼，沉默片刻，而后轻声应道："嗯，知道了。"

她只说了这短短四个字，再没有下文。

回到校外的小房子，阮乔也没表现出什么异样。

接连几天，她都是上完课就回来照顾林湛，林湛腿受伤不方便行动，很多事都需要有人帮忙。

见这几天阮乔都没有要计较的意思，林湛也就渐渐放下心来，没再想过要跟她道歉解释。

主要还是因为，他自己最近心里有事，不是什么光彩的事，他也不想让人分担和担忧，情绪的自我调节很难做好，整个人看上去有些恹恹的。

过了一周，林湛腿伤基本好全，打球都没什么问题了。

他订好电影票，准备带阮乔去看电影。可一回家，就看到阮乔拖着行李箱，正打算出门。

他有些惊讶："你去哪？"

阮乔神色淡淡："回寝室，陈阳阳已经走了。"

林湛走近，声音不大："为什么不提前跟我商量？"

阮乔抬头看他："我来之前就跟你说过是暂住，陈阳阳走了，我不该搬回寝室吗？"

林湛挡在门口，缓了缓神，试图让自己的声音听起来相对平和："如果不是我刚好回来，你是不是打算不跟我说就直接回去？"

两人对视，阮乔没有说话，眼神却没有丝毫的躲闪或是心虚，似乎是默认了林湛的说法。

是林湛先移开目光，他妥协了，想去拿阮乔的行李箱："那我送你。"

阮乔握着拉杆的手很紧："不用了，我自己回去。"

林湛有片刻沉默，末了他问："阮乔，你怎么了？你是在跟我闹脾气？"

阮乔抬眼，直直望着林湛。

她的声音很轻："林湛，不是我怎么了，是你怎么了。"

林湛反问："我怎么了？"

两人又再次陷入对视的僵持和异样的沉默。

这次是阮乔先说话，她的目光未曾有半分偏移，好像要从林湛的眼里直直看向他的心里："如果你连自己怎么了都需要我来告诉你，或者说你连这段关系里存在的问题都弄不明白，那我觉得……我们需要给彼此一点时间和空间，冷静一下。"

说完这句话，她拖着行李箱，想绕开林湛出去。

可林湛一手撑在门板上，挡住了阮乔的去路。

他离阮乔很近，声音在耳边回旋，有些低哑："冷静什么，冷静完了你是不是要提分手？"

他顿了顿，又说："还是上周打架的事吧，我跟你解释过了，不是我想主动挑事，别人找上门来找我朋友麻烦，我做不到冷眼旁观。"

"你的帮忙永远都是用拳头说话吗？"阮乔看他，很快开口，"你不是未成年更不是小孩子，为什么有事情总是只能想到用打架这种野蛮的方式来解决？而且这种方式真的能解决问题吗？"

她的声音越来越大："如果不是刚好没有伤到要害，而是被人捅上几刀或者直接把腿打断，你有没有替你的家人想过，有没有替关心你的人想过？你有没有那么一秒钟想过对你的未来负责？"

林湛薄唇紧抿。

阮乔继续道："林湛，我以为去支教一次你会成熟一点，但你还真是……一点都没变。"

"我道歉。"阮乔话音刚落，林湛就突然冒出这三个字，他定定地看着阮乔，"我道歉，以后再也不会了，我已经冷静完了，你别生气。"

不安充斥在心头，林湛没有多加思考，就说出这句话。

阮乔顿了两秒，声音降了几个度："林湛，我不是生气，是失望。这些事情是你自己该考虑清楚的，我一直在强迫自己不去考虑那么远，可是你下个学期就要出国，这之后的两年，谁也不能保证会发生什么，你是打算去混两年吗？"

阮乔垂下眼帘："我没有想要你一下子就变得特别上进，对未来有一个全盘的规划，但我希望的是你能够……稍微成熟一点。"

林湛紧抿着唇不讲话，他没再拦着阮乔。

阮乔也没有犹豫地直接出门，按电梯。

在电梯门即将关闭的时候，林湛突然按住外面，看向阮乔的目光安静：

"你说这么多，其实就是看不上我，想跟我分手对不对？"

阮乔没出声。

她按下 G 层的按键，在林湛松开外部按钮时轻声开口："你如果一定要这样理解，也可以。"

电梯门慢慢合上，对视在电梯闭合的瞬间被切断。

20，19，18……

看着电梯慢慢往下，林湛一拳砸在了墙壁上，声音沉闷，在楼道回响。

第七章

Chapter 07

01

从林湛家搬出来后的三天里，阮乔和林湛一起上了两堂课，但全程都没有交流，两人也没有如往常一般坐在一起。

宋弯弯察觉出两人之间有些不对劲，问阮乔："乔乔，你是不是和林湛吵架了？先是突然搬回寝室，最近这几天也没看你俩走在一起欸。"

阮乔思考片刻，回复了两个字："没吵。"

两人连脸红脖子粗的地步都没闹到，的确算不上吵架。

大一的操评分和成绩秘书部都整理出来移交学习部了，综合成绩要由学习部跟系部核对再下发至每个班级。

阮乔看了眼自己的成绩，大一上学期绩点专业第一，下学期专业第三，操评分全都加满了。一学年的综合成绩是汉语言文学专业的第一名，文学院的第二名。

在意料之中。

她又翻了翻对外汉语的成绩核对表，扫完靠下的林湛那一行，沉默放下。

成绩出来，随之而来的就是各种奖助学金的申请、评选、审核，这些事情都是学习部需要处理的，接下来的一两周还有得忙。

阮乔把自己的日程安排得满满当当，丝毫不让自己松懈。

周五校学生会为了校庆的事召开全体干部会议，隶属于校学生会下面的多个部门部长、主任、社长都需要参加会议。

阮乔趁着下课间歇去图书馆还了书，饭也不打算吃了，就匆匆赶往开会地点。

学习部是重要部门，位置都安排在比较靠前的地方，而且还需要做工作汇报。

阮乔昨晚都没怎么睡觉，打起精神开完会，整个人都没什么力气了。

她慢吞吞地下楼，恍惚间听到身后有人喊她名字，直到出了开会的报告楼，阮乔才听仔细，真有人叫她。

她还未回头，叫她的人已经追了上来，拍她肩膀。

"阮乔！"

阮乔微微仰头，半眯起眼。

她有些意外，也有些惊讶："杨子越？"

杨子越笑了笑："是我，刚刚叫你几声，你好像都没听见。"

阮乔忙道歉："对不起啊，我今天精神不太好，反应有点迟钝。"

杨子越边摆手边说："没关系没关系。"

阮乔问他："对了，你怎么来我们校区了？"

她记得之前高中同学聚会时杨子越说过，他也在南大，不过和她不是一个校区。

杨子越唇角微扬："今天开会不是说校庆吗，两个校区会一起做活动，我也是学生会的。"

阮乔轻轻点头："这样啊。"

上次在 KTV 让杨子越看了场笑话，还连累他被林湛推了一把，阮乔一直有些过意不去。而杨子越适时提出想在他们这边转转，阮乔一时也找不到拒绝的理由，只好答应带他转转："我带你去映雪广场转转吧，不过我还有半小时就要上课了，等会儿你可以在映雪广场搭电瓶车去校门口。"

杨子越连忙点头："那好，麻烦你了，阮乔。"

阮乔跟他不怎么熟，上次见面杨子越突如其来的维护让阮乔也看出些他的心思，于是一路上都尽量跟他保持距离，

她不主动找话题，杨子越说什么，她就偶尔应一应，只想着把人送到映雪广场，也就算尽了老同学的地主之谊了。

走到映雪广场时，杨子越突然说有些口渴，想去奶茶店买杯柠檬水。

买杯柠檬水不费事也不费时间，阮乔跟了过去，打算请客。正好她也想带杯芝士咖啡去上课。

阮乔这边正打开微信扫码，杨子越就拿出现金开始付账了。

阮乔忙道："我请你吧，你到我们这边来，我请你才对。"

杨子越浅笑："没事，我刚好有零钱。"

两人正在争着买单的时候，奶茶店突然涌入一群说说笑笑的男男女女，大概有六七个人，一下子就把不大的店面占得满满当当。

阮乔转头，正好看到最后进来的林湛和江城。

林湛额间还带着吸汗发带，左肩上挂着羽毛球拍。

他眉眼轻扫，在店里看了一圈，突然目光微顿，对上阮乔的视线。

饮料做得很快，杨子越拿起自己的柠檬水，又将阮乔的芝士咖啡插上热吸管递给她："给，你的咖啡。"

阮乔没回神，杨子越又将咖啡往前递了递。

阮乔这才抽回看向林湛的目光，接过咖啡纸杯，低声道谢。

杨子越这时回身，正打算和阮乔一起离开，只不过步子还未迈开，就看到林湛站在不远处。

林湛也适时转了视线，望向杨子越。

两人视线相对，阮乔没由来地，心里生出一些紧张的情绪。

林湛往前刚迈一步，阮乔就条件反射地拽着杨子越的袖子，把他往后拉。

林湛看向站在杨子越前头的阮乔，神色不明，只问："你怕我打他？"

这是阮乔从林湛家搬出来以后，林湛第一次跟她说话。

阮乔不知道该如何开口回答，林湛之前在 KTV 就无缘无故狠推过杨子越一把，见他上前，阮乔的确是下意识地以为他要动手。

两人一时无话。

江城他们买完了饮料，林湛只看了她和杨子越一眼，就跟着那些人一起离开了，眼里没有多余的情绪。

手上的芝士咖啡还是温热的，她的指腹在杯壁上轻轻摩挲着，却始终不喝一口。

杨子越迟疑片刻，问："你和你男朋友……分手了？"

阮乔没有回答，垂下眼帘收拾情绪，而后另起话题："我带你去搭电瓶车吧。"

她看了眼奶茶店内的挂钟，又说："我也快上课了。"

她走在前头，把杨子越送到开往校门口的校内电瓶车乘坐点，正打算离开。

杨子越却叫住她："阮乔！"

她微顿。

杨子越上前，想拉她的手臂，阮乔侧身避开了。

他的手在半空中停顿半秒，也不觉尴尬，又道："阮乔，如果可以的话，我希望你给我一个机会，我很……"

他的话还没说完，阮乔就迅速打断："对不起。"

她抬眼，将吹至脸上的碎发挽到耳后："我有男朋友了。"

"可是……"

她再次打断杨子越："我和他很好，情侣之间，小吵小闹是很正常的，我心里有数。我快要迟到了，先这样吧，再见。"

阮乔回身，径直往教学楼的方向走去。

杨子越在她身后看着她的背影，想说些什么，话却全都堵在了喉咙，说不出口。

虽然跟杨子越说，自己跟林湛很好，他所见到的不过是情侣间的小吵小闹，可阮乔深切地明白，这一次，不是什么小吵小闹。连她都不知道，两人这是不是算作已经分手。

"你说这么多，其实就是看不上我，想跟我分手对不对？"

"你如果一定要这样理解，也可以。"

那日的对话不断在脑海中浮现，阮乔伏在桌上，感到一种……前所未有的疲累。

大大小小的节假一个个过，很快就进入了十二月。

阮乔还记得，去年南城的第一场雪是在圣诞节，去年的圣诞节她还记得清晰，一想起，就如同昨日之事在眼前回放，历历在目。

她已经很久没跟林湛说话了，林湛也很少再回寝室住。

阮乔想，这算是，已经分手了吧。

好像身边的人也在默认他们已经分手，宋弯弯在寝室还不小心说漏嘴，说舞蹈系某个女生最近和林湛走得很近。阮乔装作事不关己的样子，上课、运动、看书，生活规律又单调。只是从旁人的只言片语和论坛上偶尔的八卦里，阮乔可以看到，林湛这些日子的生活很自在。

阮乔好像清晰地认知到，两人原本就不是一个世界的人啊，没有刻板无趣的自己，他应该，更自在吧。

今年南城的冬天来得有些早，不至圣诞节，天空就飘起了晶莹的雪花。

阮乔围着厚厚的围巾，戴上毛线帽，手里还捧了杯热奶茶，她走路很慢，因为地面很滑。

今年的圣诞节活动也要由学习部来操办，只是她从去年的策划者变成了今年的决策者，她赶至学习部开会时，大一的小学妹很是殷勤地递上奶茶："学姐，喝点热的饮料吧。"

人家人美嘴甜，阮乔有点为难地拒绝了："谢谢，不过我路上喝完一杯了，现在有点撑。"

"没关系的学姐，你不喝就捧着暖暖手吧。"

阮乔只好接过。

阮乔开会效率很高，大家都不是闲得慌的人，没那么多时间可以浪费。

平日里能用群组、邮件解决的问题，也通常都是在线解决。

开会完毕，她特意到楼下的洗手间上厕所，不想遇到热情的小学妹们，又是一顿奉承。

她正打算冲水的时候，突然洗手间的门被推开，她听到刚刚给自己送奶茶的学妹和另一个学习部的妹子在聊天。

"你神神秘秘的干什么啊，还非得到楼下厕所来洗手？"

送奶茶的小学妹一会儿没出声，阮乔想，可能是在查看周围有没有人，紧接着她就听到学妹开口："我不是怕在楼上洗手间遇到阮乔学姐嘛。"

跟她一起的那个姑娘不是很懂："为什么怕，阮乔学姐又不吃人？"

学妹开了水龙头，声音被掩去一些："我帮你打听到了，你在操场看上的那个学长就是国际部大名鼎鼎的南大道明寺呢，叫林湛，双木林，湛蓝的湛。"

"林湛学长？我好像有印象欸。"

"就是他，在大二很出名的。"学妹又把声音压低些，"你猜他前女友是谁？"

那姑娘还没回答，她就迫不及待地揭晓答案："就是我们部长阮乔学姐！"

"阮乔学姐？"她的声音里不无惊讶。

学妹肯定地应道："嗯，我也没想到，你说林湛学长看起来和阮乔学姐完全不搭啊，阮乔学姐可是去年文院的综合排名第二呢，成绩超好的。林湛学长一看就是很花的那种……"

"你说他跟阮乔学姐也能谈，那我是不是也有机会啊？"

听到这，学妹叹气："你听我说完嘛，我是建议你还是不要去接近林湛学长了，他们那圈子人很乱的，最近有个大一的追他追得很猛，就是军训的时候还有教官追的那个……学舞蹈的，艺术生，长得特漂亮。"

那姑娘还不死心："追他追得很猛……那就是还没追上？长得漂亮还没追上，那就是林湛不喜欢她那个类型吧。"

"你怎么劝不听的呀，重点是他们很乱啊，我跟你讲，我听说他们最近好像在飞叶子……"

女生一头雾水，"飞叶子是什么？"

"就是大麻还是摇头丸来着，一种毒品，反正就是国际部都玩得很开的，谈恋爱嘛，人家都不当真的，你看阮乔学姐又漂亮又温柔成绩还那么好，还不是照样被甩。"

"那确实有点可怕啊，真的吗？不会吧……"女生惊讶，又问，"对了，你怎么知道的？"

"我也是听同学说的，我一个同学在一个KTV做兼职，说经常看到他们去那里，最近这几周的周末他们老去，我同学说他们昨天也在，今天是周一吧？那就没错了，其实啊，我本来是想打听了告诉你给你创造机会嘛，但是人家这也玩得太开了，我劝你还是不要去接近他。"

两个学习部的学妹一边洗手一边讨论，阮乔听着声音越来越小、越来越远，到最后整个洗手间都回归安静，她的心也慢慢在往下沉。

这周的周末刚好是圣诞节。

阮乔一整周都心绪不宁，和林湛一起上的课他都没有来。

阮乔不知道那个学妹说的是不是真的，林湛已经堕落到了那个地步。

宋弯弯最近也不在学校，翘课和男朋友旅游去了。周鹿显然也不知道什么，天天都在学英语。

阮乔也不知道为什么，明明告诉过自己很多很多次，林湛跟她已经没关系了，可潜意识里总还把他当成自己的男朋友来看待。

今年的圣诞节如期而至。

雪从平安夜就开始下，偶尔停一阵，大多时候都是漫天飞舞。

阮乔翻找出藏在抽屉里的圣诞许愿球。

这是去年林湛写下愿望的那一个，从空调洞里扔过来，她一直收着，没有打开。此刻站在窗台前，看银装素裹又灯火摇曳、圣诞气氛浓厚的校园，她轻轻扭动，打开了许愿球。

里面对折了一张许愿纸。她拿出来，小心展开。

0.38 的黑色水性笔似乎质量还不够好，出水并不是很流畅，只断断续续在纸上留了一句话——

"柿子妹妹，我喜欢你。"

阮乔回想起去年圣诞夜不灭的灯火，想起他难得正经地穿一身藏蓝色外套，把头发染回黑色的样子。那天也下过这样的雪。

那天他从别人的婚礼上打包带回了抹茶蛋糕。

那天他在圣诞树上抢走了她的愿望球，给她设套。

回忆像高涨的水流，闸一打开，就倾泻而出。

就很突然地，阮乔蹲在地上，开始无声流泪。

情绪收敛时，她的腿都已经蹲麻了。出门接水，正好看到江城一边打电话一边出寝室，他神情恍惚，一副没精神的样子，完全都没有注意到阮乔。

阮乔听他说什么，乐巢，就来就来。

按着接水按钮的手都忘了松开，热水从杯壁溢出，阮乔被烫得下意识松手，一地热水和破碎的瓷片。

声音清脆响亮，地面还腾腾冒着热气。

阮乔什么都不想去思考，她的脑海里只有一个念头——

她要去找林湛。

03

冬夜的风很凉，外面还飘着雪，阮乔只穿了一件高领毛衣，雪落在黑色毛衣上，只消片刻就融化消逝。

她打车，一路赶往乐巢。

今天是圣诞节，市中心堵车严重，司机没有办法把她送到门口，隔了一条路，阮乔就匆匆下车了。

她不知道林湛他们在哪个包厢，一口气直奔到乐巢，她隔着包厢门上的玻璃一间间辨认。

不是，不是，都不是。

一楼的包厢即将走到尽头，她无意间瞥到窗户那边有人打电话。那人阮乔有一点点印象，去年林湛过生日的时候，他们在一桌吃过饭。

她见到那人打完电话，推开侧边的包厢门进去了，她连忙跟上。

透过门上的玻璃可以看到包厢里头坐了很多人，唱歌喝酒打牌的都有，倒是没见那学妹言之凿凿的飞叶子。

小玻璃窗口视野有限，她看得很费力，好不容易才捕捉到一个熟悉的身影，江城。

江城正在和人打扑克，似乎是牌不好，眉头皱着，出牌时也是很用力地甩在桌上。

和他打牌的两个人里没有林湛，他周围也没见林湛的身影。

人呢？……

正当阮乔半踮起脚想看得更仔细些的时候，身后突然有人喊她："你来这干什么？"

那声音凉凉的，不需要回头，阮乔就在第一时间辨认出说话的人是林湛。

她背脊一僵，回身很慢。

林湛好像喝了酒，身上的柠檬味道被酒精覆盖住了。

两人离得很近，阮乔被他堵得没有挪步的空间，往后退就只能拧开门把闯入不属于她的世界。

走廊时不时有经过的人看他们一眼，估计以为是小年轻有情趣，在玩壁咚。

"我……"阮乔不知道该说些什么，抬头看向林湛。

林湛的脸上也看不出什么异样的情绪，他的声音还是很凉，轻飘飘问道："来找我？"

阮乔垂眼，"嗯"了声，直接交代："我听学习部的一个学妹说，你们最近经常在这边，好像有飞……飞叶子，还有什么溜冰……"

说到后面，她的声音越来越低。

"你担心我？"

阮乔下意识反驳："我是想看看，你是不是真的这么堕落。"

林湛轻哂："我看上去很没脑子什么违法乱纪的事都敢做吗？"

"你本来就没什么脑子啊，我是怕你被狐朋狗友害了。电视里不是老报道在别人饮料里面下药吗？"阮乔将心里想的话脱口而出，说完才有点后悔。

她和林湛，现在好像不是能管对方这么多事的关系。

她没有怀疑林湛会主动去碰那些东西，但他交往的朋友里的确有一些不那么像好人，万一被人害了……

阮乔这些天一想到这事，就心绪不宁，现在心里的石头总算是落地了。

林湛一直没出声。

阮乔有点待不下去了，她低着头讲话："我还有事，先回学校了。"

她想绕开林湛离开，可林湛却回身抓住了她的手。

"喂，阮乔。"

阮乔步子一顿。

林湛又说道："你明明就舍不得跟我分开。"

阮乔无声沉默，只挣开他的手。

见挣不开，她才出言："上一次，就是因为我舍不得，所以选择自欺欺人忽视我们之间的问题，这一次不会了。"

她还想走，可是林湛很快就拉住她的手，人也挡到了她的前面，他的眸光定定，神情认真，看不出一点喝过酒的痕迹。

"这两个月我画了三幅胶带画稿，在你朋友那里过稿了，月底就会开预售，我还报了雅思班，每个星期都去上三次课。上个月我去了一趟甘沛冲，你朋友预支给我的稿费，我用来买了过冬的衣服给小黑皮他们。"

阮乔一愣。

"阮乔，我的确是对未来没有什么详细的规划，抱着船到桥头自然直的心态，因为我身边的人也都是这样的，之前没有觉得有什么不对，可我想改变的时候，已经不知道要从哪里做起了。我甚至去查了曾嘉树的履历，想做得比他好，但我不得不承认，在学习上我可能这辈子都没有办法超过他了，我也会……自卑的。"

阮乔慢慢抬眼，对上林湛的视线，一时之间，想说的话全都堵在喉咙，说不出口。

就着走廊下昏黄的灯光，阮乔这才看清林湛。

他好像，瘦了很多。

两人相顾无言，正在这时，林湛口袋里的手机响了起来，他看了眼来电显示，眉头轻皱："我接个电话。"

他走至窗台边打电话，阮乔就靠着墙壁垂眸，她脑子里有点乱。

江城刚好出门上厕所，看到阮乔站在那里，他有些惊讶："阮乔？"

阮乔抬头，站直了些。

江城走近，问："你怎么在这？来找林湛吗？"

阮乔看了眼林湛的方向，江城顺着她的目光看过去，也看到了林湛的背影。

江城直接问："你们和好了没有？"

阮乔没出声，江城叹气，看着林湛的背影说道："他最近变了蛮多的，只不过心情不太好。"

他又将目光转回阮乔身上："林湛他不让我说，但我觉得有些事你应该知道，他家里出了点问题，你知道他们家很有钱吧，有钱嘛就很容易出各种各样的问题，他爸妈就他一个儿子，一直都很宠他的，他也以为自己爸妈一直很恩爱嘛，哪知道逛商场给你买礼物还撞上他爸带着情人买买买……"

江城半眯起眼开始回忆："我记得就是上学期期末那会儿……对了，就是那次你和你高中同学聚会，大家正好碰上的那次，他本来死活不出来，说回家陪爸妈吃饭，哪知道白天遇上这事，从家里跑出来了。"

阮乔目光闪了闪。

江城："他以为他妈不知道这事，跟他爸谈过之后以为以后就没事了，谁知道……前段时间他发现他妈妈也有婚外恋。"

他顿了顿，"那次心情不好出来喝酒，还碰上几个挑事的，那人绿了林湛一朋友还上门来找事，他现在最恨的就是第三者了，你想想，他那个性格怎么可能不跟人打起来。"

说到这儿，江城情绪又有点低落："唉，其实他爸妈两个人从很久之前就开始貌合神离了，没离婚跟事业有关，也跟他有关，他跟他爸妈摊牌了一次，他爸妈各玩各的，唯一的条件就是不能跟别人再生孩子，不过他这么多年对自己爸妈期待很高，一时间没办法接受这件事，最近都不回家了，他爸妈着急，一直找他。"

阮乔被过多的信息量轰炸，有点反应不过来。

江城看了眼林湛，他的电话还没打完，又对阮乔开口："我作为朋友啊，别的不知道，但他对你真的是没话说了，他从小就是被宠坏了，不是你们那种好学生，但他做人还是没得挑的，你对他可以有要求，也要一步步来嘛，他连支教都去了，是真的想要变得更好一点的，你也知道，他要面子，有些事自己做不好他也不好意思讲，都闷在心里了……"

江城话音未落，林湛就挂断电话，回了身。

江城朝阮乔点了点头："该说的我都说了，你们好好聊，我先去厕所了。"

江城刚走过拐角，林湛就回到了阮乔身边。

阮乔眼圈有点泛红，她垂着眼，看林湛的鞋子。

林湛揉了一把她的头发，问："江城那个嘴上没缝针的跟你讲什么了？"

"该说的都说了……不该说的也说了。"她的声音很小，细听能听出些许哽咽。

看阮乔这个样子，林湛捧起她的脸，试探性问道："他是不是把我说得特别惨啊，他太夸张了，我真没那么……"

林湛的话还没讲完，阮乔突然踮起脚，吻上了他的唇，手也环上他的脖颈。

有路过的人看到这么劲爆的场景，纷纷吹起了口哨，还小声讨论道："厉害啊，走廊上就亲起来了！"

一个深吻结束，阮乔有点喘不过气，林湛喝过的酒似乎到现在才开始上头，被吻催化，整个人显得有点……亢奋。

他迟疑地问道："你这算是原谅我了吧？"

阮乔没讲话，又踮起脚在他唇上蜻蜓点水而过，算是回答。

林湛抱住她，在她耳边低声问："来大姨妈了没有？"

阮乔有些不明所以，下意识回答："没有。"

她说完，林湛就松开她，拉起她的手往外跑。

今晚是圣诞夜，满大街都在唱着 Merry Christmas，大大小小的圣诞树亮起彩灯，有不少人带着鹿角和红色的圣诞帽，雪还未停。

跑出乐巢,两人稍微歇下,阮乔大口喘着气,呼出的白气在空气格外明显。

她问："你要带我去哪？"

"你猜。"

林湛回答得格外简洁,阮乔一时之间愣怔,没分清楚他是在开玩笑还是认真的。

两人停在路边等出租,见阮乔只穿了一件高领毛衣,他解开自己外套的扣子,把阮乔收进了自己的怀里。

阮乔小小一只,被他裹得严严实实。

圣诞夜里好像很难打到车,但两人幸运,只站了几分钟,就有亮着空车牌的计程车开过来,一上车林湛就直接报地址："君逸章华。"

司机确认了一遍："扬安路的君逸章华酒店是吧？"

"嗯。"

阮乔一颗心扑通扑通开始狂跳。

04

别看平时林湛一副放荡不羁爱自由的样子,实际上两人都是新手,只不过新手林湛有一点理论基础。

一夜未眠,醒来时拉开窗帘,雪后初霁,一片晴好。

阮乔浑身酸疼,趁着林湛没醒,去洗了个澡,然后开始刷牙。

看着镜子里的那张脸,脖颈间还有浅淡的痕迹,阮乔不知不觉间脸又红了一片。

妈呀。

她昨天只是想出去找林湛，看看他是不是还好，怎么就……

真是太突然了。

她边刷牙边走神，都没听到林湛的脚步声。

林湛一副还没睡醒的样子，懒懒散散地往浴室走，见到阮乔在刷牙，就走到她身后，从后面环抱住她，头搁在她的肩膀上。

感受到熟悉的男性气息，阮乔才发觉自己被林湛抱到了怀里。

从镜子里看，林湛还很困，头靠在她肩上，眼睛闭着，睫毛很长。

阮乔红着脸，觉得有些不自在，她还是没办法很自如地接受肌肤相亲的亲密。

林湛安静地醒了一会儿神，哑声问她："洗澡了吗？"

阮乔声音小得和蚊子叫似的，"嗯"了声。

林湛发出"唔"的鼻音，声音低低："那我自己洗好了。"

难不成他还想一起洗？

想到这，阮乔脸又红了一片。

她匆匆洗漱完，把浴室门给林湛合上，心脏还扑通扑通跳个不停。

她觉得自己有点不争气，以前好歹也是看过一点小黄书，还写过一点小黄文的，怎么实战这么弱？

果然还是那句名言说得对，实践是检验真理的唯一标准。看小说和亲身实践的感觉……也差太多了。

她套上昨天穿的那件黑色毛衣，幸好是高领，脖子上的痕迹被遮得严严实实。

林湛从浴室出来的时候，就见阮乔在全身镜前来来回回照，紧张兮兮的。

两人视线对上。

林湛已经醒神，神色清明。

昨夜里的场景又不受控制地涌入了阮乔的脑海，她相当不争气，脸红到不行。

林湛偏着头系扣子，他的目光直直看向阮乔，还不时发出一两声笑。

他觉得太逗了，牵手脸红，接吻也脸红，昨晚亲密接触完她这得脸红到什么时候？

他女朋友也太容易害羞了吧。

不过林湛还算有良心，没使什么坏心眼，知道她害羞，就尽量装得若无其事，换好衣服，就拉着她退房，去吃早餐。

阮乔今天还有课，到学校时来不及回寝室了，林湛把她送到教室，揉了揉她的头发："你先上课，我去帮你拿书。"

阮乔乖乖点头，"嗯"了一声。

上课时，阮乔有些心不在焉。

坐在一旁的许映也不想听老头子念念叨叨，一直躲在桌下玩手机，她无意间瞥了阮乔几次，发现阮乔有点奇奇怪怪的，她不禁好奇。

"乔乔，你怎么了？"许映问。

阮乔半晌才回神，还有点被吓到的感觉，支支吾吾了半天也没说清楚，就说没事。

越是这样，许映就越觉得不对劲，她半眯着眼睛观察了好一会儿阮乔。

正在这时，突然有人拍了拍她的肩膀。

许映吓一大跳，下意识回身。

林湛……？他怎么来上这个课了？

不是……刚刚坐在后面的明明不是他啊。

阮乔也注意到了林湛的突然出现，她一瞬间脸又爆红。

这节课是在语音教室上，两个座位一排，都有围挡。虽然阮乔也坐在前排，但林湛要把书递给她还是有点明显的，他将书从侧边递给了许映，目光却一直落在阮乔身上，唇边勾着的笑似有若无，眸光意味深长。

书带到后，他就趁着老头低头念书的工夫，大摇大摆起身，走出了教室。

许映有点没回过神，这俩……啥情况啊？不是都冷战了好几个月了吗？她都以为分手了呢。

她转身就开始逼问阮乔："你和林湛和好了？"

阮乔抓着头发，支支吾吾应了声："嗯。"

许映没有放过任何一个疑点："你和林湛都在一起那么久了，你见到他红什么脸……？"

阮乔的反应更不对劲了，她紧张个什么劲？

许映思维拓展能力很强，一脸神神秘秘地问道："你们俩是不是为爱鼓掌，开出爱的小火车啦？"

为爱鼓掌，开出爱的小火车？

蒙了两秒，阮乔才反应过来许映在说什么，脸不由自主地开始升温，嘴上却说着："许映，你……你别胡说八道……"

阮乔的反应简直就是此地无银三百两，许映闷声发笑，笑得阮乔整个人都坐立不安。

阮乔郁闷：有这么明显吗？

许映边笑边说："上垒至真的不一样欸，你看看你，容光焕发的，这状态，啧啧啧……"

阮乔瞪大眼睛，有点蒙地掏出手机自拍，左看看又看看，哪里有什么不一样？

她有点怀疑人生了。

下课之后她也不打算跟许映一起吃饭，整个人都有点做贼心虚，只想逃回寝室。

哪知一出教室门，就见林湛倚在墙边等她。

许映也刚好出教室，见两人站一起，故意咳嗽了两声，带着一脸"我懂"的迷之微笑，淡定地飘走了。

阮乔总觉得所有人都在看他们，全世界都知道他们昨晚做了什么好事，面子有点挂不住，扒着林湛催他快点走。

林湛一脸好笑，揉了揉她的头发。

走在路上，他问："想吃点什么？我觉得……你应该吃点补气血的东西。"

……

阮乔抬头白了他一眼："你闭嘴行不行？"

两人一路打打闹闹，分开的那几个月就好像不曾存在过一样。

吃饭的时候，阮乔想起件事，问林湛："对了，你昨天说，去甘沛冲看过小黑皮他们了，他们还好吧？"

林湛点点头："挺好的，那边政府要给他们修路，路会通到村里，明年开春就动工。"

阮乔惊讶："真的啊？"

"嗯。"林湛挑了挑眉，"他们还在问你怎么没去呢。"

阮乔喝着汤，开口道："那等他们那边路修好了，我们再一起去一次好不好？"

林湛没有多加思考就同意了。

饭快吃完，林湛突然云淡风轻道："柿子妹妹，你还是搬去跟我一起住吧。"

阮乔拿勺的手微微一顿。

之前待在林湛家，为了避免发生什么擦枪走火的意外，阮乔一直都是到睡觉的点才回去，跟林湛也就是在家看看电影，一起打打游戏，要睡觉她就麻利滚蛋。

但是再搬回林湛家……

还不等阮乔拒绝，林湛就补道："听说这几天每天晚上寝室都要停水，没水的话洗澡多不方便。"

？？？

还有这种操作？

回寝室时，阮乔特意看了眼楼下的公告栏，还真的要停水。

不是啊，林湛平时可没这么注意学校的各项通知，这会儿倒是注意上了。

就这样，阮乔又一次被林湛拐回了家。

到了林湛家，林湛连她的意见都没问，就直接把行李箱提进了自己房间，阮乔有点蒙，可林湛一副理所当然的样子。

阮乔不禁开始怀疑，是自己太保守了吗？

一想到以后每天都要跟林湛睡在一张床上，林湛一个兽性大发就会这样那样，阮乔就忍不住脸红到爆炸。

太可怕了太可怕了。

林湛把她行李箱的衣服一件件拿出来，拿衣架挂好，和他的放在一起。

看到配套的内衣和小可爱之后，林湛皱了皱眉，太素了，过两天一定要带她去买新的。

阮乔不知道林湛在想什么，只知道一个男生整理自己的贴身衣服相当羞耻，她默默飘出房门，拿着鱼食喂小金鱼。

她无意识地往里一颗颗撒，林湛出来时，一脸惊讶："你喂多少了？鱼会撑死的。"

阮乔一蒙，这才反应过来，有点心虚："应该没多少吧……"

她看了眼鱼缸，这才发现有点不对劲，于是问："林湛，鱼怎么好像不太一样了？"

林湛咳了声，淡淡应道："换了几条，之前那些换水的时候，不小心让我冲到厕所里了。"

"……"

太残忍了！！！

05

林湛白天都表现得没什么异样，晚上还和阮乔一起自习。

他报了雅思班，在学英语，但是他的英语还停留在初中水平，高中的很多知识都是一片空白，直接上雅思班有点听天书的感觉。

阮乔给他布置了每天背单词的学习任务，又给他细讲一些基础的语法点。

阮老师小课堂开完课，阮乔呼了口气，洗漱完，想着能好好休息一下了。

她趴在床上看剧，毫无防备地，冲完澡的林湛就压了上来。

阮乔猝不及防，瞪大眼睛，平板被林湛按了暂停扔在一旁，吻又密密麻麻落下。

"林湛！你干什么？……"

林湛咬住她的耳垂，声音暧昧："你说呢？"

第八章。

Chapter 08

✿ 01 ✤

南城的冬日漫长又寒冷。

阮乔来了大姨妈，对温度的感知更为敏感。

凑巧期末将至，不管是专业课还是公共课抑或是其他杂课都开始了点名狂潮，没有一堂能逃的。

阮乔每次生理期心情都很低落，身体也不怎么舒服。

早上从林湛怀里醒来的时候，头发乱糟糟的，神情恹恹。

林湛没怎么睡醒，察觉她的动静，把她往上搂了搂，低声问："今天不是十点才上课吗，怎么这么早就醒了？"

阮乔头磕着林湛的胸膛，声音还有点迷糊："肚子疼，睡不着了。"

林湛听到这话，起身把暖水袋插上电，又回到被窝里，用手暖着她平坦的小腹。

"乖，再睡一会儿。"

这话刚说完，他又想起了什么，从床头摸到手机，熟练地从外卖栏里找到一家常吃的早餐店下单。

"点了香菇鸡肉粥、热豆浆、小笼包、鸡蛋饼……你还要什么吗？"

阮乔摇头。

等林湛下完单，她又把头往上蹭了蹭，搭到林湛脖颈间，手环过去，抱住他，小声念叨："别人男朋友都是自己做早餐的，就我天天吃外卖。"

阮乔这是生理期的日常看他不顺眼，林湛没当回事，只轻哂了声，眼睛还半闭着，声音懒懒："哪个别人的男朋友？"

第八章 | 193

阮乔想了一圈，宋弯弯男朋友沉迷于游戏以及 cosplay，比宋弯弯还不会做事。许映男朋友同样沉迷于游戏，不打游戏的时候就是打球搞训练，听说连土豆和红薯都分不清。苏禾……噢，苏禾还是单身狗。

这样数了一圈，她的周围的确没有一个拿得出手能用来举例的男朋友。

阮乔闷在他怀里强词夺理："电视里的。"

林湛又笑了两声："那我给你做，你敢吃吗？"

不会做菜竟然还这么理直气壮，阮乔拧了一把他的腰，手往上，又去捏他鼻子。

林湛揉了揉她的头发："别闹，热水袋好了。"

两人在床上又睡了一小会儿，早餐外卖送过来在按门铃，林湛起身去开门，然后洗漱。

等他洗漱完，阮乔竟然还赖在床上。

林湛走过去，用手捏住她的鼻子："起床了，趁热吃早餐。"

阮乔皱着眉头，鼻音发出一声"嗯"，可眼睛还紧闭着，手脚并用地抱住被子不撒手，完全没有要起来的意思。

林湛顿了顿，想到主意，立马凑近，在阮乔耳边低声说道："我妈来了。"

几乎只用了一秒，阮乔就睁开双眼，直挺挺地坐了起来，什么瞌睡都跑没了。

她心跳怦怦的，可抬头一看林湛弯着嘴角的样子，阮乔后知后觉发现，被他骗了！

明知道她胆子小，最怕的就是被家长发现，竟然还戏弄她！

阮乔气得脸都鼓起来了，白他一眼，很快起床。

林湛心情颇好，拖沓着步子出去给金鱼喂食，又把外卖早餐全都摆上桌。

正在这时，门铃响起。

林湛下意识以为是外卖有事，去而复返，看都没看就直接开了门。

哪知开门一瞬，他整个人都愣住了。

好一会儿他才开口问："妈，你怎么来了？……"

郑惠馨一见林湛，脸上就露出了笑容，她把手里的保温桶往上提了提："我不是看你不会做饭，在学校经常吃垃圾食品没营养嘛，给你做了鸡汤，这可是我亲手熬的啊，来来来，吃早饭。"

说着，郑惠馨就往里走。

最近林湛老不回家，她这也是没办法，想着无论怎样还是要缓和缓和一家人的关系，这不，赶了个大早就过来看林湛了。

林湛对这突然的关心毫无准备，一脸无奈，只揉着头发。

阮乔洗漱完，推开浴室门，懒懒散散地往餐厅走。

她穿着粉嫩的兔子毛绒睡衣，帽子上还有两只兔耳朵。

没睡醒，一副蒙眬的样子。

直到走到餐桌旁，她才发现屋子里多了一个人，她眨眼，看了看阿姨，又转头看林湛。

林湛朝她比口型："我妈。"

？？？

天哪！他妈竟然是真来了？

阮乔瞬间呆滞。

同样呆滞的还有郑惠馨，这，这……

林湛头大，他拉开椅子："妈，别忙活了，坐吧，一起吃早餐。"

紧接着，他又在郑惠馨对面拉开两把椅子，牵着阮乔的手走过去，让她坐下。

阮乔如坐针毡，头皮发麻。

看着对面保养得宜穿着考究的中年女人，她实在坐不下去了，连忙又起身鞠躬："阿姨你好。"

郑惠馨虽然惊讶，但思维还是正常的："你好你好……"

见阮乔低头傻站着，她又开口："你……你坐吧，先吃饭。"

阮乔这才坐下。

林湛咳了声，给她们互相介绍。

"这是我妈。"

"这是阮乔，我女朋友。"

阮乔只想找个洞钻进去，已经脸红到不行。

才大二啊，她就和人家儿子同居了，人家做爸妈的会怎么想！

不过阮乔还是低估了郑惠馨的接受能力，她确实很惊讶，但惊讶的同时也在慢慢消化这个事实。

毕竟林湛从小就是混世魔王，没少打架，也没少惹是生非，她和他爸被请家长的次数那真是数都数不清。

再说了，她儿子长那么帅，不谈恋爱都浪费了。

只是同居这个进度条，还是真的……有点快。

郑惠馨给阮乔舀了碗鸡汤。

阮乔诚惶诚恐地接过，不住地道谢。

郑惠馨不动声色地打量着阮乔。这姑娘五官长得漂亮，整个人看上去还是很清纯可爱的，乖乖巧巧的样子，还很害羞。

她真没想到，她儿子原来喜欢这种类型。

阮乔心里紧张，喝汤喝得有点急，不小心呛了一下，但是她又要面子，死憋着不肯咳出来，脸涨得通红。

林湛注意到了，忙把豆浆递给她，又轻拍着她的背，关切问道："柿子妹妹，没事吧？"

阮乔拼命摇头。

真是稀奇啊，林湛还会照顾别人。

郑惠馨暗自思忖，有些意外。

可到底还是自己儿子，郑惠馨一顿饭的工夫就看出来了，林湛对这姑娘是认真的。

阮乔吃过早餐就钻进屋里换衣服了，林湛轻笑了声，郑惠馨屈起手肘撞了撞他："你们班的？"

林湛转头看他妈："不是，她中文系的，好学生。"

郑惠馨想起件事："你暑假那会儿抽了风似的要去支教，就是和她一起去的吧？"

林湛没有犹豫，直接承认了。

郑惠馨没再多说什么，收拾着保温桶，末了拍了拍林湛肩膀，声音低低："那我就先回去了啊，你们年纪还小，是认真的就算了，不是认真的就把人家小姑娘送回学校去，大二就同居，要是吹了，以后小姑娘会被人戳脊梁骨的。"

"行了行了，什么年代了都，刘叔开车送你来的吧，慢点开车啊，外面下雪了。"

林湛把郑惠馨送出门，又听了她半晌嘱咐，答应抽空回家吃饭，这才算完。

他回房间，发现阮乔趴在床上，头不停往枕头上磕。

林湛一时只觉好笑："干吗呢你，柿子妹妹？"

阮乔停下，回头看他，声音还是小小的，听起来有点丧："你妈妈呢。"

"走了。"

阮乔睁大眼睛："走了？"

林湛点点头，似是知道阮乔在想什么，他拎起阮乔的兔耳朵："放心吧，我妈不会对你有什么不好的想法的。"

阮乔抿着唇不说话。

忽而她捡起枕头朝林湛扔去，小声抱怨："都怪你，乌鸦嘴。"

林湛仔细回想了一下，这个锅还真是他的，谁知道随口一说，还成真了。

他摸了摸鼻子，转移话题："都快九点半了，快换衣服，不然要迟到了。"

02

冬日雪纷纷，外面冷得很。

在林湛的要求下，阮乔穿上了羽绒服，林湛怕她来大姨妈会冷，出门前还帮她接好热水泡脚，又给她围上羊绒围巾，戴上帽子。

阮乔整个人都被包得严严实实，一只手戴着手套，另一只手被林湛握着塞在羽绒服里。

外面的雪已经积了很厚一层了，雪地靴踩在上面，发出咯吱咯吱的响声，往回看，还有一长串并行的脚印。

阮乔还是没有放心，她转头看林湛，下半张脸都躲在了围巾后面，声音闷闷地从里面传出："林湛，你妈妈真的没有说我什么吗？她会不会觉得我很不矜持或者是……"

她的话还没说完，林湛就笑出了声："干吗？你这么在意我妈说了什么，是不是怕给未来婆婆留下不好的印象啊？"

阮乔脸红了，毫无气势地瞪了林湛一眼。

林湛帮她拢起散落的围巾："放心吧，我妈只会担心我诱拐良家少女，真的没说你哪里不好。我还跟她说毕业就领证呢，她也没反对。"

阮乔瞪大眼："谁……谁要跟你毕业就领证了！你不要胡说八道！"

"那你想什么时候领？"

阮乔不假思索回答："那起码也得等……"

她的话音戛然而止，她抬眼看林湛，果然，林湛笑得一脸得意。

太坏了这人！竟然套话！

林湛趁机低头，在她唇上印下一吻："看来你很想嫁给我啊，柿子妹妹。"

"无耻！"

03

临近期末的日子总是过得紧张而躁动。久未归家的外地学生都想着考完就赶快回去，早早就开始收拾行李。

阮乔怕宋明昭又像去年一样突然跑到学校杀她个措手不及，在林湛家惴惴不安地住了两天，死活要搬回学校。

林湛没有办法，只好跟她一起回学校住了。

同床共枕这么久，身边突然少了一个坚实的臂膀，阮乔还有点不习惯。

回到隔着一堵墙相对的状态，睡觉时两人没事儿就敲墙壁打暗号，有点幼稚，却也有点开心。

这次期末考试可是林湛第一次在考前摸了书本，字基本都认识，但连起来就不知道在讲什么玩意儿。

他的雅思课也是上得打瞌睡。

感觉对学习的热情就要被这天书一般的内容消磨完了。

阮乔看着他强撑着学习的样子，也觉得他有点辛苦。

林湛这是基础太差了，一开始就直接学高难度内容，自然没办法接受。

林湛自己也意识到了，干脆一个电话给堂妹林软打过去，让她把高一的书借自己看看。

很快考试日就来临了。

阮乔备考充分，几门考试自是不在话下，林湛考完神情就有些恹恹了。

阮乔仰头看他，轻声问："没考好……不开心吗？"

林湛轻哂："没考好不是很正常吗？"

他伸手揉了揉阮乔的头发："我是想，考完又好久都见不到你了。"

这倒是。

对情侣而言，情愿三百六十五天无休，天天上课，一旦放长假，就要各回各家各找各妈。

活生生拆散一对有情眷侣，可以说是很惨了。

阮乔靠在林湛肩膀上安静了一会儿，突然附到他耳边小声说："告诉你一个秘密，放假了我们也可以见面的。"

林湛疑惑："嗯？"

阮乔从包里摸出一张卡，递给他看。

林湛眯起眼睛打量这张绿色的卡，这不是学驾照打卡的吗？

阮乔的脸微微鼓起，等他看完卡才开口："我其实好早好早就在家附近的驾校报名了，只是一直没空去学，然后我抽空刷了刷题，前几天去考完科目一了，驾校给我安排了教练，我寒假去练车，所以……"

林湛突然笑了声，他屈起食指，轻刮阮乔的鼻子："行啊你。"

阮乔的脸微微泛红，赶忙转移话题，拉着他要去吃饭，生怕林湛又调侃她不矜持，这么早就想好了假期的安排。

04

阮乔第一天去练车时是个大晴天，听同学说了一些练车的规矩，她还拉着林湛去选烟，她觉得老烟枪还是有经验的。

林湛实在忍不住笑："柿子妹妹，平时看着你挺聪明的，关键时刻智商就不在线啊。"

他随手指了指一包烟，示意老板从柜子里拿出来："教练那烟你以为真拿来抽？人家都是有回收点的，换钱。"

他把手里那包烟在阮乔面前晃了晃："买贵的就对了。"

然后他又对老板说："这个拿两包。"

阮乔惊讶："两包……会不会有点少啊。"

林湛环住她脖子，笑："你报个驾校才多少钱，这两包都一百多了，见面礼足够了，你难不成还想买一条？"

阮乔沉默，她是真的以为要买一条的。

林湛真是觉得她搞笑到不行："见下科目二的教练你都这么大方，怎么不直接报个一对一 VIP 教学呢，那教练脾气可是好得不得了，你就算把刹车踩成油门人家也是满脸堆笑呢。"

阮乔眨了眨眼，这么一想，是有点不划算了，早知道报个 VIP 一对一包过，还不用这么胆战心惊的。

见阮乔还真认真思考起来，林湛揉着她头发，拿好烟，又顺便要了瓶水，一起放袋子里。

阮乔随口问："你买了水怎么不喝？"

林湛把袋子递给她。

阮乔摇头："我不渴。"

林湛简直没脾气了："你是不是傻，我让你给教练。"

阮乔一脸蒙。

"你难道直接拿着两包烟递给教练，跟他说，教练，我贿赂你的烟，请你收下，你打算这么说？"

嗯……这个问题，阮乔确实没想过，当众贿赂什么的，有点尴尬啊。

林湛教她："你就自然点，把袋子递给他，别提烟，说，教练辛苦了，喝点水吧。知不知道？"

阮乔突然仰头看林湛，眼里亮亮的："看不出来，歪门邪道上你还是很聪明的嘛。"

这个方法好，相当自然。

把阮乔送到驾校，林湛就在附近找了家网咖打游戏，还嘱咐阮乔有事随时打他电话。

阮乔按照之前驾校给的联系方式联系上了教练。

电话那头教练的声音听起来有点不耐烦，阮乔心里有些不安，她在训练场地内不停张望，心里默念着教练车的车牌，终于在角落处的一个倒车入库点找到了教练车。

教练车附近还站了一个学生模样的男生，阮乔想，该不会也是来练车的吧？

她还真没猜错。

等车上正在训练的女生练完一把，那教练才从车窗探出头，招呼他们两人过去。

阮乔心里紧张，听说教练都凶神恶煞的，这个教练嗓门也不小，看上去不是个好对付的。

两人站到副驾车窗前，阮乔先喊道："教练好。"

那男生跟着喊了一句。

教练脑袋都没抬，只不耐烦地催着："到点了走走走，练了半个月了还这么差，这怎么考得过？"

他是在催驾驶座上训练的女生赶快走，那女生矮矮胖胖的，有点黑，整个人看上去还丧丧的，她低声说了句："教练不好意思，我今天状态不太好，那我明天也是这个时间点来吗？"

"状态不好就回去调整啊，一个人一天一个小时，你这是在浪费别人的时间，练不好就别来！"教练直接把她卡给拔了。

那女生看上去都想哭了，教练看了眼窗外两人一眼，这才跟驾驶座上的女生说："等我发信息喊你来你再来，快点走快点走，看了就烦。"

女生走后，教练才收过两人的分配卡做登记。

男生登记完，阮乔上前，心里忐忑，面上却不显，她很有礼貌地递出卡，又将塑料袋递进窗户："教练辛苦了，喝瓶水吧。"

教练瞥了她一眼，没说什么，收下塑料袋，登记完说了句："你叫阮乔是吧，先到后座坐着，看别人怎么练的。"

他语气还算平和。

阮乔想：是烟奏效了吧。

后座还有两个排队等练车的老学员，一个换到了驾驶座，阮乔和另一个新来的男生就自然坐到了后排。

那男生长得还行，就是情商可能不太够。坐到后座之后，竟然直接从书包里掏出了一包烟，递给副驾的教练："教练，要烟不？"

教练没抬头也没接烟："我不抽烟。"

然后那男生"哦"了一声，把烟收了回去。

阮乔惊呆了。

收回去了？他竟然就那么收了回去？教练说不抽就是真的不抽？？？这什么脑回路！

果然，没过多久，又来了两个老学员排队练车，教练就直接把那男生赶了下去，让他在旁边站着等。

那男生有点蒙，完全搞不懂状况。

阮乔想提醒提醒他，奈何却一直找不到合适的时机，她连人家名字叫什么都不知道呢。

阮乔第一天顺利练完车后，二话不说就拉着林湛去吃大餐了。

她眼里亮亮的，托着腮看林湛："林湛，我现在有点崇拜你了。"

林湛"喊"了了声，觉得好笑，拿筷子去敲阮乔的脑袋："这么点事就崇拜我，以前怎么没见你崇拜我？"

以前你也没做过什么展示智商的事好吗？……

阮乔懒得吐槽他，转移话题道："对了，你今年过年就在南城过吗？"

林湛摇头："和家里一起去帝都，大概年前两天走吧。"

阮乔算了算时间，又问："那你什么时候回？"

"过完年就回了，最多到初五吧。你问这个干吗？"

"随便问问啊。"阮乔若无其事地补了句，"我姑妈说给我介绍男朋友，大概初五初六的样子会到我家来玩。"

"这么早就给你相亲？"

阮乔纠正："是介绍男朋友。"

林湛"哦"了声，刚好菜上桌，林湛开始吃东西，一副毫不在意的样子。

阮乔忍不住轻轻敲了敲桌："你没有什么想表示的吗？有人给你女朋友介绍男朋友呢。"

林湛漫不经心地笑了声："谅你也不敢出轨。"

！！！

阮乔气得脸都鼓起来了。

05

阮乔熟悉了练车模式后，也不再让林湛陪同。

他在外面等也挺无聊的，所以阮乔都是快练完了再发信息告诉他，让他出门。

不知是因为阮乔聪明还是长得漂亮又或是经常带水带烟，教练对她的态度还算可以。很早就帮她报了考，给的练习时间也比较多。当然，也是阮乔勤快，每天都是第一个去驾校报道的。

不过一周半，阮乔就顺利练好了科目二的多项内容。

除了上坡起步有点控制不好偶尔溜车，重难点倒车入库她已经把握得很好了，S 路、直角转弯、侧方位停车自然不在话下。

阮乔考科目二那天是周末。

驾考中心发了通知，她这一批的考试时间是十一点，可她睡不着，想早点去看别人考试。

哪知一到考场，她才发现，根本就没有按通知的时间参加考试，都是人来了就直接交身份证录入。

阮乔坐了没半小时，就轮到她考试了。

林湛接到阮乔电话的时候，还没怎么醒，看了眼时间，才九点半。

他的声音慵懒，低声安慰着阮乔："别紧张，你已经练得很好了，心态放松就好，考不过也没关系，我……"

林湛的话还没说完，阮乔就打断了他："林湛，我考过了。"

……

他拿开手机看了眼时间，真的是九点半。

两人约好一起吃中饭，阮乔闲得无聊，就跟林湛说好，自己先在商场里逛一逛。

临近过年，商场有不少打折活动，阮乔想着挑件大衣也不错，可转念一想，嗯……她还没怎么给林湛买过衣服，于是又兴起了给林湛买衣服的念头。

她平时没有打工赚钱，不过家里生活费给的还算宽裕，快过年了，她的零花钱还剩下不少。

在林湛常穿的牌子里买下一件休闲外套，阮乔心有点滴血。但林湛平时真的没少给她花钱，吃饭什么的如果阮乔抢着买单的话，他是要摆脸色的，最常挂在嘴边的就是男人就应该怎样怎样。

阮乔觉得……他有点大男子主义。

给林湛买完衣服，他还没到，阮乔又闲闲地逛进了女装店。

这也是她平时买冬装很喜欢的日系品牌，不便宜，平日里都由宋明昭报销，但今天她剩下的钱大概只够请林湛吃顿大餐了。

不巧，一进店，她就看中一件烟粉色小棉袄。

其实她本人比较喜欢小清新偏文艺的风格，但林湛很喜欢她穿软妹风，嗯……

她试完之后顺便问了一下价格。

听到价格后，她默默地把衣服放了回去，还是等和宋明昭一起出门的时候再买吧。

她放衣服的时候，身后有一男一女一齐喊她："阮乔！"

阮乔转头，有片刻愣怔。

男生是杨子越，女生也是她高中同学，不过不是很熟，叫陈晓依。

阮乔的目光落在两人交握的手上，杨子越有些不自然地松开陈晓依的手，莫名给人一种做贼心虚的感觉。

杨子越开口："那个……"

阮乔根本就没多想，笑着跟两人打招呼："杨子越，陈晓依，你们也来逛街啊。"

陈晓依笑了笑，又不动声色挽住杨子越的手。

之前同学聚会的时候，陈晓依也是在场的，杨子越对阮乔那股子莫名的热情她也看在眼里。

陈晓依指着阮乔刚刚挂回去的那件烟粉色小棉袄对杨子越说道："我觉得这件衣服不错，你觉得呢？"

说着，她又看向阮乔，问："阮乔，你觉得我穿这件衣服怎么样？"

阮乔点点头："挺好的。"

虽然她很确定，这两人刚刚看到了自己问价以及放回衣服的举动，但衣服又不是限量款，自己不买也没有不让别人买的道理吧。

陈晓依把衣服拿下来，又看了眼吊牌，语气漫不经心："三千多啊，一件棉袄也不算贵，不如我买这件吧。"

杨子越觉得有点难堪："你还没试，说不定上身效果没你想象的那么好。"

陈晓依又说："我懒得试了，买回去不喜欢再说吧，随便送给哪个亲戚也行，反正又不贵。"

阮乔也不傻，察觉出了陈晓依这莫名其妙的敌意。

正在这时，身后突然传来另一道声音："你怎么告诉错店名了，我找了一圈才找到你。"

阮乔听到熟悉的男声，下意识想要回头，可林湛已经走上前来，搂住她的肩膀。

"你就是要买这件吧？"他抬头，叫服务员，"你好，麻烦帮我包一下这件衣服，S码就行了。"

阮乔整个人都蒙了，她想开口："我……"

可林湛很快递来让她闭嘴的眼神，手也在她肩膀上捏了捏。

林湛似乎这会儿才看到杨子越和陈晓依，漫不经心问道："你同学啊。"

阮乔点了点头。

林湛也只随意点点头算是跟他们打招呼，结完账后，他揽着阮乔打算出去，可步子在陈晓依那儿突然停了下来，他瞥了眼陈晓依手里的衣服，问："你也想买这件？"

陈晓依很少见到这么帅的男生，有点愣。

林湛也没打算等她回话，转头看阮乔，对她说："网上有句话怎么说来着，撞衫不尴尬，谁丑谁尴尬，柿子妹妹，你穿什么肯定都是最好看的。"

阮乔抬眼看他，正好撞见他眼里的恶趣味，被他最后一句激起的鸡皮疙瘩愈盛。

停在店内的陈晓依脸色瞬间变得五彩斑斓起来。

出了那店，阮乔问："你什么时候过来的？"

林湛说话依旧懒洋洋的："就在他们进店之前啊，本来想进来找你，刚好看到那男的。"

"所以你故意不进来，听墙角啊。"

林湛轻哂："什么墙角，那女的嗓门那么大，生怕全世界都不知道她有钱，还需要我刻意听？喊。"

阮乔张了张口，半晌没接上话。林湛损起人来，真是完全不给人留面子啊。

没过一会儿，阮乔的手机就响起来了。

阮乔一看来电显示，就有点头大，她举起来给林湛看，来电显示上的名字是，杨子越。

林湛也没什么大的反应："肯定是给你道歉，信不信？"

阮乔将信将疑，按下通话键，果不其然，那头传来的第一句话就是："阮乔，对不起啊。"

她冲林湛比了下大拇指，然后礼节性地跟杨子越随便说了几句，结束通话。

阮乔刚挂断电话，就听林湛开口："那女的双商真的不怎么样，明明知道男朋友喜欢的是你，她自己不过是个备胎，还要做这种讨人嫌的举动。"

说完，他还摇了摇头。

阮乔乐了，转头去看林湛："你什么时候成情感专家了？"

林湛捏她脸："这不是常识吗？"

阮乔的脸软软嫩嫩，手感好得很，他忍不住又捏了两把，感叹："我女朋友这么可爱怎么得了啊。"

阮乔故意拖长语调："我记得某人上次还说……谅我也不敢出轨。"

林湛没脸没皮，开始假装失忆："有吗？谁说的？"

阮乔："……"

装傻充愣林湛也是一把好手。

06

为了庆祝顺利考过科目二，阮乔请林湛去吃海鲜锅。

等上菜的间歇，阮乔把衣服送给林湛。

林湛也有东西给阮乔——

一个长条形的纸质礼盒。

阮乔有些好奇，一抽出来，竟然是三卷胶带。

她拿起来仔细看，圆标上印了糯米他们家的品牌，还印了 illustrator 朝天椒。

莫名喜感。

"这是你给糯米他们家画的那个？"

林湛点了点头："快递昨天送来的，每种给我寄了五卷样品。你朋友说，本来是早就要出的，但台湾那边工期延误，他们是直接做的现货，不是预售。"

阮乔有随身携带手账本的习惯，立马拿出本子，将胶带拆开，拉条看了看。

林湛画的这三卷用了特殊油墨工艺，颜色特别美，其中两卷是林湛最擅长的水彩混色，另一卷是极具个人特色的线条画。

以阮乔的眼光来看，这三卷肯定又是上架要秒空的节奏，而且她完全没看糯米提前宣传，这是要来个突击战搞大事情啊。

两人就画稿又聊了聊，林湛说糯米给的稿费很高，但是他突然顿了顿，阮乔看他，他这才开口："我不想给别人画胶带了。"

　　他突然说这么一句，阮乔不明所以。

　　林湛解释："你们胶带圈现在品牌泛滥，但是优秀的画手并不多，而生产的流程可以说是很透明的，承制的厂家只有那么几家，明码标价，其实画手完全可以独立摘出来，免去品牌的那一环节，我看有不少画手都是这么做的。"

　　顿了顿，他又道："当然，画手单独做会需要承担供大于求积货的风险，同时还要经营微博、做宣传图、跟各大手账博主保持友好关系，但是后面的这些很好解决，请人就行了，前一点在你们胶带圈更好解决，因为现货模式远低于预售模式，预售的话几乎没有成本风险。"

　　林湛继续说："所以问题又回到了原点，画稿是这个行业的第一竞争力。"

　　阮乔惊讶。

　　这个道理她自然懂，但是林湛完全没怎么接触过胶带圈子，只凭画几次稿，自己在网上浏览一些相关信息就能得出这样的结论，真是太让她刮目相看了。

　　她讷讷道："我觉得……你学金融应该会学得不错吧。"

　　林湛只"嗯哼"一声，并没有太嘚瑟。

　　刚好海鲜锅上来，阮乔一边给林湛夹扇贝一边问他："那你是想自己画自己出胶带吗？"

　　林湛沉思，只回答了一句："这些，再说吧。"

第九章

Chapter 09

❧ 01 ❧

林湛给糯米他们家画的胶带在过年快递停业前以现货形式上架。

果然不出阮乔所料，因为年前的最后一波宣传加上每款一千卷的限量，这三卷胶带三分钟内一售而空，一百套礼盒款更是一秒空。

"朝天椒"这个颇具喜感的名字也正式走进手账爱好者的视野，不知男女，没有微博，也没有过多画稿经验，就很神奇地，成了新晋热门画手。

临近过年，驾校也开始休息，阮乔在驾校拿到了路考的教练安排卡，打算年后再去学科目三。

林湛已经出发前往帝都，上飞机前，他给阮乔发信息："我初四就会回来。"

？？？

阮乔一时没看明白，她记得之前林湛好像是说……最快也要初五。

林湛适时补上一条："不准去相亲。"

林湛既然都开启自行打脸模式了，阮乔当然还是要考虑一下正牌男友的感受。

她早就和放假回家的苏禾商量好，初五那天苏禾会一大早打电话过来，说自己不舒服，让阮乔陪她去医院。

计划原本是可行的，但她们忽略了这世上还有一句至理名言，那就是：计划赶不上变化。

正月初四，林湛早上发来信息，说下午的航班回南城。

阮乔起床洗漱，在房间里收拾了一小会儿胶带架。

不到中午时分，姑妈竟然带着"相亲对象"登门了！

阮乔一脸蒙。

宋明昭倒是不慌不乱，催着她进房间换衣服。

阮乔问："妈妈，你知道姑妈要来吗？"

宋明昭理所当然地点了点头："不然我为什么一大早开始做菜？"

阮乔："……"

她连想死的心都有了。

似乎中年妇女的共同爱好都是牵红线，阮乔觉得她们如果很闲的话，其实可以自己办一个婚姻介绍所，这样就不用有事没事荼毒身边的未婚小青年了。

和姑妈一起来的还有一个中年女人和一个年轻男生，那男生显然就是所谓的"男朋友"人选了。

看人家也很拘谨的样子，显然并不怎么愿意出门"相亲"。

姑妈见她出来，连忙招呼："乔乔，过来坐过来坐。"

阮乔依言坐了过去，姑妈又给她介绍："这是曾阿姨，这是她儿子，余……余晓光，在南理工呢。"

阮乔很有礼貌地跟曾阿姨打了招呼，跟余晓光就是互相点点头。

曾阿姨也是挺自来熟，开口便问："乔乔是吧？听说你在南城大学读书啊，你在南大念的是什么呀？"

阮乔老老实实回答："我念的汉语言文学，就是中文专业。"

曾阿姨一副笑眯眯的样子："中文好呀，那出来是可以当老师的噢。"

嗯……这么说也没错。不过理论上来说，只要考到教师资格证，什么专业都是可以当老师的。

曾阿姨望向一旁的男生，又对阮乔说："我们家晓光啊学土木工程的，土木工程专业现在很好的，他们南城理工的土木专业在全国都很有名呢。"

阮乔迟疑了一秒，附和着轻轻点头。

这位曾阿姨对有名的定义是全国前一百这种水平吗？

南城理工也在大学城，就在南大附近，是非 985 也非 211 的普通一本，没听说过有什么特别优秀的专业。

南城大学的土木工程还算不错，也不过全国排名第八，杨子越就是这个专业的。她还记得杨子越说过，南城理工还要向南大外聘他们专业的老师呢。

许是得知阮乔是南大的，听他妈这么吹，余晓光脸上有点挂不住，便咳了一声。

阮乔为了避免尴尬，不着痕迹地开始转移话题："南城理工很不错的，校园环境特别好，我们有时候周末也会骑自行车从南城理工穿过。"

曾阿姨连忙点头："对啊，校园环境还是很重要的，学习环境也很重要，我们晓光啊就是特别爱学习，我怕他被打扰嘛，还给他在学校附近租了房子呢。"

阮乔只笑着点头，倒没多想。

余晓光很厌烦他妈这么早就老给他介绍亲戚朋友家的女生，虽然南城理工女生很少，但并不代表他没办法靠自己找到女朋友啊。

一进这家的门，他就没怎么仔细看过那女生长什么样，只望着电视。直到吃饭的时候，余晓光坐到阮乔正对面，才正眼看阮乔，这一看，他觉得莫名眼熟。

阮乔很明显地感觉到，姑妈带来的余晓光也对介绍男女朋友这种事很反感，人家都没怎么拿正眼瞧过自己，她心下放心大半。

只不过吃完饭，她又总觉得有道奇怪的视线时不时落到自己身上，是从余晓光那传来的，她一抬头，目光就缩了回去。

很奇怪。

不过阮乔也没有怎么多想，毕竟人家一顿饭的工夫，就从自己的视线范围消失了。

人送走后，阮乔帮宋明昭洗碗，宋明昭只随口问了她一句："你觉得小余怎么样？"

阮乔摇摇头："不怎么样……"

宋明昭轻笑，倒没反驳。

男孩子就应该大大方方一点，对长辈的安排不满意可以不来，来了又摆脸色，不拿正眼瞧人，没礼貌，任谁看了都觉得家教不好。

02

阮乔只觉得这件事是个很小的插曲，没太在意。

"相亲"对象的提前造访并没有让阮乔和苏禾的计划落空，阮乔还是打算让苏禾装病打电话过来，然后她可以出去跟林湛见面。

计划很美好，可次日一醒来，阮乔刚洗漱完准备去跟宋明昭阮振铭报备，就见两人都坐在沙发上，双手环抱在胸前，神色并不轻松，似是在等什么。

阮乔看了眼电视，没开，心里隐隐有了一种不太好的预感。

她试探性地开口问："爸爸，妈妈，你们吃早饭了吗？"

阮振铭看她，眸光严厉，声音也似是蕴着怒气："阮乔，过来。"

阮乔心里的不安愈盛，却也只能故作镇定地挪步到沙发。

宋明昭的神色也并不分明，但声音相较于阮振铭而言较为温和："乔乔，你是不是和男生在同居？"

这句话问出来，阮乔顿时脸色惨白。

宋明昭又说："昨天来的余晓光，回去后跟他妈妈说，让他妈妈以后不要再给他介绍女生了，说他在租住的小区里见过你好几次，每次都是和一个男生一起进进出出，搂搂抱抱，说你和别人在同居！"

饶宋明昭竭力保持镇静，说到后面，声音也能听出来有隐忍不发的怒意。

阮振铭见阮乔这一言不发面色惨白的样子，心下已经有了判断，气得坐不住，站起来背着手走到阳台，开始抽烟。

宋明昭说完，沉默了好一会儿，只望着阮乔："妈妈要听你自己说。"

早在跟林湛同居最初，阮乔就设想过会有这么一天，却没想到这一天来得如此猝不及防。她完全没有任何心理准备。

她的手攥成了拳，还没来得及修剪的指甲似乎深深地掐进了肉里，可她一点都感觉不到疼。

只觉得心慌意乱，脑袋一片空白。

也不知道具体过了多久，阮乔才艰难开口，她的目光还不敢跟宋明昭对上，声音很轻："我……妈妈，我的确交了男朋友。"

宋明昭不说话，等着她的下文。

阮乔只感觉喉咙被什么东西堵住了，发声很困难，一字一句蹦出来，有点颤抖，有点支离破碎："我和他……有住在一起。妈妈你见过的，就是，就是去年……去年你来寝室接我，帮我搬行李的……"

说到最后，阮乔的声音越来越小。

宋明昭对她口中去年帮忙搬行李的男生还有一点印象，记得那男生外形条件很不错，看上去家境很好，人也礼貌热情，具体的倒是记不清楚了。

宋明昭垂了会儿头，似乎在做心理建设，她抬头看向阮乔时，声音已经尽量平和："阮乔，妈妈是不是跟你说过，不干涉你谈恋爱？"

阮乔抿唇不语。

宋明昭又开口："你已经不是小孩子了，谈恋爱和同居……这不是一个性质的事情，你应该分得清楚的。那个男生是怎么说的？是说要跟你结婚吗？要跟你一样去帝都大学念研究生吗？他家里又是什么状况？这些你都清不清楚？"

阮乔仍然不言。

"谈恋爱可以好聚好散，但是你有没有想过，一旦分开，别人要怎么说你，今天是余晓光和他家里人看不起你，明天这件事又会传到哪里？你有没有想过你未来的另一半能不能接受你大二就跟男生同居这件事？"

宋明昭的问题一剑剑直戳阮乔的心脏，可她没有办法回答宋明昭那些无法预料的未知。

酒店那一晚她没有推开林湛，就是她在这段感情里做出的选择。她决定感性压过理性，不去考虑和林湛在一起之外的任何可能。

口袋里手机在响起微信的提示音，阮乔掏出来看了一眼，全是林湛发来的消息。

朝天椒：中午想吃什么？带你去吃火锅行不行？

朝天椒：下午带你去看电影。

朝天椒：我从帝都还给你带礼物回来了，猜猜是什么？

她握着手机，久久安静。

再开口时，她的声音哑到自己都觉得有些陌生，却又异常坚定："妈妈，就像你说的，我成年了，所以……我做的事情，我自己会负责任。没有提前告诉你们，对不起。"

阮振铭一支烟抽完，一直谨记着宋明昭的话，不要发火不要发火，可听阮乔这么说，他一下子就控制不住了，回身走回客厅，抄起桌上的水晶烟灰缸就往地上砸——

"砰"的一声巨响！

阮乔被吓得脸色又白了一层，紧抿的唇也是惨白。

阮振铭眼睛充血，声音嘶哑："阮乔！你知不知道你在胡说八道什么东西！那个男的是谁，现在就给我打电话叫到我们家来！叫他父母一起来！"

阮乔倔强着不讲话。

有那么一刻她觉得，每个人都有自己的叛逆期，她的叛逆期可能来得有点晚。

03

阮乔给林湛发了微信，说自己身体不舒服，今天没有办法出门了，紧接着，就一个人待在房里，再不挪步。

还在正月，雪下得纷纷扬扬。雪花飘落在玻璃窗上，雾气凝结，朦朦胧胧一片。

阮乔在玻璃上一笔一画地写下"林湛"二字，然后又看它慢慢模糊，水滴沿着字的底部拉出一长条水迹。

在家里待了一天，次日，林湛又打电话过来。

阮乔接起，语气如常，还是那套要休息的说辞。

这几天宋明昭和阮振铭都还没到上班时间，即便有事要出门，也会留一个人在家守着阮乔。

阮乔觉得没什么必要，她又不会傻到为爱私奔。

直到正月初七，宋明昭和阮振铭都要回单位上班了，阮乔所在驾校的科目三教练也发来信息，通知第一次训练的相关事宜。

一家人再次坐下，可相对无言，气氛压抑。

正在这时，门铃突然响起。

阮乔心里有某种强烈的毫无由来的预感，心脏扑通扑通开始狂跳。

她正想起身，宋明昭就先她一步站了起来，又深深看她一眼。

阮乔离门有一定距离，还有玄关挡着，见不到来人。

可门打开后的那一瞬间，她就听到了熟悉的男声："阮阿姨好。"

阮乔浑身血液都似已凝固。

怎么会……

为了来阮乔家，昨夜林湛特意去理发店把头发染回黑色，偶尔会带的小钻耳钉也取下来，外套扣子扣到最上一颗，规规整整。

他虽然抽烟，但牙齿并不黄，可他不放心，还特意去洗了牙，总之是不希望在任何细节上给阮乔父母留下不好的印象。

一见来开门的是有过一面之缘的阮母，林湛忙鞠躬打招呼："阮阿姨好。我是林湛，阮乔的男朋友。去年我们在学校宿舍楼见过的。"

宋明昭有片刻愣怔，出于习惯性的礼节侧身让人进屋。

林湛左右手都提满了东西，也不多客气，往里走了两步又跟宋明昭介绍："阮阿姨，这是我爸，这是我妈。"

紧接着阮乔又听到了另一道熟悉的女声，还带着笑意："阮太太你好你好，我是林湛的妈妈，郑惠馨。这是我们家老林。实在是抱歉啊，林湛这兔崽子也不跟我们商量，拖到今儿都初七了才来拜访，真的是太不好意思了。"

宋明昭现任南城日报的编辑部主任，在南城日报待了很多年，见过的大场面也不少，此刻虽然有些惊讶，但也应付得过来，她连忙把他们往里请："林先生林太太，快进来快进来，请坐请坐，小林，你也别忙了，来就来，还带这么多东西做什么。"

直到宋明昭引着三人走向客厅，阮乔才站起来。

看向他们，她浑身僵住不能动弹，脑袋也一片空白。

宋明昭喊她："乔乔，还不去泡茶？"

阮乔这才回过神来，先是打招呼，尽量压下内心的忐忑与不安："叔叔阿姨好，我……我这就去泡茶。"

直到林湛爸妈落座，宋明昭才看清林湛爸爸的脸，几乎是不需要思考的，宋明昭就认出来了，这……这不是……

"林盛，林老板？"

被人认出林盛有些意外，撞上宋明昭的目光，脑子里回忆了一圈，也对这人有点印象，迟疑着问出口："你是……南城日报的宋主任吧？"

他起身，上前握手："不好意思不好意思，刚刚没认出来，宋主任好。"

宋明昭非常惊讶，林湛的爸爸竟然是林盛。

她早年负责过财经新闻，林盛可是财经板块的常客，在南城那是响当当的人物。

南城有一条玉江，盛产砂石，林盛人送外号"玉江船王"，在玉江拥有挖沙船、运沙船、沙厂一系列完整的砂石产业链，今年更是直接扩展到了砂石的终端产业房地产，政府也在给予大力支持。

除却阮振铭一直板着一副脸像锯了嘴的闷葫芦一言不发，宋明昭和林湛父母聊得还像那么回事儿。

阮乔泡茶出来，也不敢坐，就安静地站在一边，头微垂，手背在身后，不安地捏紧。

见阮乔出来，林湛想站起身说正事，郑惠馨递过去一个眼神，示意他不要轻举妄动，转而放下茶杯，笑意吟吟："乔乔，你也别站着了，快坐吧。"

阮乔抬眼。

宋明昭也顺着话头让她坐。

阮乔这才安静地坐到边角小沙发上，一副规规矩矩的样子。

郑惠馨又冲宋明昭笑："其实今天过来，主要也是为了林湛和乔乔的事……我们想给二位赔个不是。"

宋明昭只笑着，不接话。

郑惠馨继续解释："林湛和乔乔住在一起这件事，我前段时间就知道了，一开始也觉得……这样不太好，主要还是对乔乔不好，我们家林湛做事不过脑子，也不懂得心疼女孩子，当然，也是我不好，没有第一时间跟二位联系。"

郑惠馨顿了顿，又说："但是现在的年轻人嘛，说实在的，思想也要比我们那个时代前卫不少，如果两个孩子互相喜欢的话，在一起也是早晚的事。当然，现在就住在一起，不理解的人难免会指指点点，所以今天来，除了想给二位赔个不是，还想跟二位商量一下，看看是不是可以先给两个孩子订个婚？"

郑惠馨此话一出，宋明昭和阮振铭皆是一怔。

阮乔更是被惊得难以回神。

订婚？林湛妈妈是不是《恶作剧之吻》看多了？

郑惠馨又转头看阮振铭："听说阮教授现在在星城师范当文学院院长是吧？阮教授常年待在大学校园里，其实订婚结婚这种事应该也见得不少的。"

这话没错，放寒假之前，阮振铭他任教的班有一对学生刚到法定年龄，就急急忙忙领证了，领完证还给老师都发了喜糖。

现在大学里，大二大三休学回家生孩子的也不少，可是这并不代表他女儿也要这么早订婚好不好！

郑惠馨说完，林湛又起身保证了一番，无外乎是和阮乔真心喜欢，会对她负责一类的话。

有了郑惠馨之前的一番铺垫，林湛再起身诚恳保证就显得郑重许多了。

宋明昭一开始就选择了以礼相待，阮振铭出于文化人的清高也不屑于撕破脸皮吵架，其实一早就失去了先发制人的先机。

郑惠馨这么热情有礼，林湛又相当诚恳，平日里约个采访都难的林盛更是亲自登门拜访道歉，宋明昭真是指责都不知道该从哪里说起。

宋明昭思忖片刻才开口："林太太，其实呢我和阮乔爸爸在原则上来说，都是不干涉她自由恋爱的，但是同居，我们认为还是为时尚早，毕竟还在求学阶段，容易分心，也容易惹人非议。"

说完这句，宋明昭稍稍停顿片刻，又开口："您看这样行不行，两个孩子谈恋爱呢，我们做家长的也不多加干预，恋爱自由嘛。但是上大学期间，我觉得两个人还是暂时先……不要住在一起了。"

她看了看阮乔，又看了看林湛，目光最后落回郑惠馨身上："至于订婚……两个孩子年纪都还不大，男未婚女未嫁，感情的选择都是自由的，我想也没有必要用多余的东西来约束他们。结婚这事，只要两个人相爱，等到大学毕业考虑，也是不迟的。"

她说完，空气安静了几秒。

郑惠馨和林湛对视一眼，很快便附和着宋明昭说话，阮乔总有种奇怪的感觉，感觉他们就是等着妈妈松口说不干涉自由恋爱，因为林湛的妈妈再也没提订婚一事了。

阮振铭从头到尾脸色都不怎么好看，可家里什么事都一直是宋明昭做主，他一般也尊重宋明昭的决定。

林湛上门带了不少东西。

他提前做了功课，知道阮振铭是文学院教授，特意给他带了一套典藏版的珍稀古籍，大陆市场已经找不到了，海外也难淘到，是他从某位叔叔家里搜刮来的。

宋明昭是女人，送女人的东西万变不离其宗，他带了一套贵妇常用的纯天然护肤品，燕窝人参也是左一盒右一盒。

郑惠馨是个会说话的，跟见多识广的宋明昭聊起天来也是句句都接得上，两个女人倒算得上相谈甚欢。

聊了会儿天，宋明昭又请林湛一家在外面饭店吃晚饭，吃完晚饭，林湛一家人才正式离开。

对阮乔而言，这一天可以说是相当玄幻了。

次日，阮振铭和宋明昭都要回单位上班。

临走前宋明昭也只照例给了阮乔生活费，让她练车注意安全，嘱咐她一个人在家记得关好门窗，不要随意开门，关于林湛的话题，只轻描淡写提了一句让她自己注意分寸。

阮乔憋了一天，待阮振铭和宋明昭走后，就迫不及待打电话约林湛出来见面。

林湛随叫随到，直接开车到她家楼下。

阮乔爬上林湛的车，问他的第一句话就是："你昨天怎么来我家了？"

林湛向上吹气，吹动自己额前的刘海，声音听上去懒懒散散："你好几天都不出来，我肯定知道出事了啊，我是傻子吗？"

"那……"

阮乔还没说完，林湛就转头看她，一脸得意求表扬地提起另一个话题："我昨天和我妈配合得不错吧？"

阮乔一脸蒙。

林湛解释："我妈说先要拉高你妈妈的接受底线，她知道你家里肯定不会同意现在订婚啊，所以先提个订婚，你妈妈在订婚的基础上再慢慢降低要求，对我俩谈恋爱肯定就没那么排斥了。"

说到这，林湛还来了兴致："你别说我妈还真神了，她说你家都是文化人，肯定不会吵起来，所以要态度特别好，伸手不打笑脸人嘛，没想到还真是这么回事。"

还有这种操作？

阮乔一时之间竟无言以对。

林湛吊儿郎当地开车，停在红灯前，他转头看阮乔，声音也变得难得的正经："阮乔，如果我没来，你是不是打算自己跟你爸妈扛过去？"

他伸手，揉了揉阮乔的脑袋："有什么事，我们可以一起解决的啊。"

阮乔没讲话。

林湛又开口："对了，我决定了一件事，这件事……我跟我爸妈也商量过了，他们同意了。"

阮乔下意识问："什么事？"

"我决定退学。"

林湛说出这五个字的时候，阮乔刚好抬头，对上他的眼。

"退学？"阮乔下意识地反问，她以为自己听错了。

可林湛点头，又"嗯"一声，表示确定。

红绿灯变化，他轻触油门，车继续往前开。

阮乔还沉浸在那一句退学中回不过神来。

林湛载着阮乔一路开往玉江码头，车上有导航，不用担心开错方向。

下车时，冷冽的江风拂面吹来，林湛伸手拉过阮乔，把她的头埋到自己怀里。

耳边是呼啸的江风，鼻尖是林湛身上烟草与青柠融合的熟悉味道。

阮乔恍然间想起与林湛相识不久时，他要载自己去兜风的那个夜晚，那是去年夏天，不，已经是……前年了。

可那夜的雨似是昨日还在窗前拍打，一回想就觉得历历分明。

玉江江面广阔，正月初八，岸边不时响起鞭炮声，这是因为砂石运输船要开工了，开年行大运，到哪都是想讨个吉利彩头。

平日里阮乔偶尔路过玉江，也能看到江面行驶的各式大船，只是没怎么了解过，林湛此刻倒是可以跟她熟门熟路地介绍。

"我爸爸没念过什么书，出生在南城周边的农村，他以前跟我讲过一些事，我都没怎么在意。

"他念完初中就出去闯荡了，不是成绩不行，是没钱念书，那个时候可不是什么义务教育，然后在北边的时候认识了我妈，嗯……故事有点俗套，就是有钱人家的女儿跟着穷小子跑了。

"他们回了南城，那个时候玉江还是待开发的状态，不像现在还有海事局的过闸管控，我爸没钱，倒是艺高人胆大，借贷跟人合伙包了一条船。"

说到这，林湛随手指向一条江面上正在行驶的船："这条船的承载量大概是三千吨，看新旧使用程度，价格应该在八百万到一千二百万之间浮动。他们最开始包的那条船，是条很小的，承载量只有四百吨的小船，没有交情，砂石厂收货衡重的时候还会压百分之十到十五的量。

"就是靠那样一条小船，我爸走到了今天。"

这些阮乔都听不太懂，只顺着林湛所指的方向去看，一条条大船发动机轰隆，在江面缓慢前行，甚为壮观。

如果她仔细看的话，现在江面上缓慢行驶的那些大船驾驶舱前，除了常规"玉3"开头的编号，后头都跟了一个"林"字。

林湛微眯起眼，远眺："我爸常跟我说的一句话就是，要好好读书，他就是吃了没文化的亏，走了很多弯路。

"有时候人们会奉承我爸，他们会说，读书有什么用，不读书不照样能当玉江上的船王？我爸他从不这样认为，他说他认识大字不识一个却很有钱的人，现在签文件连自己名字都写不怎么好，得盖章，但这并不代表不读书就能混得好，这些人聪明，如果读了书，会混得更好。

"我以前都不把这些话放在心上……到现在想好好念书也很困难了。所以啊，与其继续这样混下去，倒不如趁现在重新来过。

"我想退学，重新高考。"

他最后那八个字声音并不大，却似是掷地有声地砸在了阮乔的心上。

退学，重新高考。

林湛无所谓地笑了笑，转头看阮乔："现在离今年高考还有四个月，想想也考不出一朵花来，但没关系，我可以当阶段性试验啊，今年考不上，明年继续。"

阮乔喉咙有些发干。

很多人的高三岁月似乎都没有好好抬头看过天空，不知道天蓝不蓝，不知道花香不香，不知道草绿不绿，大家整日整夜地埋头于书山题海，为了某次月考的零点五分斤斤计较。

大家都抱着撑过那段时间的信念在咬牙向前，想要考上好大学，脱离苦海。

可现在林湛说，他要回去，回去把一切重来。

过了很久很久，阮乔才轻声开口，问他："你……准备好了吗？"

林湛只眯眼远眺，点点头，声音云淡风轻："再差也不会比混日子更差了。"

说着他笑了声，又看阮乔："要是你以后考上博士，老公是个不学无术的小混混，那怎么得了。"

阮乔没跟着他笑，只垂头看脚尖。

远处运砂船发动机的声音轰隆反复，阮乔忽而转身，踮起脚，主动去抱林湛。

"林湛，我支持你。"

第十章

Chapter 10

❧01❧

日历翻过正月，大二下学期开学。

冬末与早春的交接时节，天还很凉，只不过有嫩绿枝丫开始冒头，似乎能嗅到一些春天的气息。

阮乔一切如常，可许映总觉得她哪里不对，具体要说，许映却说不出个所以然来。

直到看见路边情侣她才灵光一闪："乔乔，你家林湛呢？开学也有一段时间了，我都没见过你家林湛欸。"

阮乔在奶茶店买了两杯奶绿，一杯递给许映，声音漫不经心："他啊，退学了。"

许映刚准备插吸管，力道半途一断，吸管在塑料面上被折弯，她抬眼看阮乔，满脸惊讶："什么？退学？"

阮乔点点头。

许映第一时间就联想到林湛干了什么好事被学校劝退，小声问："他做什么了啊，学校这么狠？……"

阮乔用奇怪的眼神看她一眼："他是自己退的，现在在复读学校念高四。"

许映的嘴巴都惊讶成了 O 型。

显然，比起退学，复读高四更让许映震惊。

"林湛……一下子这么用功？"

阮乔在心底默默回答：不只如此，他还请了美术老师，准备以艺术生的身份参加高考，目标是帝都美术学院呢。

其实一开始，阮乔就有些惊讶。她没想到林湛的执行力那么强，说退学就退学，毫不含糊。

林湛去念高四，两人见面的时间自然是少了。

他所在的复读学校管得很严，每周只有周日的下午放假，晚上还要上晚自习。

但是林湛有心重头再来，阮乔是百分之百支持的，她比任何人都清楚，林湛这么做，有很大一部分原因是为了自己。

周日下午他们约好见面，阮乔特意在家里搜出高中时代做的笔记。

当初毕业，有学妹想要她的笔记，她不舍得，只借人复印了一遍，原稿还留在手里。

此刻翻出来，还能看到曾经略显稚嫩的笔触，记得曾经晚自习靠在窗边、奋笔疾书的自己。

每个本子的扉页她都写了一句激励自己的话。

"纵有疾风起，人生不言弃。"

"其短岁月，不再与梦想错肩。"

……

……

一本本翻过去，阮乔发现自己还是蛮会灌心灵鸡汤的，她弯唇，忍不住笑出声。

想到这，她顺便在书柜里挑挑拣拣出几本励志方向的心灵鸡汤。

这些东西她现在看已经没什么太大的感触了。

不知从何时起，社会上刮起一股反鸡汤的风潮，但不得不承认，在高三很多疲惫到想要放弃的时刻，她也曾从那些虚幻的故事里找到过继续下去的动力。

她没有办法陪在林湛身边寸步不离，但却知道林湛再坚强，也会有脆弱的时候。

收拾了满满一大箱，林湛已在楼下等得昏昏欲睡。

阮乔拉开副驾驶门坐上去时有些惊讶，她问："林湛，你没睡好吗？"

林湛闻言，睁了睁眼，只是眼皮子半耷拉，还有点倦意："没事。"

他打方向盘，把车开出小区，停到附近空旷的马路上。

林湛今天特意换了一台手动档的车，为了方便教阮乔上路。

阮乔运气不太好，被分配到的科目三教练带了十几个学员，每次排队基本都要耗一整天，到现在她也没练几次。

林湛示意她跟自己换座位，阮乔坐到驾驶位上，就准备慢松离合，挂挡。

林湛看她一眼："安全带……"

阮乔后知后觉，吐了吐舌头开始系安全带。

林湛本来是很困的，可阮乔开了一段，他瞌睡早跑没了。

"左转你干吗往右打方向盘？"

"你不看后视镜的吗？！"

"停停停！红灯！"

"你还不变道想干吗？这是右转车道，右转你要打转向灯啊！"

林湛声音越来越大，阮乔也越加手忙脚乱。

最后在林湛混乱的指挥中，阮乔终于把车停在了路边停车位上，空气中一片死寂。

林湛脑子都被吓清醒了。

他狐疑："你科目二真过了？"

阮乔安静如鸡。

林湛看了看她，觉得不可思议："双向四车道这会儿没一辆车你都能开出盘山公路的气势，我真是服了。"

阮乔默默地掐他大腿，拧了一把。

"还不是你凶我，你教就教，那么凶干什么？……"

林湛不可置信地指着自己鼻子反问："我凶？我……"

他话还没说完，就见阮乔按了一下手机的播放按钮。

"左转你干吗往右打方向盘？"

"你不看后视镜的吗？！"

……

……

声音的确是一句比一句大。

林湛安静半晌，问："你录音干什么？"

阮乔解释："我在网上看到的，说去驾校练车的时候要录音，留证据，我下意识就按了，忘记了……"

林湛看她一眼，过了两秒，又看她一眼。

还真是看不出啊，他女朋友这么有防范意识。

02

虽然练车练得磕磕绊绊，但阮乔拥有神奇的考试体质，断断续续练了半个月，路考时她一把就过了，顺利拿到了驾驶证。

但林湛和这种体质基本可以说是绝缘，到复读学校的第一个月，他也拿出了一百二十分的认真对待学习，和同学一起挑灯夜战，可第一次月考成绩出来，结果仍是不尽如人意。

基础这种东西，也不是一朝一夕就能恶补回来的，相比于阮乔的安慰，林湛自己心态要好很多。

复读学校的生活很苦。

每天六点半开始早自习，十点结束晚自习，午休倒有两个小时，只是大家都不睡觉在学习，林湛也不好意思睡。

刚到这里的时候，林湛很不习惯。

可他却清楚地知道，进入那扇门，他要与过去的自己作别。

阮乔在某个周五的晚上到他们学校看他，进学校需要登记身份证，还要报家属关系，阮乔停顿片刻，开口道："我是他表妹，来给他送生活费的。"

阮乔长得显小，门卫倒不疑有他。

这所复读学校很朴素，一栋教学楼，一栋寝室楼，寝室楼第一层是食堂，还有一栋旧楼看上去像是教职工宿舍，然后就是操场，再无其他。

夜色如期而至，教学楼的白炽灯全亮了。

阮乔抬头望去，觉得整栋楼像装满萤火虫的透明盒子，视线下移，能见到低楼层的教室里有人走动。

阮乔给林湛发了一条信息，他一直没回。

阮乔就坐到操场边，边看手机边等。

不知过了多久，教学楼传来一阵略微刺耳的电铃声，阮乔下意识回头，她发现教学楼慢慢开始有动静了，那些明亮的窗格里有越来越多走动的身影。

下晚自习了吗？

阮乔看手机，不知不觉，竟然已经十点了。

慢慢地，教学楼里有学生背着书包走出，三两成群，大多是往寝室楼那边走，也有一部分没背书包的在赶往操场方向。

阮乔坐在离探照灯比较远的角落，这样子光不刺眼。

那些没背书包的学生是过来跑步的。

很快塑胶跑道上就有环绕前行的身影了。

阮乔看着，不自觉想起自己念高三的时候，那时候大家也会经常在下晚自习后到操场跑步，缓解压力。

都下晚自习了，林湛还是没给她回消息，阮乔等了又等，只好拨电话过去。

电话是通的，却很奇怪，没有人接。

她怕错过林湛，正打算起身往寝室楼方向走看能不能正好遇到，就见一行人朝着操场走来，为首的瘦高男生她再熟悉不过。

大概是和林湛一样都是要艺考的，同行的几人穿着打扮都比较洋气。

阮乔注意到，林湛左手边站了一个娇小可爱的姑娘，肤色白皙，在一群人中很是显眼，她不知道在跟林湛说什么，说了两句，突然笑得前仰后合，周围人也跟着笑起来。

阮乔有那么一秒钟不是很开心。

可下一秒那点不开心就在心头消散了，因为她还没有起身，林湛就先看到了她，朝她扬手，并喊道："柿子妹妹！"

周围几人都被林湛的声音吸引，看向阮乔的方向。

林湛已无暇顾及身边的同学，加快步伐走到阮乔面前，朝她伸手，眼里还有些许惊讶："你怎么来了？"

阮乔拉着他的手站起身，抬头看他，声音轻轻："你说呢？"

林湛微怔，忽而笑了声，伸手去揉她脑袋："想我了啊，这算是意外惊喜吗？"

阮乔帮他整理衣领："我打你电话你都没接。"

林湛很快解释："上晚自习不能带手机的，我放寝室了。"

林湛的几个同学已经跟上，见两人亲密，自是明了。

有人吹口哨。

有人撞了撞他，问："林湛，你女朋友啊？"

林湛满眼只看得到阮乔，头都没回直接应道："未婚妻呢。"

阮乔脸红，去拧他胳膊，谁是他未婚妻了。

听林湛这么说，旁边的起哄声愈大。

阮乔看过去，很有礼貌地跟他们打招呼："你们好，我是阮乔。"

"嫂子好！嫂子好！"几个男生都礼貌回应。

阮乔注意到，刚刚在林湛旁边说笑的娇小女生脸色不太好看，那女生身后一个高个子姑娘开口问林湛："林湛，你有女朋友了啊，怎么没听你说起过？"

林湛还是没回头，也没多解释，只有一句："都说了是未婚妻。"

林湛对阮乔的珍爱这几人都看在眼里。

阮乔一出现，视线都不带挪一下的，这会儿不过是吹了阵小风，阮乔下意识缩了下，林湛就开始脱外套给她裹上，边裹还边问："你在这坐多久了？电话打不通不知道去班上找我吗？冻坏了怎么办？你是不是傻？"

俊男靓女的现场版屠狗真的是很扎心。

同行几人都有意无意看了眼娇小女生，心下有些遗憾，也觉得无奈。

林湛的确没怎么提过自己女朋友，但主要是，也没人问过这事。

大家潜意识里觉得，长成他这样的来这里，要是有女朋友，也肯定得看紧了跟着来复读才对，他孤身一人，也没见他经常性地煲电话粥、抱着手机不撒手，大家都默认他是单身了。

他们班那娇娇小小的妹子叫陈小娆，也学美术，长得好看又会说话，对林湛的那么点意思大家也猜得八九不离十了。

林湛却一直不热络，似是一心扑在学习上。

可能是因为陈小娆跟他讲话他也会理，让陈小娆产生了一些不该有的错觉，以为林湛淡淡的态度只是不想在复读期间谈恋爱，对自己还是有点感觉的，毕竟其他女生跟他搭讪，他有时候完全都不搭理。

陈小娆想得有点多，林湛对待这里每一个人的态度都没什么太大的差别，太过明显的搭讪他自然排斥。

只是陈小娆学美术的时间比较长，有一些专业问题他愿意跟这女生交流一下，再无其他。

只有林湛一人恍若未觉场面的尴尬，帮阮乔裹完衣服才回头看向同班同学，声音淡淡："你们先跑步吧，我没空。"

几人识趣离开，高个子女生也拉着一脸受伤的陈小娆走上跑道。

等人走了，阮乔垂眼，手轻轻在林湛胸膛上戳了几下："你复读还这么能招蜂引蝶呢。"

林湛没想到她开口是这句，有点搞不清楚状况："你在说什么？"

阮乔还是垂着眼，声音小小："刚刚那个很白很白的女生喜欢你，你难道不知道吗？"

林湛想了半天："谁很白很白？有你白？"

算了，看来他是根本没注意。

阮乔闷闷地，用脑袋去撞他胸膛。

林湛笑："你这是手动撞钟？"

阮乔抬头，白他一眼。

林湛揉她头发，歪着脑袋，眉头轻挑："我喜欢谁你还不清楚啊，我来这里，除了想念书，就是在想你，哪有工夫管别人白不白黑不黑？再说了，不是我吹，喜欢我的人从幼儿园开始就没断过，魅力太大我也很苦恼啊。"

　　看到阮乔的白眼，他忙转话锋："那这样，我以后尽量不跟女生说话行不行？"

　　阮乔搭到他肩上，没骨气地"嗯"一声，接受这有些霸道的保证。

　　林湛又笑："柿子妹妹，你吃飞醋的样子还挺可爱的，你是不是吃醋长大的？"

　　阮乔声音在肩头微震："我是吃可爱多长大的。"

　　她说得一本正经，说完自己都忍不住笑出了声。

　　他俩说笑打闹，沿着操场跑道缓慢前行。

　　林湛说阮乔最近胖了，阮乔坚持说没有，林湛便要背她，手动称重。

　　阮乔趴到他肩头，却感觉到他最近明显瘦了不少，阮乔心疼，要他放下自己，林湛不肯："你难不成以为我背不动？"

　　从前他们一起去参加百里毅行，那时候也是林湛背她，明明体力耗尽，却还是要坚持自己男人的面子，阮乔觉得又心疼又好笑，他们家林湛，就是一个很要面子的大男生啊。

　　他的同学反向跑圈经过他们，又集体发出起哄声。

　　害臊什么的在林湛这儿，当然是不存在的。他还一副我有女朋友我骄傲的样子，拽了吧唧。

　　在阮乔的坚持下，林湛背了大半圈，终于把她放下。

　　阮乔看他，问他们学校伙食，问最近的学习情况。

　　林湛的回答很笼统："都挺好的。"

　　越是这样阮乔就越不放心："你不用太拼了，今年我们就只先试试水，时间还很多的，中午的时候也要多休息，不要连轴转，尤其是英语啊，一口吃不成一个胖子嘛，慢慢来，不用给自己一天定很多目标。"

林湛笑着看她念念叨叨："知道了，你放心吧。"

阮乔脱口而出："我怎么放得下心。"

两人四目相对，沉默了几秒，阮乔忽而主动投入他的怀抱。

其实看到林湛这样，她很心疼，就好像是……成长得太快了，快过了她的想象。

她还记得初见林湛时，他那不可一世的样子。有时候阮乔自己也会迟疑，是不是林湛在很痛苦地过自己不想过的日子。

她的声音很小很小，小到几乎都听不到："林湛，谢谢你为我做的改变。"

林湛紧紧回报她："不只是为你啊，我也是在为自己改变。"

03

新绿渐染枝丫，花朵含苞待放。

再至落樱满地，枝头隐有蝉鸣。

冬天过去，春天也过去了，而这初夏，空气里总弥漫着离别的味道。

映雪广场时不时要迎来一波穿学士服的毕业生拍照。

阮乔经过时心里也会有些空落落的。不知不觉，她的大二就要结束了。但阮乔也没有太多时间感慨，她需要把更多的精力放在林湛高考这件大事上。

林湛进复读学校满打满算才四个多月，这么短的时间要兼顾专业课和文化课，很难尽善尽美。

林湛也深知这一点，天才都难以做到，况且他于学习，也并没有那么高的天分。

这一年他是直接以文化生的身份参加高考的。

考试那日是个大晴天，阮乔穿着鲜艳的红色 T 恤送他参考。林湛也被迫换上了象征吉利的红 T 恤。

警戒线还未撤下，大家都站在外面，很多父母前来送考，千叮咛万嘱咐，给考生加油。

林湛也站在角落，听阮乔碎碎念道："你千万别紧张啊，把握好时间把自己能写的都先写了，第一堂考语文，一定要留足时间写作文知不知道，不用写得多么惊天动地，不偏题写得中规中矩就好了……"

林湛不时点头，表示自己都听进去了。

市内媒体刚好前来蹲点连线直播。

林湛高大清俊的身影很快进入摄像机的拍摄范围，有记者上前想要采访他，林湛却婉言拒绝了。

不过他确实很打眼，还穿着鲜艳的红短袖，可以说是朝天椒本椒了。

林湛只拿这一次考试当试验，明年才是他的主战场，此刻心态放松得很，倒是阮乔看上去比较像考生。

林湛看着阮乔紧张兮兮的样子，觉得有些好笑。

到点警戒线撤下时，林湛并未挤入人流，而是在角落吻上阮乔的额头："我去考试了啊，你别在这等，太热了。"

阮乔点着头，还是不忘给他加油鼓劲。

即便只是一次试验，她也希望林湛的努力能得到应有的回报。

好在天道酬勤这句话并不是说说而已。

七月南城高考成绩出来，阮乔拉着林湛坐在电脑前，紧张兮兮地刷新界面。

语文 101，数学 113，英语 83，文综 172，总分 469。

平南省是教育大省，录取分数线不算低。

阮乔对二本分数线一直没什么概念，只记得她高考那年平南的文科一本投档线是 570 分，如果没有自主招生的分数加成，至少需要 620 分才能考上南城大学。而今年的文科一本投档线降至 551 分，二本投档线是 485 分，这两年已经取消三本 AB 类之分，三本的投档线是 432 分。

也就是说，林湛这四个月的努力，已经让他远超三本投档线，离二本的差距也并不是很大了。

如果他之前参加艺术生的考试，这个成绩，已经可以去很多二类带艺术学院的本科了。

阮乔和林湛都相当意外。

阮乔问他："你以前高考多少分？"

林湛摸了摸脑袋，皱眉回忆，那会儿高考就和玩儿似的，反正国际部也不看分数。

他迟疑回答："应该就是一两百分的样子吧……"

阮乔感叹："你也太厉害了。"

林湛一时不知她是贬是夸，凑近去捏她鼻子，阮乔这才意识到自己的话有歧义，忙解释："欸欸欸！别捏我！我是说你才四个月就能考这么多分，太厉害了！"

林湛"喊"一声，松开她："这还差不多。"

阮乔把林湛的分数表打印出来，让他带回宿舍贴到墙上。

夏日炎炎，像林湛这样一来就做好上两次高考战场的并没有几个。

相处一个学期的同学有的再战辉煌，有的一败涂地，相同的是，他们都拖着行李箱，准备出发，去往大学这个新的战场。

两人坐在操场上看着迎来短暂安静的校园，头顶是遮蔽烈日的绿荫，还有绵绵不断的蝉鸣。

阮乔转头去看林湛，他的鼻尖冒出细小汗珠，自正月里染回黑发就没再染过他钟爱的亚麻灰，此刻他眯眼看向教学楼，也不知在想什么。

不过短短几个月，阮乔觉得他好像变得沉静了许多。

忽而林湛转头望她，问："你看我干吗？"

阮乔撑着下巴，目光并未躲闪半分，"没什么。"她伸手，揉了揉林湛的脑袋，"继续努力！"

见她一本正经的样子，林湛笑骂："你当我三岁小孩呢。"

一年说长不长，说短不短。

这期间，阮乔也因为繁重的大三专业课程变得十分忙碌。

他们专业与其他专业不太一样，到大四就没课了。大四上学期是给大家的实习时间，大四下学期是给大家写论文、参加毕业答辩、找工作的时间。

所有专业课都压缩在三年之内赶完，到大三最为密集。

不少同学一进大三就开始准备考研，阮乔是奔着保研去的，却也不得不做考研的两手准备。

很多时候阮乔会觉得很累，但也在学着适应调节，时不时会去操场跑步，还会参加学校组织的户外活动。

她还能自我调节，林湛那边，就完全没有什么劳逸结合可言了。

有时候打着打着电话，林湛那边就没声了，不一会儿，就能听到他均匀的呼吸。

阮乔现在住在林湛的小公寓里，回到家就喂喂小金鱼，给绿植浇浇水。

寝室四人，陈阳阳退学后就再无踪迹，宋弯弯和周鹿都已经顺利出国了。

宋弯弯刷了四次雅思才勉强考到五点五分，去了澳大利亚，还要上语言课。

周鹿大二一年的努力没白费，三刷过六点五，去往英国。

阮乔觉得相当惊讶，毕竟周鹿并没有很好的英语基础，让她自己上，估摸着裸考也就是六分水平。

临出国前三人还聚了聚，这两年的相处，感情不算多么亲密，倒也融洽。

江城和宋弯弯去的是同一所学校，和其他两个同学一起都在同一个寄住家庭。

留学圈子从来都是泾渭分明，他们过去，还是同样的一帮人，看朋友圈动态，过得还算滋润。

阮乔闲下来的时候，会留给自己一点时间放空，去怀念刚进大学的日子。

那时候有很多不如意，很多矛盾，可每一天都过得很有趣。

生日前，她收到了宋弯弯和江城给她寄的礼物，知道她喜欢手账，他俩便合伙寄来 kikki.k 的全年新品，江城还夹带私货，寄了礼物给林湛。

生日过去一周，因运输延误的另一份礼物也寄到了，来自周鹿。她还难得地留了一张便笺，"明年见。"

阮乔突然想起一句话，世间所有的相遇都是久别重逢。

那她是不是也可以说，所有的久别，都是为了再次相遇。

04

她去林湛学校送江城寄回的礼物是在一个周六。

深秋早晨，风很清冷。

阮乔出门很早，特意用保温桶带了鸡汤给林湛，想着在他上早自习之前能见他一面。

没承想今日学校暂停了一日早读，很多学生都抓紧时间在寝室补眠。

阮乔不想打扰林湛休息，打算安静等待，却不料刚走至操场，就看见熟悉的身影在跑道上奔跑前行，他的步子迈得不大，速度也不快。

等到林湛跑到这一方向，阮乔才看清楚，他还戴了耳机，口中念念有词：

"offence，offence……"

林湛心无旁骛地跑步背单词，似乎没有看见一旁的阮乔，直至又跑出小半圈，他的大脑回路才感知到一些外界信息，停下脚步，回头。

事实上，连阮乔都没想到，林湛会有这样惊人的耐力和决心，一时愣怔。

年底，美术联考开始。

林湛联考成绩很优秀，这意味着只要文化线达标，他就能在平南省内选择任意一所有美术专业的大学，南大也不例外。

阮乔连夜整理南大历年美术相关专业的录取分数，林湛高考要是能过二本线，是可以以艺术生身份重新考回南大的，阮乔心里大大松了一口气，以林湛今时今日的水准，过二本线应该不成问题。

但她也清楚，林湛的目标并非考回南大。

次年二月，早春。

林湛仅选择了帝都美术学院一所美术院校参加校考单招，阮乔陪同林湛一起北上。

林湛拿到了专业第八的好成绩。

再至六月，还是相同的考试时间，相同的考试地点，林湛也和去年一样，表现得非常放松，非常平静。

考试前一晚，他和阮乔一起坐在操场的台阶边看星星，手里拿着一叠语文复习资料扇风。

阮乔小声问他："喂，紧不紧张？"

林湛眯眼看星星，语气轻松："有什么好紧张的。"

阮乔一时哑声。

她不知道林湛是不是真的不紧张，但她却知道自己很紧张，只能手指捏着膝盖骨，让自己不去想象会有任何意外产生。

阮乔下半年就要实习了。她给自己安排了两份实习，每份工作的实习期都是三个月，一份是中学老师，一份是某知名在线搜题软件的实习策划。

这两份工作的地点都在帝都，她为了林湛，特意申请的。可如果林湛去不了帝都……

她不敢往下想，只得生生打断了这个念头。

似是察觉到阮乔的紧张情绪，身为考生的林湛还反过来安慰她："欸，别紧张了，这次肯定行，你以为我这一年的书是白念的啊。"

阮乔"嗯"了一下，声音轻轻："林湛，你真的很厉害。不管怎样，明天我会一直在外面等你。"

林湛笑："得了吧，你在宾馆吹空调行不行？等会儿热中暑了我还怎么考试？"

他边说边去捏阮乔的脸，阮乔也终于被他逗笑。

夜空明净，星辉点点。

林湛抬头望着，漫不经心地开口，问阮乔一句："你知不知道我这一年半念书最喜欢哪句诗词啊？"

阮乔："哪句？"

林湛有片刻沉默，倏地转头看向阮乔。

他眼里有阮乔说不真切的光亮，似是漫天星子都贯入眼底，在熠熠发光。

"你知不知道这一句，'今日长缨在手，何时缚住苍龙'？"

05

六月的雨淅淅沥沥。

阮乔站在校外奶茶店的屋檐下躲雨，凹凸不平的路面积起小水坑，水滴砸上去，四溅开来。

气温并未因骤雨有所下降，脚边萦绕着久散不开的热气。南城湿气重，下雨天，浑身只觉黏腻。

阮乔捧着一杯伯爵奶茶，手指无意识地在杯壁摩挲。

雨渐渐停了，阳光再次露面。

一声铃响，阮乔和所有等在外面翘首以盼的家长一样站直了身子，朝学校的方向远眺。

成群结队的学生慢慢从铁门口鱼贯而出，有人在热烈地讨论题目答案，有人伸长了脖子在寻找家长，还有人被蹲点的记者逮住，问考后感受。

最后一堂考试落幕了。

一切都结束了。

大家面上都是久违的放松，似是乍破天光，一片明朗。

阮乔过滤掉成百上千张陌生面孔，将目光定格在穿红色短袖的男生身上，他的头发柔软蓬松，在雨过天晴的阳光照耀下，泛着乌黑的光泽。

林湛左肩背着黑色书包，他停在校门口，一手拉着书包肩带，一手轻遮额头，半眯起眼，躲避刺眼的阳光。

两人隔着一条不宽的马路长久对视，不用言语，却都明晰。

林湛突然笑了声，阮乔也跟着他发笑，而后抬步，小跑过去，在他面前站定。

她没有问考得怎么样，而是问他："考完了，晚上想吃什么？"

林湛摇摇头："不吃了。"

阮乔疑惑。

林湛眼往上看，还朝上吹了口气，手拨弄着额前刘海："去染头发！这土了吧唧的颜色，怎么衬托我这未来大画家的气质？"

阮乔没忍住笑出声，倒是没想到他对染发这件事抱有跨越一年半的执念。

"好好好大画家！染头发染头发。"

林湛下巴微扬，手环上她肩膀。

两人大步往前，边走边笑。

六月对有些人而言是分别的季节，对有些人而言，却是重逢的季节。

时隔一年半，阮乔再与曾经那个不可一世的林湛相遇。

成熟不是磨砺锋芒，而是让人懂得在适当的时候释放自己的锋芒。

雨过天晴，阳光流金。

06

"柿子妹妹，柿子妹妹……"林湛吃完一袋薯片，把袋子随手扔进垃圾桶里，微微皱起眉头。

没人回应，他又喊："阮乔，你人呢？"

阮乔收拾完行李箱，从屋里冒出头，看向沙发上的林湛："你老喊我干吗？"

林湛半躺在沙发上，和大爷似的指着电视机方向："把那丑猫给我弄开，那么胖还凑电视前，字幕都被它挡没了！"

阮乔白他一眼，边去抱猫边吐槽："你是瘫痪了吗？自己不能动啊？"

林湛"嗷"一声，又扯开一包薯片："我瘫没瘫痪能不能动你不知道？昨晚谁喊不行了太快了？"

他的声音漫不经心，说完还看向阮乔，眉头轻挑。

阮乔脸"腾"地红起一大片，想把猫扔过去砸死他。

不知是因为林湛太污还是怕阮乔把自己扔过去，大胖缩了缩，直往阮乔怀里钻。

阮乔忙给它顺毛："走走走，别理那个恶霸。"

大胖窝在阮乔怀里，偷瞄了林湛一眼，示威性的"喵"了两声。

林湛斜眼瞧它，轻哂。

这胖子加菲猫颇有心机，被阮乔那闺密苏禾寄养在家大半个月，时不时坏他好事。好几次他和阮乔要这样那样了，它就跑出来喵喵喵，喵完它就跑，怕是心里觉得相当刺激。

好在他和阮乔马上就要去帝都了，这胖子也算是眼不见为净，林湛懒得跟它计较。

林湛自考完之后就春风得意。

头发染回了烧包的亚麻灰，这次还是什么高级染，在不同的灯光下会变色……阮乔觉得相当窒息。

恰巧江城那帮子国际部的也放假回国，大家聚在一起，对林湛是大熊猫般的呵护。

"可以啊林湛，这鸡窝里飞出金凤凰了啊。"

那男生一开口，众人白眼，江城箍着那男生商量："兄弟，会不会说话，谁鸡窝了啊，咱们都是正经学生。"

"正经！正经！哈哈哈哈哈！"

虽然形容不大恰当，但意思也差不多到位了。

大家确实很震惊，谁知道林湛一声不吭就考上了帝都美术学院啊！专业成绩过硬，文化成绩竟然还刚好踩上了南城一本线，简直是太阳从东西南北四边一起出来了！

郑惠馨和林盛也万万没想到，林湛还真考上了。一时间亲戚朋友奔走相告，林湛算得上风光无限。

阮乔也对他超级满意，成绩一出来可以说是对他百依百顺，想到他这一年多辛苦得不得了，他要吃什么要玩什么阮乔都奉陪到底。可林湛是什么人，不给颜色都能开染坊的，对他好几天，那尾巴都翘天上去了。

阮乔把大胖放在榻榻米上，自己又蹲下去收拾行李箱，还暗戳戳地在想整治林湛的法子。可想了半天，只要一回想起林湛在大早上跑步背单词的样子，就心疼得不行。

她叹了口气，自己先举白旗投降，算了算了，他本来就是个长不大的大男生啊，让他得意得意也没什么。

第十一章

Chapter 11

01

八月中旬，阮乔要前往帝都实习，林湛要前往帝都念书。

一切都安排妥当，他们在离开前几天去了一趟甘沛冲。

甘沛冲现在修了一条通到村子里的水泥路，交通方便了不少。

阮乔和林湛一路开车前往，电台里放着熟悉的英文歌，林湛能跟着哼上几句歌词，而阮乔坐在副驾上生闷气——

因为林湛死活不让她开车。

见阮乔一脸不高兴，林湛停了哼歌，苦口婆心劝道："不是我不想让你开啊，这车太大了，你控制不好，而且这路这么窄，万一对面来辆车你知道怎么躲吗？"

阮乔理论知识还是很丰富的："怎么不知道？前方来车要减速慢行……"

"停停停！！"林湛无奈，转头看她，"这样，等会儿上大路给你开行吧？"

这还差不多！

事实证明，阮乔并不是一位好司机。

开了不到一公里，她就主动放弃了，摸着自己活蹦乱跳的小心脏坐回副驾，老老实实系好安全带，安静如鸡。

林湛哼哼了两声，手搭上方向盘，又继续哼歌。

对付阮乔，他现在是很有一套了。

这妹妹，嘴硬又倔，讲不听的，在床上也是，好好哄吧，就别别扭扭死活不要，来真的了就哭哭啼啼喊哥哥。

林湛心里又回味了一下昨晚的激烈战况，不自觉喉咙发干，他眉头轻挑，舔了舔唇，心里也不知道在打什么主意。

　　阮乔和林湛到达甘沛冲时，甘沛冲学校很热闹，这一届来支教的小老师在坪里教小朋友们画画。

　　黑皮早去镇上小学念书了，这会儿是暑假，他在家帮妈妈做农活。

　　见林湛和阮乔回来，他兴奋得哇哇叫，把小伙伴都叫出来迎接他俩。

　　这里青山绿水，空气清新，远离城市的喧嚣，心和心的距离好像也会变得更近。

　　夜晚星空耀眼，两人坐在学校的坪里看星星。

　　阮乔捧着脸，声音轻轻："我以前还在手账本里写，要跟你一起回来一次呢，现在终于实现了。"

　　林湛把她拉到怀里。

　　阮乔顺势躺到他腿上，仰面便是星光。

　　林湛突然往她手上套了一个圆环，阮乔有所察觉，举起手，借着朦胧月色打量："草戒？！"

　　林湛的声音在她脑袋上方响起："你实习答辩完，又要来帝都念研究生，你研究生毕业的时候，我刚好大学毕业，柿子学姐，毕业了我们是不是先结个婚啊？"

　　"那不是还好几年吗，学弟？"

　　林湛交握着她的手，语气理所当然："所以这个是订婚戒指啊。"

　　"就这个你就想拐骗我啊？没门！不说钻石，起码也要个铂金的吧。"

　　林湛轻哂，也不讲话，只轻轻扯着她手上草戒的一端。

　　阮乔感觉不大对劲，怎么觉得戒指硬硬的，被扯了也没收紧。

不过一会儿，那根草被扯出，磨砂的铂金戒在月色下光影浅淡。

阮乔："……"

早该知道，论套路，她是永远玩不过这根朝天椒的。

～ 02 ～

告别甘沛冲，阮乔手上多了一枚象征名花有主的戒指，为表公平，林湛自己也戴了一只同款。

去往帝都前，林湛神神秘秘地还要带她去一个地方，阮乔还特别好奇是哪里，是不是有什么惊喜，没承想林湛带她回了南大。

"就来这儿啊？"

阮乔觉得很没神秘感。

林湛没讲话，直拉着她往一栋教学楼走，然后走进某间空教室。

阮乔不明所以，思想被林湛带污，某一秒脑子里还闪过教室 play 的画面。

林湛却问："还记不记得这间教室？"

南大教室都长得差不多，阮乔确实没什么特别的印象，林湛却拉着她坐到某排座位上。

"大一的时候，我们就是在这个教室上团体心理学。"

林湛这么一说，阮乔倒想起来了。

他指着讲台，问："你知不知道我是什么时候开始喜欢你的？"

他顿了顿，继续："其实就是你被老师叫到讲台上做自我介绍的时候。"

思绪翻涌，在往前退。

有些东西不是记不起，而是很少刻意去回忆。

阮乔还记得那日自己在讲台上说了些什么，林湛更是连她的动作神情都记得清晰。

夏末梧桐轻轻拍打，合着室外轻风送来的花草木香，轻轻撩动她的半长黑发。

黑板上的行书，漆黑的瞳仁，通透白皙的手指，糯软的嗓音……

全都留存在那日落地梧桐叶温暖细小的脉络里，此后很多年，都在林湛的脑海中挥之不去。

喜欢一个人，往往只需要一瞬间，而爱一个人，却要为此努力很多很多年。

03

飞往帝都的班机准点起飞。

阮乔戴了蒸汽眼罩，靠在林湛怀里休息，机翼轰鸣的声音在耳边挥之不去，她能清晰感知林湛身上混合烟草的淡淡青柠味道，也能清晰感知明亮光线透过小窗透过眼罩拢在眼皮上方。

思绪却回到了好多年前。

她坐在一旁，看男生眉眼轻扫，勾起手指挑衅教官，侧脸的轮廓线条流畅精致。

这一生里，再不会有一个瞬间更好地帮她诠释"年少轻狂"这四个字。

她爱这个人的年少轻狂，也爱他执着努力的模样。

来日方长，深情不减。

【第二册正文完结】

番外一

E xtra

01

电视里韩剧女主角抱着病床上男主角的胸膛大声哭喊，沙发上窝着的宋弯弯也一把鼻涕一把泪，时不时还咔滋咔滋啃着薯片。

周鹿面无表情按下遥控器上的红色电源按钮。

一时间，屏内屏外哭喊声都戛然而止。

宋弯弯顿了半秒，啃完手头被眼泪沾染的薯片，看向周鹿："鹿姐！你关我电视干吗？"

周鹿不急不缓抬起手腕看时间："十一点了，我要睡觉。"

说完，她不再看宋弯弯，拖沓着步子往房间走，顺便把遥控器揣在了兜里。

房间里没有多余的属于女生该有的装饰，她把遥控器搁在床头柜上，躺倒在床看天花板上晃眼的灯光。

进门前她听到宋弯弯还带着哭腔小声嘟囔："真是一点没变！"

她好像是没变。

还和以前一样，以自我为中心，孤僻，冷漠，无所事事。

十三岁时是这样，二十三岁时也是这样。

目光移开时，眼睛有不适的酸疼，她想起程誉递给她的眼药水，自床边抽屉摸出后才发现，早就空瓶了。

多面切割造型独特的眼药水瓶空空荡荡，却还折射着屋子里的光。

刺眼。

次日早上八点半，周鹿和宋弯弯准时出门。去上班。

这时节的帝都，雾霾严重，再严重一点，就真要伸手不见五指了。

两人挂着口罩，到"甜牙齿"时，刚好九点。

周鹿径直走向软沙发，戴上耳机听歌，开始看书。

宋弯弯放下包包，脸鼓起来，气成了河豚："鹿姐！又是我！"

周鹿淡淡地瞥了她一眼："本来就是你，扫干净点。"

虽然是去不同的国家留学两年，但两人还是成了同样的人——无业游民。

回国之后成日无所事事。

宋弯弯家里也没指望她能混出什么名堂，安安分分混完这四年大学已经算是谢天谢地了。

宋弯弯一回国，家里就打招呼帮她在某个局子找了份闲职，每天的任务就是逛逛淘宝磕磕瓜子儿跟同事吃喝玩乐。

宋弯弯对这件事并没有什么意见，毕竟她对人生也没什么远大的追求，可家里三天两头给她介绍对象她就坐不住了。

周鹿听宋弯弯念叨过无数次，怎么办呀怎么办呀，家里人看不上她男朋友，坚决不同意。

说实话，周鹿也不知道怎么办。

宋弯弯家那条件，能看上一个只爱 cosplay 和打游戏的男生，那才是见鬼了。如果那男生家底雄厚说不定她家里还能睁只眼闭只眼，关键就在于不是。

出了学校，所有的爱情好像都要加上一些先决条件，无外乎就是"门当户对"四个字。

想到这，周鹿垂了眼。

她与他，再门当户对不过，却也没有什么用。

宋弯弯是因为逃避相亲才来帝都，她是为什么？周鹿不知道。

只觉得，在哪里都一样，不如找一个熟人多的地方。

林湛出乎所有人意料，复读一年半，考上了帝都美术学院，阮乔毕业也来帝都大学读研了。

林湛那个土豪爸开口就是随他要什么，自己挑，林湛便要了帝都一间店，说是要做自己的手账品牌。直接做原创品牌投资巨大，他的打算是前期先做高端文具店铺，后期转型为纯品牌原创。

周鹿正好无所事事，便拿着爸妈给她创业的钱，扔给林湛，入股投资，来了帝都。

林湛和阮乔都要上课，不上课的时候要约会，很少来店。

周鹿便是明面上的老板，天天在店听歌看书打游戏。

日子好过也是一天，不好过也是一天。

她已经没有彻夜背英语时的动力和信念，就想舒舒服服，活在自己的世界里。

02

黄可是帝都师范大学的大三学生，学校附近突然开起一家叫"甜牙齿"的大型文具店铺，小两层，落地玻璃窗剔透明净，在灯光照耀下，整家店像是水晶盒子。

一开张，学校女生便疯了一般往里钻。

她敢发誓，这绝对是女生的天堂，尤其像她这种本来就是资深手账玩家的人，做梦也不敢相信，真的会有一家这样的店开起。

事实上，国内不少大型书店都附带手账相关物品出售，可东西不全就算了，还贵得离谱，比淘宝或代购还贵上不止一倍。

起初他们以为"甜牙齿"也是如此，但对某些东西价格了然如心的黄可逛完一次，就迫不及待发微博并艾特手账大号进行推荐，这家店价格十分有良心，而且东西全到不行，你能想到的款式店内几乎都能找到。

就在黄可推荐不久之后，她发现多家国内手账品牌都发了微博，表示与帝都师范大学周边的"甜牙齿"手账店已达成合作，线下可直接买到多家品牌的当季新款，没有价格差。

店内还有体验区，很多彩墨、胶带分装、不同纸质可供试用挑选，只需在店内点一杯咖啡或者买一小块蛋糕就好。

没过多久，"甜牙齿"就因为生意火爆人手短缺开始招人了。

在学校附近，自然是招兼职的学生最好。

可这份兼职应聘的人多到发指，最终，黄可凭借对手账的深入了解以及大三课少的优势成了"甜牙齿"的一位兼职员工。

来店工作一月，环境很棒，做的也是自己喜欢的事情，同事也都喜欢这些萌物，大家相处得非常融洽，黄可很开心，只要没课就往店里钻。

但有一件事，她忍了一个月，实在是好奇心要爆表了。

这天周一，兼职员工里只有黄可有时间到店，她推开玻璃门，就见宋弯弯有气无力地在扫地，时不时要看一眼手机，而老板周鹿靠在沙发里，头上戴着万年不变的银灰色耳机，手里翻着一本书。

沙发上方有垂下的竹编小灯，暖黄灯光落在周鹿的奶奶灰头发上，泛起浅淡光泽。

明明隔了一段距离，黄可却觉得，她能看到周鹿长长的睫毛在眼睑落下阴影，整个人似是融进了那一团暖黄灯光，周遭的一切都没办法吸引她的注意。

老板真是长得太好看了……太帅了……

黄可犯了会儿花痴，又感叹了一下上天的不公平，默默收回目光。

事实上黄可知道，有很多女生天天来店里喝咖啡，也是想看老板。

人多的时候，老板不会待在楼下，会到楼上的小隔间坐着，能从玻璃外看到她，却没办法进去跟她搭讪——

而黄可来这里一个月，也并没有跟老板搭上一句话。

可以说是很失败了。

黄可忍住心里的好奇，过去帮宋弯弯扫地，扫完又去煮咖啡。

宋弯弯似乎昨晚没睡好，眼睛肿肿的，走到吧台前，声音也很疲惫："小可，给我一杯咖啡吧。"

宋弯弯皱了皱鼻子，补充道："我要多点糖。"

黄可弯唇，点了点头。

旋即她又想起周鹿，便小声问："老板要不要？"

宋弯弯下意识反问："老板？"

下一秒她才反应过来，黄可在指周鹿，她摇头："她现在不喜欢喝咖啡。"

黄可趁机想打听周鹿，没办法，她实在太好奇了，而周鹿又实在太神秘了。可宋弯弯喝着咖啡，一问三不知。

这也不怪宋弯弯，黄可问的问题她真的不知道啊。

什么有没有男朋友或女朋友……

跟周鹿同寝室两年，她也不知道周鹿到底是什么情况。而且，她完全都搞不懂周鹿为什么大二的时候突然就勤奋起来学英语，去了英国两年，回来却变回了以前的死样子。但她也从没想过要去问周鹿，不知是从什么时候开始，潜意识里就觉得周鹿不想说的话，问一万次也不会有结果，她永远都保有自己的小空间，谁也进不去。

周一上午一般顾客最少，宋弯弯和黄可坐在吧台有一搭没一搭地聊天刷手机，突然一条地震的新闻刷满屏幕。

黄可脸色苍白，是她家乡的省份地震了，她忙给家里打电话，电话很快接通，爸妈说有震感，但是他们家那儿没大事。

黄可这才心下稍定，宋弯弯安慰了她两句，两人话题又提到地震多么多么可怕。

不经意间黄可瞥了一眼周鹿，她还是安安静静地坐在那一团暖黄光晕里，就好像此刻如果是帝都地震，她也会不疾不徐地看完一页，把书翻向下一页。

就在这时，玻璃门被推动，黄可下意识要上前去说欢迎光临，却是宋弯弯先扫人一眼，惊喜地开口喊出名字："林湛，乔乔！"

黄可停了步子，看样子是熟人。

却没想到，下一秒宋弯弯拍上她的肩膀："这才是你老板，来来来，我跟你一起煮咖啡。"

门口阮乔笑了声："弯弯，我和林湛就不用了，你给程大帅哥煮一个就好。"

程大帅哥？

宋弯弯视线一顿，重新望回门口，除却抱在一团的阮乔和林湛，后面还跟进来一个高大男生，他在摘口罩，唇角的弧度刚好落在宋弯弯的视线范围，目光在店内一扫，却直直望向那团暖黄光晕里。

而周鹿，在听到"程"字的时候，翻书页的手指就微微一顿，她不肯抬眼，还是看书，装成她最拿手的，满不在乎的样子。

程誉径直走向沙发，在周鹿对面落座。

周鹿没抬眼，但却可以清晰察觉灯光下的人影动作。

程誉目光落在周鹿身上，声音里的熟稔外人也能感知："你去伦敦，怎么没跟我联系？"

黄可停在小桌一侧，默默给程誉上咖啡，贴心地给周鹿也准备了一杯青柠茶。

程誉抬眼，微微点头，向黄可道谢。他的声音好似瞬间拉回了礼貌又疏离的状态。

黄可小幅摆着手，边说着"没关系没关系"边匆忙离开，心里的小鼓擂得怦怦作响。

太要命了！今天竟然一下子来了两个超级大帅哥！

那位有女朋友的听说是"甜牙齿"的真正老板，那这位呢？看上去跟他们老板好像很熟的样子。

黄可默默注意着沙发那头的动静。

只见周鹿慢慢合上书，端起青柠茶喝了一口，而后开口说话。

离得远，黄可听不见周鹿在说什么。

可程誉听完，却靠回了沙发，眼睛眯起，留下一条狭长的缝，似是在思量周鹿话里的真实程度。

周鹿看他，神色淡淡，心里却觉得他少了一副细黑边眼镜，不然斯文败类的气质该更强烈才对。

程誉问周鹿，到伦敦为什么没有和他联系。

周鹿的答案官方又疏离："不想麻烦你。"

也难怪程誉不爽，他与周鹿对视两秒，直接问道："你什么时候怕麻烦过我？周鹿，我做什么惹你了吗？"

周鹿轻哂一声，并不说话，只捧起手机，也不知道在看什么。

明明店内开了空调，程誉却觉得有点燥，他伸手，解开衬衫的第二颗扣子，透气。

周鹿不知为何，往下滑动屏幕的手有片刻凝滞。

只是程誉望过去时，她又恢复了面无表情、对一切漠不关心的样子。

程誉和周鹿认识很久了。

他们俩，还有林湛，是邻居，小时候是形影不离的伙伴。

活了二十三年，周鹿始终都是他见过最好看的女孩子，也是他见过性格最冷淡的女孩子。除了自己和林湛这两个老熟人，她对其他同龄人似乎都没有过多的耐心去给一点相识相处的可能。

现在程誉觉得非常不爽，因为她在疏离自己，好像下一秒，自己就要丧失在她那里的一点点特权。

阮乔特意拉住林湛让他不要过去凑热闹，给程誉和周鹿一点独处的时间，可看这情形似乎不大对啊，两人谁都不开口讲话，气氛有点奇怪。

坐在吧台前，阮乔小声问林湛："他们在英国到底怎么了啊？"

林湛摇了摇头，一脸他们无可救药我不想管的表情："我也不知道具体是哪里出了问题啊，还是程誉前两天回来，我跟他聊天，他才知道周鹿去英国留学了两年。"

？？？

阮乔一脸蒙。

不会吧？……按照林湛的话来说，周鹿不是特意为了程誉才去英国留学的吗？搞了半天两年都没见着面？什么鬼？

阮乔忍不住问："难道他们平时没联系吗？两年欸，不是关系很好吗，怎么能两年不联系。"

林湛摊手，他是真无辜，真不知道他们发生了什么。

晚上林湛在帝都给程誉办接风宴，拉了一帮子以前的朋友同学一起聚，可周鹿说不想去。

周鹿不想，那就是谁劝都没有办法。

晚上聚会热热闹闹的，不少女生知道程誉是林湛的朋友，看一眼就知道是高富帅，可劲儿想跟他搭讪，程誉也始终保持着温和有礼却又清淡疏离的态度。

他对不亲近的人都是这样，不会让你感觉到任何的不适和排斥，可同样也能让人感觉到两人之间无法拉近的距离。

林湛对他的形容与周鹿一样，斯文败类。

看上去有多无害，内里就有多危险。

林湛喝了点酒，揽着阮乔朝程誉的方向走，还不忘在阮乔面前埋汰自己的玩伴："别看他人模人样学习又好，小时候干坏事全是他出的主意，出了事儿就是我背锅，24K 纯王八蛋！就是嫉妒我长得比他帅。"

阮乔一脸嫌弃，眼见他要打酒嗝，连忙别过脸。

林湛落座至程誉身旁时，下意识去拿烟，忽而又想起什么，去问一旁的阮乔，征询意见："今天能不能抽？"

阮乔点了点头。

林湛这才放心开烟盒，自下而上滑出一根递至程誉面前。

程誉随手接过，就着林湛的火点燃。

阮乔默默观察，心下微讶。

林湛很不喜欢给别人点火，至今为止，她只见过林湛给江城点火，程誉是第二个，看来他们关系真的很好。

另外，程誉可能也真是林湛口中的斯文败类，他看上去风度翩翩，抽烟的样子却熟练得很，烟雾缭绕间，还能看出些许颓废之感。

两个男人聊天，开口第一句却是惊人地一致。

"周鹿怎么回事？"

"周鹿怎么回事？"

林湛顿了半秒，轻哂："你做什么惹她了？"

程誉垂眸轻弹烟灰，声音淡淡："我比你更想知道。"

林湛转头看他，微眯起眼，隔着弥漫的烟雾去看程誉的侧脸，"她可是为了你才和神经病一样突然爱学习考雅思去英国的啊，到了英国你俩真没联系？不应该啊。"

程誉弹烟灰的食指微微一顿，重复林湛的话："为了我？"

林湛沉默，突然又笑出了声："你可别告诉我，你不知道周鹿从小就喜欢你啊。"

林湛话音落后，迎来了程誉更持久的沉默。

倏而程誉扔下才燃了一小截的烟，歪着脑袋望向林湛，声音出奇地平静："周鹿喜欢我？"

林湛："……你脑子怕是进水了吧，这都不知道。"

程誉恍然间想起很多场景。

想起多年前他们三个人念同一所小学，周鹿不会骑单车，每天都要蹭车，但她从来不坐林湛的车，明知道实验班下课晚，也要磨磨蹭蹭等他下课。

想起十三岁那年生日，他请了很多朋友同学，周鹿坐在一旁不讲话，别人让她唱歌，她不动，也没人敢再叫她唱，可后来散场，其他人先离开了，她趁包间还剩下最后三分钟，唱了一首《生日快乐》。

周鹿小时候有轻微的自闭症，不喜欢说话。

程誉记得有一次下暴雨，她把自己关在房间的衣柜里，家里没有人在，他去送饭的时候，拉开柜子，她流了一脸的泪水望着他，还是一句话都不肯说。

她讨厌暴雨天。

自此以后下起暴雨，他总会想起周鹿。

其实有时候成了一种习惯，即便不联系也会觉得两个人的关系很亲密。

他的书包、钱包、衬衫、眼镜，都是周鹿送的。

用得习惯，旧了也不想换。

突然间周鹿要疏远他，他也说不上来，就觉得心里头有点烦。

突然间林湛告诉他，周鹿喜欢他，他更说不上来，那种感觉到底是惊讶还是惊喜。

03

次日程誉又去了"甜牙齿"，又是径直坐到了周鹿对面。

周鹿打完一把游戏，摘下耳机看他："你又来干什么？"

程誉穿着和昨日一样的白色衬衫，扣子解到第二颗，唯一不同的是，戴上了一副黑框眼镜。

他不讲话，拿出平板划拉，时不时喝口咖啡，真有几分斯文败类的模样。

好半晌他才调出一页通话记录。

"昨晚调的。"他指了指标红的一行数字，"你去英国之前给我打过电话，但是我毫无印象，根据推断，当时接电话的应该是 Alina，我今早向她求证，她说可能有这么一回事，她也不记得了。当时她是不是声称自己是我女朋友，导致你到英国两年，都不跟我联系？"

周鹿抿着唇没讲话。

程誉继续道："当时学校有个相当偏执的中国女生追我，Alina 是我实验室的朋友，我们假装了一段时间的恋爱关系，摆脱烂桃花。"他顿了顿，又补一句，"她对中国男生不感兴趣。"

周鹿在把玩耳机，眼睛也不抬，情绪把控得纹丝不漏。

安静片刻，程誉再次开口："现在能不能赏脸，陪我吃顿午饭。从昨天到现在，你还没开口跟我讲超过五句话。"

他放下咖啡杯，杯底与杯托轻碰："这让我……很不爽。"

周鹿这才慢慢抬眼，与程誉的视线交汇。

周鹿吃东西很挑剔，不喜欢任何放淀粉勾芡的食物，也不喜欢番茄酱，不喜欢菜里放糖。

程誉开着车，心里已经有了目的地。

事实上，他家搬离南城迁居帝都，已经很久了。学业繁重，他与周鹿、林湛也甚少见面，可一提起，他还是能很准确地排除所有周鹿不喜欢的。

南城菜的辣椒味在空气中飘荡，两人对坐着吃饭，却无比安静，服务员几进几出，都要怀疑他们的菜是不是没有放辣椒。

周鹿吃得并不快，程誉问她："不好吃吗？"

"一般。"

程誉轻笑："确实不怎么地道，改天我给你做。"

这话周鹿没有再接。

程誉厨艺很好，又或者说他做什么都能做得很好，这一点没有人怀疑过。

新上来一道椒香鱼片，下头还有炭火，热气腾腾往上冒，程誉的眼镜上很快模糊一片，他慢条斯理地取下眼镜，搁置在一旁。

似是不经意间开口道："下午陪我去逛逛家居商场吧，房子里有点空。"

周鹿夹了一块鱼，放在碗里却没再入口："不打算回英国了？"

程誉似乎是在等这个问题，周鹿问出口，他便顺理成章地接道："还是社会主义好。"

他的话语间有些开玩笑的意味，周鹿抬眼望他，只觉得他这话说得违心。

去家居城的路上，两人有一搭没一搭地说话。

周鹿这才知道，程誉这次回来，是打算接手程伯伯的公司。

程誉从小成绩就好，跳级跳了好几次，同样的年纪，周鹿才大学毕业，程誉的硕士学位都已经到手了。

停在红灯前等候时，程誉单手搭在方向盘上，转头望周鹿，问："你呢，找没找工作？没找工作的话，不如到我公司来，你……"

程誉话还没说完，周鹿就打断他："找了。"

程誉微微挑眉，似乎有些惊讶。

周鹿面不改色地说道："游戏公司，下周一上班。"

程誉不知想到了什么，只点点头，并没有再继续这个话题。

看家具，下订单，吃晚饭，天擦黑的时候，程誉送周鹿回家。

听林湛说，她租了一套公寓，和她朋友一起住。

车行至半路，忽然下起暴雨，密密麻麻冲刷着车身，雨幕如注。

程誉下意识去看周鹿，可周鹿的眼神很平淡。

程誉问："你不怕暴雨了？"

周鹿眯眼，"嗯"一声，算是回答。

电台里正在放一首《红豆》："相聚离开，都有时候，没有什么会永垂不朽……"

没有什么会永垂不朽？

程誉只微微皱眉，又想起昨夜里林湛说的话，他腾出只手，很突兀地关掉电台，空灵缠绵的女声戛然而止。

周鹿淡淡地看他一眼，并不多问。

紧接着，程誉向右打方向盘，驶入右侧行车道，而后猛然将车停在了路边。

他的声音在安静的密闭空间里听起来格外清晰："林湛说你喜欢我，现在还喜欢吗？"

周鹿没说话。

外面的雨下得愈发大了，即便刚刚程誉不停车，这会儿他也肯定得停，因为前头的路已经完全看不清晰。

程誉再次开口："我考虑了一下，我觉得，我们可以试试。"

周鹿的手一直放在卫衣口袋里，把玩着空眼药水瓶，安静好久的她这才淡淡地回应："我不需要你勉为其难的施舍。"

她知道，程誉更青睐温柔懂事、有一头乌黑长发的大美女。不是像自己一样，冷漠不通人情、不像女生的怪物。

她和程誉关系好，程誉想可怜她，她理解。

周鹿一直垂着眼睛，语气很无所谓。

程誉靠在椅背上看她。

周鹿解开安全带，拢起卫衣帽子，意欲下车，就在她手搭上门把的那一瞬间，车里传来"啪嗒"一声，周鹿再开门，已经毫无反应了。

程誉仍是靠着椅背的姿势，声音不大："不是施舍。"

周鹿回头看他。

就在她回头的一瞬间，程誉毫无防备地倾身向前，搂住她的脖子，亲了上去。

吻落在唇上，周鹿似是反射弧有点长，并没有立刻反应过来，她只看到程誉的眼镜折射出光，有种危险的气息。

一吻结束，周鹿还是裹着她的黑色卫衣帽子，脸很小，垂头时眼睛被额前刘海遮住，看不清她的眼神，倒是唇上嫣红，还泛着水光。

程誉一手撑在副驾驶的椅背上，偏起头，离周鹿很近。

周鹿不知为何反应突然敏捷起来，她越过程誉按开车门锁，然后拉开车门，头也不回地走进了雨幕。

周鹿这一连串的动作很流畅迅速，程誉微怔间，就只见瓢泼大雨里周鹿往前慢慢缩小的身影。

他没追上去，只微眯起眼，食指微屈，拂唇。

04

周鹿回家的时候浑身透湿，紧抿着唇，脸色晦暗不明。

正拿着小仪器做脸部按摩的宋弯弯看到她这样子，一脸惊讶："鹿姐，你怎么了？"

周鹿不说话，只往自己房间走。

洗澡的时候她总觉得唇上温度很烫，像是吃了辣椒，酥酥麻麻的，怎么也退不去。

头发吹至半干她就已经不耐，将吹风机扔到床上，捞起手机给家里人打电话，说自己下周一要去那个游戏公司上班。

家里听说她在帝都闲得很，还帮她找了工作，只是她一直不想去，今天随口便应了程誉自己要去上班，现在只好再转头联系家里。

她很烦。

程誉的转变太大，她一时难以接受。

程誉明明以为她喜欢女生的，他一直都只把自己当兄弟，只因为知道自己喜欢他，一下子就变了态度，怎么看也不真心。

接下去几天，周鹿都没有见过程誉，她没存程誉回国的手机号，其间有几次陌生电话打进来，她没接，也不知道会不会是程誉。

总之，她给自己找了点麻烦——

周一要去上班。

她对这事并不上心，也不知道家里找的什么关系，总之公司那边对她很客气，一路都有专人领着办理入职手续，然后落定在运营部。

这是一个忙的人很忙、闲的人很闲的部门，周鹿自然会属于后者。

她的气质别具一格，再加上那头亮眼的奶奶灰短发，足够运营部所有人都为之注目。

她这样子，怎么都不像个正经来上班的人啊。

周鹿也不知道自己该干什么，没有人打算使唤她做事。她就自己开了电脑，看游戏资料片。

还没落座多久，就听有人在喊："总监好！"

"程总监好。"

"总监好总监好！"

一声又一声，整个运营部的同事都在起身打招呼，这阵仗不小，周鹿终于抬眼。

而那人也刚好站定到了周鹿面前，也终于如愿以偿地从周鹿脸上看到一丝类似于惊讶的神色。他松了松领口领带，随意问："工作还习惯吗？"

旁人隔得远，听不清两人在说什么，但是大家心里都非常惊讶了，这个新来的周鹿真是相当厉害……见到领导还一动不动地窝在办公椅里，让领导站着跟她讲话，这是在为大家演绎二世祖上班的正确打开方式吧。

周鹿没讲话，程誉又走近点："听我爸说你来这里上班，我本来想把你调到我那当秘书，但我也是刚来，事情很多，你会比较辛苦，等过段时间吧。"

周鹿看着他不讲话。

实际上她的反射弧很长，此刻并没有仔细听程誉在说什么，而是刚刚想到，这家公司……原来是程伯伯的……

她对很多事都不上心，没问过家里找的是什么关系，也不知道程家离开南城之后的发展，更不知道程誉还有当总监的才能。

程誉跟她说了几句话就离开了。

没过多久，周鹿就收到了来自领导的邮件，这位领导的名字叫程誉。

邮件内容很精简：

我不是施舍，也不是同情，是后知后觉意识到自己喜欢你。不确定在一起会不会合适，所以说试一试。收到请回复。

周鹿喝水，还没想好怎么回复，聊天软件就开始闪烁。

周鹿点开，是程誉通过公司内部联系给她发的消息，一张邮件截图。

邮件内容是"我接受"三个字，发件人是……周鹿？

？？？

她准确捕捉到这封邮件的前缀——自动回复。

邮箱账号她才刚刚接手不到半天，这自动回复，也是很不要脸了，是程誉能做出来的事。

紧接着程誉还敢给她发信息："中午一起吃饭。"

05

周鹿在这家公司混了大半个月了。

公司里疯传，运营部有个帅到令人发指的小姐姐，背景肯定很硬，每天都来公司打游戏，新来的程总监还经常跟她一起吃饭。

游戏公司员工大多年轻，不少女生天天想方设法路过运营部，看一眼周鹿，然后偷拍一张照片po到群里，大喊着：我愿意为周鹿弯成一盘蚊香！！！

蚊香党越来越多，大家蠢蠢欲动，终于有人耐不住性子了。

周鹿在等程誉约饭消息的时候，有一个娇小女生磨磨蹭蹭挪到她桌前，小声问："那个……周鹿，你要一起吃饭吗？"

她脸涨得通红，声音越来越小，和蚊子嗡嗡似的。

见她这一副春心萌动又不好意思的娇羞样，周鹿反射弧再长也知道这是来干吗的，毕竟从高中开始，她就没少见这样的小姑娘。

还未待周鹿有所反应，娇小女生就感觉有人在拍自己肩膀，她转头，神情一怔，愣了好一会儿才低头喊："总监好。"

程誉没接话，只取下眼镜，慢慢擦拭镜片。

末了他开口道："试图和上司抢女朋友这种事，以后不要再做了。"

？？？

娇小女生满头问号，却只见周鹿起身，而程总监拉着帅气小姐姐的手，对没错……就是拉着手！出去了……

蚊香被折断又碾碎，她顿时感到……很心酸。

走出运营部的时候，周鹿迟疑片刻，问程誉："我要留长发吗？"

程誉眯眼看她，手在她脑袋上抓了抓，她的发质柔软，摸起来很舒服："你喜欢怎样就怎样。"

周鹿"哦"了一声。

半晌，她突然开口："那晚上打羽毛球吧。"

程誉："……"

周鹿又问："或者叫林湛和阮乔一起打麻将。"

程誉："……"

他还是多赚点钱吧，免得人还没娶到手，就被女朋友输到倾家荡产了。

【番外一完结】

番外二

E xtra

❧ 01 ❧

六月初的帝都已变得燥热不堪，阮乔一手撑伞、一手抱花，往帝都美术学院里走。

又是一年毕业季，帝都美术学院热闹非常，中轴广场的电子大屏上正在放毕业典礼的学士学位授予仪式。

阮乔眯起眼看，想起前几天她才参加了帝都大学的硕士学位授予仪式，成了正宗的社会人士。

电话突然响起，来电显示是江城。

两人聊了几句，阮乔便在中轴广场等他。

礼堂内开着冷气，可里头人多，学生们还穿着学士袍，一点也不觉得凉快。

他们好歹还有个地方坐，校长大人可和个吉祥物似的在台上站了好几天了，有女生小声讨论："这样好像校长的握手会哦。"

另一个女生接道："哈哈哈哈，你够了。"

阮乔一行人悄咪咪摸到女生背后的空座坐定，安静听她们讨论。

"欸欸欸，到林湛他们班了。"

"隔好远啊，根本看不到，欸，等会儿仪式弄完了去找林湛拍照吧！"

"他会不会让拍啊，听说有女朋友的呢。"

"一个专业的，拍张照怎么了，都毕业了……"

两个女生讨论得起劲，阮乔脑袋上飘过一串省略号。

江城和宋弯弯对视一眼，都发出"啧啧啧"的声响。

周鹿蹙眉，似乎是礼堂内人太多，她觉得太吵，见程誉已经喝完水，她把花往程誉怀里一塞，再也不管。

快到林湛上台的时候，一行人又往前挪，直到报幕员加了一串前缀喊到林湛，几人才从另一边上前，给他送花。

毕业典礼有很多家长前来参加，也会有人上台送花，但一下子窜上去五六个俊男美女，全都给同一个人送花，这就很吸睛了。

台下自发地爆出一阵热烈的口哨声欢呼声，无他，只因台上的人是林湛。

林湛这几年在帝都美术学院那可是相当出名，别人都还只是学生，他已经是手账圈知名画手了。

手账为他打开了名气，让他在这四年期间接下了不少品牌的合作宣传，囊括了知名电视剧的拟人插画、知名奶茶店的杯面插画、知名化妆品的包装插画……

他念大一时阮乔帮他开了画手微博，他平日里只做三件事，分享画作，转发相关合作品牌的宣传，还有秀恩爱。

大家都知道，画手朝天椒和手账博主软趴趴的桥是一对，朝天椒总是亲切地称呼女朋友为柿子妹妹、蘑菇妹妹以及各种妹妹，甚至还出了"朝天椒炒蘑菇"的系列胶带，这一系列的胶带也是目前手账圈的网红款，几乎是人手一套。

林湛现在的微博粉丝是二十万，不算太多，但也不少，主要是活粉特别多，每次发一条微博，消息提示就蹭蹭蹭地往外冒。

毕业典礼在校长最后的陈词发言中结束，以往总是觉得这样的发言过于老套，这一次学生们却都听得很认真。

从大礼堂出来，大家都往校园各个地方取景拍照。

找林湛拍照的特别多，他这张脸穿上学士服，莫名就很带感，相熟的同学他并没有拒绝，但是不认识的人他就实在没那么好的耐心了。

毕业季是分手的季节，也是告白的季节，不知打哪儿来的女生在人群外大喊了一声"林湛"，吸引了不少人的注意。

人群自动为她分开一条道，她鼓起勇气上前，递出粉色信封："林湛，我喜欢你！"

大家都爱看热闹，这话一出口，拍照的拍照，拍视频的拍视频，更多的是起哄。

林湛手里抱着阮乔送的那束花，动也没动。

他还没有开口拒绝，女生就继续说道："林湛，我知道你没有女朋友，如果有的话她今天怎么会不来？女朋友只是你的借口对吧？而且你又没有结婚，男未婚女未嫁，我只希望你给我一个公平追求你的机会，我真的很喜欢你！"

这女生可以说是很有勇气了。宋弯弯扶额。

阮乔站在一旁，一副很安静的样子，只默默摸着左手无名指的戒指。

在女生还想上前，将信硬塞给林湛的时候，站在林湛右前方的阮乔伸手挡住，将她的信推了回去。

女生看她，目光不自觉落到她无名指上的铂金圆戒上。

她的脸上慢慢开始出现惊讶和不可置信的神情。

阮乔声音不大，语气也还算平和："不好意思，他结婚了。"

结婚？！！！

我的天哪！

吃瓜群众目瞪口呆，美院校草年纪轻轻的竟然结婚了？！

林湛无须再加什么过重的话语，只拉过阮乔的手，指使江城给他俩拍照。

林湛和阮乔是在毕业答辩后一天领的证。

仔细算算，两人已经在一起七年了，阮乔从大一到研究生已经毕业，林湛大二退学，复读一年半，也已大学毕业。

成长是一件很奇怪的事情，从混混度日走到今天，林湛变得越来越优秀，渐渐也成为光源的所在，他也会吸引越来越多优秀的人向他靠近。

阮乔有时候会患得患失，怕两个人会因为新鲜感的日渐消散变得越来越生疏。

事实上，大家都说七年之痒，可林湛只嫌七年太长，到现在他才可以把阮乔娶回家。

有时候，他也能感受到阮乔缺乏安全感，所以迫不及待地想要做些什么来证明，他可以做到承诺的永不变心。

学校广播站在放一首《再见》，他们在草坪前拍照。

放眼望去，都是穿着学士服的男生女生，阮乔有那么一刻恍惚，他们的学生时代，是真的过去了。

很突然的鼻尖发酸。

天上的云朵漂浮着静止不动，绿草茵茵，鼻尖萦绕着浅淡花香，脑海里一闪而过很多画面。

羽毛球课上两人酣畅淋漓的对打，纪录片赏析时突如其来的出走，桌游社的狼人杀，走了整整一天的百里毅行，隔着墙的空调洞，映雪广场的娃娃机……

好在她比绝大多数人幸运，那个陪她走过漫长青春岁月的人，还将陪她走过接下去的漫长人生。

林湛见阮乔晃神，用手在她面前摆了摆，"怎么了你？"

阮乔仰头认真看他，踮起脚搂住他的脖子，"没什么，就是想抱抱你。"

林湛轻笑，宋弯弯一行看热闹的人也投来鄙视的眼神。

秀恩爱的都得死！

这日毕业典礼，林湛罕见地在微博上 po 了一张不带脸的学士服图，可很快就被人扒出这是帝都美术学院。

这一日晒毕业学士服照片的学生不少，有人还偷拍了林湛，从林湛图片的信息里，有人敏感地注意到鞋子、戒指、隐约漏出的手表等关键信息，然后从 po 毕业照的网友那里发现了林湛的露脸照片。

有小粉丝拿着露脸照特意充了会员跑他微博下揭秘真相，一时之间微博评论大涨，大家都没想到，原来他长得这么帅！

林湛没有时时关注微博，等他看微博的时候，大家连他身边站着的阮乔都一起对号入座了，强行自己找了一波狗粮。

02

阮乔被以前南城大学的老师推荐，聘回学校当讲师。林湛也终于毕业，将"甜牙齿"的分店开回南城，并且走上转型原创之路，与此同时，他的第一本个人画册也即将上市。

他们一起回了南城，第一件事就是在南城举办婚礼。

婚礼并不算隆重，小而精致。

急着举办婚礼，是因为林湛忙完分店的事宜，就要出国留学了。

学艺术的总要去国外进修进修，阮乔很是支持。

她也开始慢慢适应，由学生变老师的生活。

南大一向是男老师多女老师少，一大群光棍醉心于学术研究，这突然来了个年轻漂亮的古代文学老师，很是惹人注目。

有和阮乔一起被聘用的男老师对其紧追不舍。

阮乔表示自己已经结婚了，人家也不相信，哪有研究生刚毕业就结婚的，那也太快了，何况开学这么久，也没见她老公出现过，以为只是借口。

阮乔很头疼，都是在一个办公室，抬头不见低头见的，闹得太僵也不好。

也不知林湛从哪听说了这事，工作日的时候突然杀到南大，带着阮乔去吃饭。

两人手上有同款结婚戒指，举止又相当亲密，阮乔已婚这事这才在南大老师口中传开，成为板上钉钉的事实。

阮乔问："你怎么突然回来了？"

林湛揉她脑袋："有人盯着我老婆，我哪里还坐得住啊？"

有路过的班上学生看到阮乔，大声喊："阮老师好！"

见这些没比自己小多少的男生女生，阮乔脸红，心虚地松开林湛的手，林湛却不以为然，伸手去捉，又将她白嫩的小手握入掌心。

有男生非常识相："师公好！"

其他人也开玩笑地跟着喊。

阮乔绷着脸，想找回一点为人师表的尊严："别闹了你们，该去上课的快去上课。"

学生散去，林湛笑："刚刚前边那男生有前途，考试记得给他加几分啊。"

阮乔白他，简直无语。

两人牵着手走在熟悉的林荫道上，前面是他们曾住过的混合寝室楼，说笑的男生女生进进出出，都是一张张很青春的面庞。

阮乔又问林湛："你突然回来，什么时候走？"

林湛眯眼："请假了，明天走吧。"他微微一顿，又歪着脑袋看阮乔："怎么，舍不得我啊？"

阮乔"喊"一声，没理他。

林湛搂着她的肩膀，紧了紧："放心吧，今天晚上好好陪陪你。"

他下巴搁在阮乔脑袋上，声音暧昧。

阮乔听着，就知道他不怀好意，脸微微红。

在学校吃了饭，林湛把她送回办公楼，并嘱咐她上完课给自己打电话。

看着阮乔小跑上楼的背影，林湛唇边逸出轻笑。

他很久没回南大了，这里的一草一木都让人感觉很熟悉。

江城在他爸公司上班，离南大不远，他早约了江城来打球。

两人打完一场篮球，坐在石阶边喝汽水。

午后的阳光炽烈，汗水顺着额角往下流。

江城手往后撑着，人也微微后仰，他感叹："还是南大好啊，上班太没劲了！"

林湛轻嗤一声："怎么，最近家里人没给你安排相亲啊？"

江城不以为然："得了吧，这么早，结什么婚啊。"

林湛挑眉："那是你不懂结婚的好处。"

江城最受不了他这一点，天大地大只有他的阮乔最大。

当年念书的时候他就搞不懂，怎么林湛就和中了邪似的，天天逮着隔壁寝室那妹子不放，起初他以为林湛只是一时的新鲜和关注，倒没想到一晃就走过了这么多年。

林湛决定退学复读的时候，江城的惊讶不比任何人少，记得那时候他问林湛："你没事吧，突然复读？我的天，中邪了？"

林湛那时只无所谓地摇摇头："我只是希望能多念点儿书，跟阮乔有点共同话题。"

末了他还很嚣张地来了句："怎么，你有意见啊？"

江城可不敢有意见。

其实林湛也会和江城一样，偶尔怀念中二期没过的自己，那时候天大地大，自己最大，根本没有多余的工夫去管别人的感受。

但更多的还是感谢阮乔，让他看到了更好的自己。

现在的他，性格里的自大并没有完全褪去，可他已经有足够的能力为自己心爱的小姑娘遮风挡雨，不用担心爱是一时，没有以后。

他也和江城一样，很喜欢南大，因为这里有他的青春，也有他的恋人。

 03

20xx 年 x 月 x 日手账本上的一则孕期记录：

怀孕是一件很辛苦的事，朝天椒也是一根超级讨厌的椒。

饮食开始被各种限制，最近越来越过分了，电视也不让我看，想打人。

但是，朝天椒出门的时候，我还是偷偷用平板看了一集电视剧，哈哈哈哈哈，是台版的《流星花园》，突然就想起朝天椒以前的外号，南大道明寺！

实在是要笑到在床上打滚了，那时候他真的好中二啊！

昨天小堂妹林软还来家里做客，突然想起朝天椒以前妄图偷小软妹名字的事件，相当恶劣，于是我告了一个黑状，软妹表示想跟我一起联手打人。

手账本中间空了一大段，最后写了一行小小的字：

算了，暂时不打，不想做单亲妈妈。

【番外二完结】

独家番外

婚礼

E xtra

❧ 01 ❧

　　林湛和阮乔是回南城办的婚礼。

　　后来提起婚礼，林湛总是神色郁郁，觉得有遗憾，所以一待有空，又带着阮乔去国外，举办了一次热气球婚礼。

　　两人正式婚礼的遗憾，还得从筹备之初开始说起。

　　两人的婚礼自个儿是不怎么插得上手的，他们俩也不是很乐意插手，实在是太麻烦了，便依了双方父母的意思，办南城传统的婚礼，他们俩要是自己有想法，可以再自己出去办蜜月婚礼。

　　彼时林阮两家父母的意见都是要大操大办，毕竟都是独生子独生女，这种场合一生就这么一次。林盛更是发挥土财主本色，恨不得又要去越山请一炷上百万的香，再请一尊开了光的菩萨来给他们主持婚礼。

　　起初林湛和阮乔两人也就想着，由他们折腾吧，反正总能弄出来，但越折腾越不对劲。

　　阮家这边都是知识分子，场面大不大是小事，礼数得全，请哪些人啊，按南城本地习俗得过什么礼啊，那都不能差。

　　林家则是恨不得开流水席，认识不认识的都请来吃上三天三夜，再包个报纸头版头条登婚讯就最好了。

　　阮乔乍一听，头皮有点发麻。可是在两家长辈面前，她一直都乖乖巧巧的，这会儿也不好开口反驳，于是默默吃着饭，手却在桌下拧了把林湛，示意他开口。

　　林湛没懂，听了安排还觉得挺好的，补上一句："多花点钱，不要省。"

　　阮乔气绝。

　　等两人单独离开，阮乔才炸毛："爸妈他们也太夸张了吧？！"

　　"哪里夸张了？"林湛摸不着头脑。

　　阮乔被哽了一下，扯着林湛边往前走边说："流水席这些也太铺张浪费了吧，请那么多人干什么？有些人真是八竿子都打不着。"

"人多热闹啊。"

林湛完全没意识到作风的浮夸程度，阮乔想了想，只能换了一个思路去说服他："你想想，爸妈他们安排了多少道程序，按这个流程，我们四点钟起床都来不及吧。而且我家那边还要安排回门，真由着他们，三天都不用睡了。"

好像也是。

林湛并不是怕麻烦的人，当然，他是不怕麻烦别人，要是麻烦到自己和阮乔了，他是坚决不同意。而且那个流程里有一项他的确很不喜欢，闹什么洞房！取消取消取消！耽误他为社会主义发展进程培养人才的步伐！

在阮乔的撺掇下，林湛和自己爸妈说了要简单办，又和准岳父岳母委婉商量了婚礼流程的简化。而阮乔所要负责的就是在一旁点头附和，时不时来上一句："是呀是呀，简单点好，简单点好。"

从前她也对婚礼有所期盼，想要有盛大的仪式为爱情和婚姻做一场见证，但长大之后，她渐渐明白了，婚礼是办给别人看的，日子是自己过的。

他们过得好不好，无须一场婚礼来证明。索性一切从简，让自己舒服一点。

他们执意从简，双方父母却不愿意，他们俩和父母就像是菜市场买菜似的讨价还价，双方父母只得不情不愿地减去一些环节。

最后出来的方案低调了不少，但细看还是很不简约，这也算是双方各让了一步。

02

结婚那天好在天公作美，天放了晴。一大早阳光就透过窗纱照入室内，暖洋洋一片。

阮乔很早就起床了，但还没睡醒，只能任人打扮。

阮家来了不少亲戚朋友，阮乔的很多同学也来了。宋弯弯和许映还来给她当伴娘，两人合计着等林湛一会儿上门接新娘子，得狠狠敲他一笔。

阮乔这头忙碌，林湛那头更是忙碌，本来说好要帮忙发红包喜糖这类物什的阿姨突然生病了，没办法来了。郑惠馨忙昏了头，把事情转交给了林湛的一个表姑。

林湛当时就觉得不太妥当，这个表姑跟他家关系不亲近，办事也不知道利不利索，他主要担心的还是，这个表姑好像特别爱省钱。

当下他就想，今天结婚，您可别给我省啊！

虽然觉得不妥当，但是林湛作为新郎官，根本就没空去操心这些事，只得叮嘱了表姑一句："表姑，拜托你了，该发的都记得发到啊。"

表姑一口应承下来："没问题，我办事，你放心。"

他就是不放心啊。

林湛的预感没有错。

从自家出门迎亲开始，他忙中抽空注意到，他表姑提了一堆东西，可见人竟然只发一根烟！他当时就有点头晕目眩，定了定神，忙去找他妈郑惠馨，让她盯着点，赶紧过去补救补救。他可是恨不得一人发一条来摆阔啊，这也差太多了！

迎亲队伍浩浩荡荡开到阮家，林湛整了整西装，和自己庞大的伴郎团一起出发，去阮家接新娘子。

阮家大门紧闭，他二话不说，就让表姑往门缝里塞红包。

表姑表示："你先敲门。"

"……"

林湛无语，先敲了敲门，也不害臊，直接喊道："岳父岳母，我来了！"

这时门开了一条缝，他的伴郎团很给力，帮他卡住了这一条缝的优势。

里面是阮家亲戚在喊："新郎官快发红包，没有红包不给进！"

林湛再次回头。

？？？

什么情况，他表姑人竟然不见了！

林湛头一次急得脑袋出汗，他想起自己兜里还有一把大红包，不管三七二十一，先往里头撒了一波。红包里数额大，大家顾着抢，顾着报数，第一道门就这么神奇地被破开了！

林湛鼓足了劲，被起哄给岳父岳母敬了茶，直奔阮乔的房间。

"柿子妹妹，开门，我来了！"

里头宋弯弯哼哼两声："喊谁呢？柿子妹妹是谁啊？我们不认识啊！"

林湛十分上道，很快改口："老婆，是我！"

这一声"老婆"喊出口，里头外头全起哄。

阮乔坐在床上，整个人害羞成了一只煮熟的虾米，她根本不懂这接亲的一二三四五六，见林湛来了，就问："我们可以开门了吧？"

饶是北方来的许映都瞪着眼喊道："不行！"

宋弯弯更是补充道："当然不行！"

她平日里可没少受林湛的毒舌，好不容易有这么个机会，她是说什么也不可能轻易放过林湛的。

这一扇门可比外头那扇难开多了，林湛用光了身上的红包，还是不见他表姑的身影，一颗急着接新娘的心变得相当暴躁，他非常丢人地开始找各位伴郎借红包、借钱往里头塞。

可这点儿怎么成啊，弄了半天，门也只开了一条缝。

要不是没带手机，林湛都想手机转账了！你们就说想要多少吧！今天就任你们宰了！

这么来回僵持了几分钟，他那把持了红包大权的表姑终于现了身，还上前喜滋滋地告诉他，把钱换成了小面额的，可以给他省下不少。

林湛一下子要被气晕过去了，他抢过了所有的红包，屋子里撒一半，另一半全都扔进阮乔房间了。

"省省省！省着给我下次结婚吗！"

阮乔房间里突然降落了一阵红包雨，大家也顾不得再守门，一时松懈，伴郎团就冲开了房门。

阮乔的鞋子本来还被人藏起来用以"勒索"红包，好在作为伴郎团一员的江城机智，早早就告诉林湛，让他另备一双鞋。

林湛冲进去后，二话不说，抱起阮乔就跑，动作可谓是风驰电掣般的迅速。

宋弯弯回过神，还在身后喊："喂！鞋都不要了啊！"

不！要！了！

他才不傻，不抱着新娘跑，老老实实在那儿，不知道要被宋弯弯她们那群小姑娘折腾成什么鬼样子，南大道明寺，不要面子的啊！

阮乔也被他的速度和反应惊呆了，被他公主抱着，只顾搂住他的脖子，提醒道："你慢点，慢点……"

林湛低头，狠狠吻了她一下："娶你这个柿子可真麻烦。"

——但是是你，我也不怕麻烦。

【第二册番外完】